U0945470

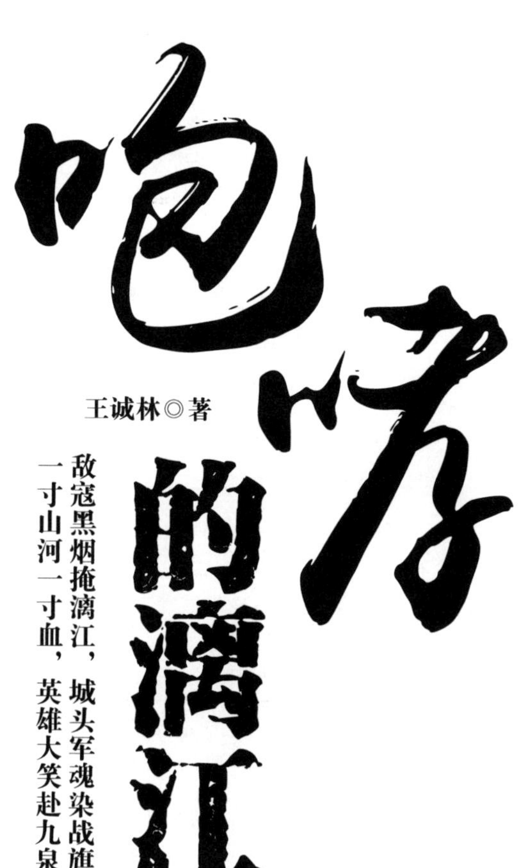

王诚林◎著

敌寇黑烟掩漓江，城头军魂染战旗。
一寸山河一寸血，英雄大笑赴九泉。

中国文联出版社
http://www.clapnet.cn

图书在版编目（CIP）数据

咆哮的漓江 / 王诚林著. -- 北京 ： 中国文联出版社，2016.3

ISBN 978-7-5190-1262-5

Ⅰ. ①咆… Ⅱ. ①王… Ⅲ. ①长篇小说－中国－当代 Ⅳ. ①I247.5

中国版本图书馆CIP数据核字(2016)第062393号

咆哮的漓江

著　　者：王诚林

出 版 人：朱　庆
终 审 人：奚耀华　　复 审 人：胡　笋
责任编辑：蒋爱民　　责任校对：傅泉泽
装帧设计：君阅书装　　责任印制：陈　晨

出版发行：中国文联出版社
地　　址：北京市朝阳区农展馆南里10号，100125
电　　话：010-85923066（咨询）85923000（编务）85923030（邮购）
传　　真：010-85923000（总编室），010-85923030（发行部）
网　　址：http://www.clapnet.cn　　http://www.claplus.cn
E - mail：clap@clapnet.cn　　jiangam@clapnet.cn

印　　刷：北京彩眸彩色印刷有限公司
装　　订：北京彩眸彩色印刷有限公司
全国新华书店经销
法律顾问：北京天驰君泰律师事务所徐波律师
本书如有破损、缺页、装订错误，请与本社联系调换

开　　本：787×1092　　1/16
字　　数：250千字　　印　　张：13.625
版　　次：2016年3月第1版　　印　　次：2016年3月第1次印刷
书　　号：ISBN 978-7-5190-1262-5
定　　价：22.00元

日军第十一军司令横山勇率部侵犯桂林途中，我父亲正巧从德国赶回桂林。我父亲既与国军做军火交易，同时又与日军做军火交易。此刻，我母亲怀孕我六个月了，如果不出意外，几个月后我将降临人世。可我能等到这一天吗?

一

横山勇已有几个晚上没好好地睡过觉了。为进攻广西，各项准备工作都下足了功夫，虽然过去的每一仗下来，他都打得很顺利，可以说没有受到太大的阻碍。可是在进攻长沙、常德、衡阳之战中，却损兵折将，总的说来，基本按预定方案完成任务，而且获得了不少中国宝贝，比如字画，古铜器，以及紫檀木雕花之类稀世珍宝已悉数运回日本。他知道，接下来的广西之战，一定不会比以往的仗好打。横山勇早闻伯副总长大名，这个被称之为小诸葛的，他和他交过手，每次交手自己都没有捞到多少好处，事后分析，要么是情报有误，要么就是进攻前走漏了风声，以至每次对伯的包围，他的部队就像泥鳅一样在被围歼前溜掉了，而几次力量均衡的战斗，他更没有捞到好处，这一次是在他家里打仗，伯不可能让他有好日子过，因此攻克桂林，肯定是场硬仗。

随后，横山勇再次拿起陈牧农的个人材料仔细端详。

这是日军将领的一个习惯，他们对中国军队师一级将官以上的个人资料都有存档，包括个性、个人背景，都在哪里上学，都经历过什么阵仗，突然间横山勇顿生喜悦，他从特高课长呈送的材料里发现，陈牧农自恃才高，进驻全州后，不思与民同甘苦，反而放纵士兵嫖娼赌博。进而发现其人刚愎自用、轻敌、傲慢、不听忠告，既不善研究敌手也不善排兵布阵，只知敛财，藏污纳垢，阿谀奉承上级，对下级则铁面无私，要人卖命，却不思提拔与利益共享，以致疲兵乏力。这样的人，岂可重用？

横山勇想起《三国演义》里，诸葛亮派马谡守街亭的故事。虽然时空不同，但有一点是相同的，那就是，马谡不听副将王平的话，军队不驻扎在大道当中，将其驻扎在没水喝的小山上，陈牧农的部队不驻扎在庙头，却驻扎在县城。庙头自古是兵家必争之地，地势险要，攻防兼备，陈牧农只派一个团在此驻防，这岂不以卵击石？

随即，横山勇又把特高课长叫来，详问情况。

特高课长谈到这些事情时，又笑了。特高课长一笑，横山勇就知道又有好笑的事了。

他问，你怎么又笑了？

特高课长说，只怕你也会好笑的。

快说说。

特高课长说，陈牧农和前来视察的战区司令官张发奎吵了一架。

为什么吵？

陈牧农不听张发奎的。

张发奎脸一黑说，到了我这里，具体布阵你得听我的。

我不听又怎样，说着他拿出临行前蒋总裁命他防守全州的指令说，你想改变它吗？

张发奎气得浑身发抖。

横山勇大笑说，这话属实，马谡果真要坏诸葛亮的大事了。横山勇立即制定进攻部署，一面仍然忍不住发笑。

伫立身旁的黑田大佐却没他这样乐观，黑田说，我感觉陈牧农不会这样简单。

他不这样简单还会怎么样简单？横山勇讥讽说。

这事一时半会说不清楚，但我总感觉得有地方不妥。我看你在下达进攻命令前，是否再侦察一次？

横山勇问，你真是这样想的？

小心没大错。

那好吧，这次就由你派人侦察核实。

二

这面，伯副总长已从乌龙关去到灵川、兴安、灌阳等多地转了一圈后很快回到城里。随即将三十一军副军长冯璜部及一八八师调离城防，城里只留下一三一师、一七〇师及一些自告奋勇的地方武装。

伯的做法在危雨谨看来，令人难以容忍。

他愤怒地说，伯副总，你把原本就十分紧巴的我四个城防师调走两个，这城还怎么防？

闻讯赶来的张发奎也很震怒说，伯指导，你调走两个师意欲何为？

你说什么，我没听清楚。伯反问。

我是说，桂林城防力量本来就弱，你这样干，也不合原则。张发奎的意思是，调动军队，是我的事，你没这权力。

伯这次好像全听明白了说，我把一七五师及一八八师调出城外自有妙用，有关这点我好像已经跟你说过。

是的，你说过，但我同意了吗？

伯说，我既然是指导作战，就有这权力。再说，你不知道打仗不得一味死守的道理？这话伯说得很生气，他清楚，此时不说些压住场子的话，已压不住局势。

危雨谨见伯动了真怒，便不再出声，因为他知道伯不是好惹的。

张发奎也不出声了。他知道再出声，只怕会干起来，这是他不愿看到的。

伯抽调走两个师是从战略战术上考虑的，他觉得对付强大的日军，应当既能打阵地战，也能打游击战，战争不能循规蹈矩，用兵不拘一格，人家不知道自己心里想什么，自己却知道别人在想什么。因此调两个师出城，不是随意之举，他得在城外多下些功夫。以备日军进攻城池时，瞅准时机在外围打一些漂亮的运动战及伏击战。这点他和危雨谨、张发奎考虑不同，他们考虑的是死守，他要的是灵活作战。

这时，危雨谨沉默片刻后又站了起来，他还有话想说，伯抬起手轻轻地拍了一下他的双肩说，危老弟，我这样做，完全出于战术需要，你道我不想保住桂林城？桂林城和我一点关系没有？我将两个师调离，让敌人有隙可乘？我这样做，是为了做到对敌里外夹攻，游刃有余。

危雨谨气坏了，他不会听信这个的。

随后的几天，他都在生气，既生自己的气，也生张发奎的气。这些气他不敢在伯面前发作，在张发奎面前就不一样了，他说我不干了。

你不干谁干？你给我说清楚。张发奎责问。

我说不清楚，因为我没这能力。

你告诉我谁有这能力？

危雨谨差点脱口而出，谁把守城防部队从我这调走，就是谁有能力。可这话他不敢说，只能重重地一屁股坐下，半天不理睬张发奎。这也是需要勇气和胆量的，即使在张发奎面前要些小脾气，也只能要些小脾气，动真格儿的他还不敢。再说，张发奎对他有知遇之恩，当年镇守南宁时，守城得法。这次桂林保卫战，张发奎又把宝压在他身上。自己欣然领命就得有负责精神，他根据桂林地域特点，精心地制定了守城方略。为了这份守城方略，他几天几夜没好好地休息过。漓江、东江沿岸所有山头他都亲自爬过，还险些从老人山上摔下来。当他爬上一座座山头的时候，几乎惊呆了，要不是亲自登临，又哪里知道桂林如此之美，难怪古人说，宁做桂林人，不愿做神仙。

山清、水秀、洞奇，无处不景，无景不奇。清澈的江水，可把一切的忧郁、烦恼，荡涤干净。几天下来，他对城防有了新的理解，绝不容许小鬼子到此神仙之境撒野，他让最为强悍的阚维雍师守护东北面沿江一带，它们包括七星山、东江、漓江沿岸。原防守西面的一八八师抽调走了，冯副军长在城中的防御部队也调走了。按当下情况，他把阚维雍的部队撤下一部分回到城中镇守。防御西面的空挡只能从一七〇师分一部镇守；南面交由地方武装镇守。继而又感觉不对，他的气又上来了，说，这个城防司令我还是当不了。

起初，张发奎对危雨谨要些小脾气给予理解，危雨谨再这样就不能容忍了，张发奎怒容满面说，守不了也得守，谁要是敢抗命，老子枪毙他。

危雨谨见张发奎动了肝火，不由蔫了，他委屈地说，我不过是在司令面前诉诉苦嘛。

你这叫诉苦?

是，我完全听张司令您的。

我命令你立即把新的部署方案明天晚饭前交给我。

危雨谨双脚一并，举手敬礼说，是!

危雨谨事后想，看来伯只怕不光难为我，而是有意难为张司令。他俩一直不和，依今天的情况看，只怕不是一般不和这么简单，事实果真如此，可怎么得了?

没想到，危雨谨刚刚调整完城防部署，伯似乎为调走两个师的事致歉并作了弥补，他很快地给城防调来两个民团师，有了两个新组建的民团师的加入，危雨谨立即感到底气大为提升，一时间，他对伯的怨恨竟然消了大半。他想，我是不是太小肚鸡肠了? 人家伯长官什么人? 人家将帅之才，岂非我辈可比? 检阅两个民团师时，他发现虽然是新招募的，却个个精气神十足，有模有样，与正规军基本没多大区别。这才多少天，伯是通过什么手段在如此短的时间内完成组建招募工作，而且在如此短的时间就将其训练得有模有样，真不愧小诸葛之美誉也。

危雨谨不觉笑了。

伯这些日子掉了几斤肉，脱了几层皮。当然，他有资源，动用这些资源也是不得已的事。

在招募兵员的事情上，有件事情让他十分感动，在离市区不远的一个百十户人家的苏家村，有户姓秦的人家，有三个儿子，两个女儿。这是户读书人家，家有良田千顷，还有护院家丁，思想观念极其保守。尤其对待女儿的婚事上，所作所为令人乍舌。女儿凤鸣看中村里一个名叫张一的放牛郎，张一家里穷得叮当响。凤鸣也不知看上张一哪一点，竟然死活要嫁他。

秦老爷大怒说，我打断你的腿。

打断腿我也要嫁。

我杀了你。

变成鬼我还要嫁给他。

秦老爷想，女儿意志如此坚定，是因为他们之间经常见面，不妨来个斧底抽薪，将凤鸣锁在房里，半年不许出门，再为她找一个门当户对的夫婿。

于是出现了下面的情形，一个大户人家的儿郎经常上秦家来，经常与凤鸣见面。一次次相见，凤鸣从不给富家儿郎好脸色瞧。老爷知道还是张一的原故，于是又施狠计，当着众村民的面，说张一道德有问题，说他偷窃他家东西，这样的人岂能让他留在村里祸害人，要把这坏小子赶出村去。

凤鸣知道这是计，张一也知道是计，村民们却蒙在鼓里，因此，张一被无知的村民赶出村子。秦老爷以为这次可以高枕无忧了，女儿闹闹也就完了。谁知凤鸣在张一被赶出村子的隔天深夜离家寻踪张一的脚步去了。秦老爷动了杀心，心想你个放牛的，你不让我好过，就别怪我心狠手辣，我把你告上官府，说你偷窃我家财物，还企图拐走我家女儿，我出钱，官府通令抓捕。被夫人给拦住了，她不想太过为难别人，更不想太过为难自己的女儿，她让老爷住手。老爷愤愤不平。碍于夫人的情面，只得罢手。谁知张一在外走投无路之际，逃难途中遇上一支国军队伍，他拦住国军，问愿不愿收留他。国军团长见他眉目清秀，身体状况良好，当即允诺。

从军后，张一很快就当上了班长、排长。这时候的凤鸣还不知道发生了这一切，还在亡命途中苦苦寻踪，她好几次与张一擦肩而过，好几次俩人进过同一家旅馆，也未能相见。就在日军占领长沙，风言即将攻克衡阳、夺取桂林也是早的事的一天晚上，凤鸣坐在江边发呆。那时，她早已身无分文，衣服破烂，或许机缘巧合，张一这天带领着一个连的队伍经过江边，张一远远发现坐在江边发呆的女子很像他的恋人，上前一看，果然是自己日夜思念的她，心中大喜。这时凤鸣也发现了他，心如小白兔欢快的凤鸣，立即扑进放牛郎的怀里放声大哭。她告诉放牛郎，这几年，她寻找他，睡过牛棚，帮人打过短工，有一次险些被洪水卷走，还有一次差点被一个恶霸给霸占等等，凤鸣说着哭成泪人一般。

后来，凤鸣回家，连同张一带到父母身边。女儿的意外归来，令家人大喜，尤其秦老爷见失踪多年的女儿，不由喜极而泣，说父亲不再逼你了，好女儿，你别再离开父亲行吗？

凤鸣咚的一声跪倒在父亲面前说，都是女儿不好，惹您老生气了。

父亲说，我不生气，我不再生气，也不再拆散你俩……说话间，秦老爷发现凤鸣身后立着一人，他怎么也不敢相信，这人竟然是他一再加害的放牛郎张一，如今已是一名威武军人。

秦老爷呆了，他羞红了脸，半天说不出话来。倒是凤鸣大方，她责怪张一不懂礼数。她说，张一，你怎么啦，见了岳父大人竟然不行礼，你给岳父大人带回的好酒呢？

张一这才如梦初醒地啪声向秦老爷立正敬礼说，岳父大人好。转而又向凤鸣母亲敬礼说，岳母你老人家一向可好。

凤鸣母亲泪水滚滚而下说，好，一向很好。

接下来便是杀鸡宰鹅庆贺，秦老爷喝着女婿送的好酒，笑得嘴都合不拢来。

凤鸣见状，趁机动员父亲向军队捐资抗日。

秦老爷问，女儿，你说怎么捐?

凤鸣惊讶地说，财产是你和母亲的，怎么问我?

秦老爷说，你说怎么捐就怎么捐，全听你的。但是有一事你也得听我的。

凤鸣说，什么事，父亲你说。

父亲对张一说，真没想到你个放牛娃竟然在这么短时间就当上了连长，太了得了，但你也得听我的。

我听你的。

秦老爷说，我允诺了你和我女儿的婚事，同时捐出家里大部分家产抗战，我选个良辰吉日，尽快让你和我女儿完婚……

这事也不知怎么被伯获知。伯为此大喜，他亲自登门为这对年轻人举行婚礼，并赐与金匾：奇特婚姻，令人敬重，男儿杀敌，女人守家。

……这段故事从伯嘴里说出来，又增添了若干色彩。伯指着大量的募捐物资，他要亲自给为国家民族大义不惜捐资的人予以表彰。尤其秦老爷，以及凤鸣追求婚姻自由的事大加宣扬。

三

桂林城抗日群情高涨，人们纷纷涌向市政府前捐资捐物，蹿动的人群中，一个年老的乞丐直往人群中挤去，一个被挤得难受的长者骂道，都什么时候了?

乞丐问，不是说日本人快打进广西了吗?

看来你还没糊涂嘛，既然没糊涂，就该知趣赶快离开，别想来此刮抗战油水。

我没有！乞丐申辩。

你还没有？

乞丐抓出一把乞讨而来舍不得用的六十元钞票，大声嚷道，我也是来捐款的……

长者见他这样，连忙向其鞠躬，说果真这样，桂林有望矣。立即，“桂林有望矣”的欢呼声海潮一般在捐款上空响起。

一位记者采访乞丐：你为何想起要捐款？

大家捐我就捐。

你的日子都这样了，把手中这点钱全捐了，你吃什么？

乞丐想了想说，我吃日军的肝肺。引出一阵轰天大笑。

这时捐款台前，走来一个孩子，头发乱蓬蓬的，脸上还挂着鼻涕，因缺乏营养，小手像火柴棍，小脸儿却涨得通红，显然他很激动，他怀里揣着一份心血，挤进了排队的人群。

一个大汉说，小孩，这里不是讨饭的地方。

我不是来讨饭的，我要捐款。

你也要捐款？大汉惊奇。

小孩摸出汗水渍渍的一把零碎钱，在大汉面前晃了晃说，这是我卖报纸的钱，我把它们全捐了。

大汉激动得流出了热泪，对自己刚才的行为表示道歉说，没想到你毛孩一个，这样爱国，我们这些壮汉可汗颜了。说着，他高举起拳头大声呼喊：打倒小日本，把日本强盗赶出中国去！

大量的市民拥来，捐资，捐物。一个失业青年，捐出他绝食一天省下的五元；一个死去丈夫遗下一个生病孩子的女人，把手上仅有的四十元献出；一个省政府小职员将小半生积蓄一千八百元献出……市民们还捐出了大量的棉被棉衣。感人的场面令许多人哭了，大家举手发誓，誓死保卫桂林的每一寸土地，保卫自己的家园。

晚上，一些演艺人员，于军前朗诵诗歌，《黄河大合唱》鼓舞士气……这番场景，激动得伯副总长热泪盈眶，他久久地站在窗前，仍然无法平静内心的汹涌激情。危雨瑾也激动得不行。

深夜两点，阚维雍还坐在指挥桌前，一动不动，仿佛盯着什么入迷了。

这些日子以来，他只睡了几个囫囵觉。白天检查防御阵地，有时还会亲自参加构筑工事，鼓舞士气，到了晚上，就伏在桌子上研究作战布局。

自从调桂林以来，他一直在研究横山勇其人其事。他深知此人狡诈、凶悍、勇猛，貌似粗鲁，实则粗中有细，深藏韬略，粗暴或许故意露拙。对付这样的人得另辟蹊径，绝不能墨守成规按常规出牌。奇兵奇谋，给敌人摸不着头脑的突然打击，方可奏效。进一步分析，敌寇为何屡屡所向披靡、长驱直入，其凶残、神秘，不可战胜的神话瘟疫一样传播四溢，这是日军宣传的结果。我们也应大张旗鼓地宣传倡导英雄精神，认真研究对手的行事风格，以及对敌情的准确掌握判断；我们的军人同样也可以做到不怕死，也可以神秘莫测。只要将帅身先士卒，不谋私利，上下一心，又怎会打不过敌人？

他想起小时候父亲的教育，父亲问他，1840 年以来，中国军队遭遇外敌入侵为何屡屡败绩？自小崇拜英雄的他脱口而出，英雄，国家不提倡英雄，提倡的只是相互掣肘，掌权者从中牟利。

父亲问，还有更重要的吗？

他想了想回答说，专制、腐败，权力集中在小部分人身上。这小部分人为所欲为地攫取国家财富而不受任何监督……

此话父亲和朋友聊天时说过，不料被他听进心里。因而，父亲深为有这样的儿子而骄傲，同时深为他将来的命运担忧。

阚维雍自幼刻苦研读兵法，从军后更不敢懈怠。他想，以目今形势，坚守城池固然重要，但打仗不能拘泥于形式，假使敌我力量均衡，没有话说；假使力量悬殊，无异于坐以待毙。最好的防守应当是攻防兼备，攻为了守，守应求攻。理想方式应出奇兵，袭扰敌军，方可延缓敌军进攻步伐。时间刻不容缓，他准备向危雨谨提出他的防御作战构想：他将组织几支敢死队与城外部队联手袭击敌军指挥机关和粮草重地，打敌措手不及。只有这样，或许可能和凶残、快速、勇猛的日军拼上一阵，否则，桂林究竟能够守几天实在难说。他不是怕死，自从从军那一天开始，他就抱定要为国家民族牺牲的决心，以至每次部署动员，首先做的就是提升将士们的士气，今天上午，在七星山上，他和将士们一起修筑加固工事，下午来到北门，又和将士们一起修筑加固碉堡。他脱下军服，挥镐大干了小半天，将士们浑身汗水，身上像蒸馏水一般冒热气，有的士兵手上起了大血泡。他气定神闲地一面和将士们一同干活，一面聊天，仿佛没事一般。其实他的手掌心也起了血泡，且火辣辣的。为此，属下对他十分钦佩，他们都知道这样的师长，坐在指挥所里，是位镇定自若的指挥官；上前线，绝不是一个走马观花的人，他要真刀真枪实干，以身作则。这样的师长，即使让他们为之粉身碎骨，连眉头都不会皱一下。每次打扫战场，获胜物资集中到一起，把那些按规定应当上缴的上缴，一些无足轻重不需要上缴的，比如烟、酒、糖果之类，大家便平分了。一些平分不了的，能吃平火的，吃平火。吃平火也不能的，就记账保存，或让给一些家庭特别困难的士兵。

这些都给了我们，你呢？

阚维雍躬下腰身，从平分的物件里取了一份说，我的在这。

士兵们突然间眼睛红了，他们哽咽着说师长，你……

我不是和你们一样么？

阚维雍庆幸遇上伯，两人见解几乎没有差异。两人的对敌见解一致。

伯把他对敌人的认知总结为几点：

一、快——攻其不备，出其不意；

二、硬——坚守阵地，坚忍不拔；

三、锐——锥形攻击，勇往直前；

四、密——保守秘密，令人莫测。

我军该用何策略，用何法宝破敌？这就是法宝。问题是他遇上了危雨谨。危雨谨对阚维雍的机智谋略，视而不见，甚至歧视。这让阚维雍感到十分为难。尤其在对敌具体作战上，两人见解几乎势成水火。也许，危雨谨不重视对对手的研究，或者根本就没怎么去想，他脑子里只装着一条，就是坚守不出，敌人要是攻到我城下，我就用长枪短炮和他硬拼。敌人要是攻进城里，就让所有拿得动武器的人跟他玩命，大不了拼了。因而，他对阚维雍的灵活作战方案，表示出不屑与坚决反对度态。在下一次作战会上，危雨谨问计于大家，阚维雍端出他的作战构想。

危雨谨眯着眼睛看了他半天。

阚维雍被危雨谨看得心里上下打鼓，他不知道这位城防司令究竟作何感想。

阚师长，你这是什么狗屁作战方案，难道我发给你的作战方案你弄丢了，或者我在会议上作出的决议你干脆把它忘诸脑后？如果不是这样，那么你的这些想法是非常危险的。

危雨谨的话在阚维雍听来，实在不堪入耳，他通红着脸，半天没有吱声。

危雨谨以为自己占理,更为得意地说,你阚师长是不是不打算干了？

危司令你这话从何来？阚维雍的惊讶无异于晴天霹雳。

刚刚你不是表现出来了？

我表现什么了？

你说你要带一支部队离开阵地。

我这样说了吗？阚维雍再愚笨也听出危司令的敌意了。其敌意从何而来，是对伯从城里调走两个师令他不满，还是别的？转而又想，应当不会呀，伯不是又给他调来了两个民团师？为这事，他不挺高兴的？难道是我和伯长官走得较近，他不高兴了？

我告诉你阚维雍，再不要在我面前提你的什么带兵出城的逃跑策略，这样的策略，不仅我这里通不过，战区司令张发奎那里也通不过，你要是再提，我就认为你在动摇军心，是公然违抗我严防死守的命令。

危雨谨为人固执，思考问题机械霸道，不允许有任何不同意见。他似乎说得还不够，又重重地补充一句，谁要离开阵地半步，杀无赦。

四

谁也没想到，几天过后的一个晚上，城里突然发生大火。天刮着南风，空气湿润，火怎么燃烧起来的？

据报是从城南开始的。

城南是民团师驻防阵地，危雨谨之所以把民团师派驻在此，是因为南城方向受敌攻击的力度可能没其他方位强。这些判断不仅是他，也符合战区司令部的分析，就连伯长官也点头认可。

民团师的接壤部是一七〇师，这也是个新编师。武器装备参差不齐，兵员素质欠缺，其工事，无论时间和质量上，远不能和阚维雍部相比。有关这点，他还是佩服阚维雍的。他曾分别带领民团师和一七〇师的防御工事人员上阚师长的工地进行参观。

大火发生后，危雨谨突然感觉自己的心很痛，就像一颗生锈的铁钉深深地扎进肉里。他现在才感觉有些事情自己做得实在卑鄙。但已既成事实，开弓没有回头箭，他只能用这种近乎折磨的方式来为自己赎罪，舍此别无它法。前些日子，他把蒋总裁拨付给桂林的城防款项挪走近百万之巨，运到贵阳去兑换金条中饱私囊，这样的事要是被查出来，即使不死也将脱去一层皮。不仅脱去一层皮，只怕还要辱没子孙，辱没祖宗，让他们家八辈子也抬不头来。

因为军饷和军前物资款项的贪污，使得原先设计的工事构筑密度、坚固度，以及数量等大打折扣。于是他用了近乎自我折磨的手法和将士们一起加固垒筑工事，甚至和将士们在一个锅里吃饭，并且一个团、一个营去走访，一面鼓舞其士气，一面问寒问暖，弄得将士们几乎流下泪来，将士们在心里默念，只要危司令发一声号令，他们愿为城而亡！也愿为危司令去死！

危雨谨激动了，他挥舞着拳头高呼，一切为了抗战，为了保卫家园，保卫民众的生命财产，保卫美丽的桂林城而浴血奋战！

口号声此起彼伏，群情激扬，山呼海啸般在城里波涛般涌动，经久不息。

只有到了此时，危雨谨愧疚的心才稍许平和宁静一些。可回到屋里，他的另一颗心又开始安慰自己了，这颗心对他说，我算什么，我戎马半生，为国家民族付出过多少，而我又攒了多少？比起某些人来说，我攒的这些，只不过凤毛麟角而已。再说，我要是不攒，还不被别人攒去了。我当这个防城司令容易吗？我这是在拿自己做赌注，我在赌自己的命，肯定会输，输得很惨，甚至命都可能丢掉。因此我攒下这点，有什么可烦心的，有什么过不去的？我不就是让我的手下在修筑工事时，少放点水泥、钢材之类，或者少筑几个碉堡，少筑几道障碍而已。日本人是什么人，是豺狼虎豹，是土匪强盗，比土匪强盗不知凶狠和坏上多少，这样的人，连老蒋在美国人的帮助之下都对付不了，我这么小小的桂林城，对付得了？假使我不在修筑城防工事中，偷点工、减点料，就抵抗得了日军的进攻？反过来说，就算我不偷工减料，又能怎样，到头来不照样被日军飞机大炮炸得稀巴烂。因此，这场大火来得太是时候了，管它是天火也好，地火也好，有意为之也好，总之，掩盖了由于他的贪婪造成偷工减料事实……他长长地吁了一口气，仿佛从地狱回到人间地对自己说，就让这一切在浴火中洗礼去吧。

据说，大火是从一家民房引起的，随后引发一连串爆炸声。危雨谨率卫兵急匆匆地往火势最猛烈处扑去。

司令部参谋长陈济桓紧赶慢赶，到达现场时，冲天大火大有把全城烧尽之势。

危雨谨大呼小叫着要往火势里扑，被卫兵阻拦住了。危雨谨抢过一个木桶，将全身淋湿，又往前扑。陈济桓赶到，使劲拽住危雨谨手臂说，危司令你不能这样。

危脸一沉，挣脱陈参谋长的手，一副不顾一切的架式，又往火势里扑去。其动作之快，仿佛离弦的利箭。要不是警卫阻挡及时，他还真扑进火海里去了。纵然如此，他的眉毛还是被火舌舔了一口，陈参谋长闻到了一股烧焦的味道，连忙拽住他说，危司令，我知道你焦急的心情，但是你也不能这样呀，你知道你肩上的担子有多重吗？你的责任不是扑火，而是指挥决策，这些事情有我们的士兵和民众去干。

危雨谨怒视着陈济桓，冲官兵们大声嚷嚷赶快救火，谁要是敢怠工，我枪毙了他。

官兵们奋不顾身，勇往直前，把那些尚未着火的房屋一座座推倒。一桶桶水铺天盖地地倾倒进火势当中。更多的人，则将衣服棉被浸湿，往火势旺盛之处扑压。

大火中有太多军需物资，和大量的工程材料，它们都是对付敌人的致命武器呀——危雨谨说着流泪了——

冲天火势一点点在减弱，范围一步步缩小。这时，危雨谨的喊叫声比以往任何时候更具激情，也更加洪亮。他说，好，大家干得好，大火扑灭后，我请大家喝酒。

火势终于扑灭。危雨谨想，我所做的一切是有目共睹的，军民们都买我账的。因此，负罪感如同火势一般逐渐地小了下去。

五

我母亲是被灼热的火势烤醒的。这两天，我父亲又出门去了，我母亲不准他去，他要去。我母亲问他去哪儿，他不说，问他去几天回来，他说，不确定。

家里只有我母亲和一个佣人，幸亏佣人机警，是她把我母亲从梦里拽醒。那时，大火已经烧到我家门前，我母亲逃到大街上时，火势已舔上我家房梁。此时，大半个桂林城几乎被火吞噬。我家好些金银手饰被烧毁，我母亲急得跺脚大哭。

非常惊奇的是，我父亲从外地回来，发现此情形显得十分平静。他神秘地对我母亲说，他早就知道会发生这场大火。

我母亲的惊讶，仿佛一条小蛇正吞食着一头大象那般，她惊问我父亲，你早就知道会发生这场大火，难道这场火有预谋怎么的?

我父亲一把捂住我母亲的嘴说，不要命啦，这样的话你也说得出口，你这不是要老子的命吗?尽管我和危雨谨手下人交情不错，在危司令面前也还说得上话，可这是特殊时期，许多的事情可以按战时条例处置。有时候要一个人的命，就像摘片树叶一样，根本用不着动用什么审判程序。

我母亲脸都吓青了，说，那你还这样说。

我让你小声点。

我母亲连连点头，并且一脸的惶惑。

我父亲仿佛弥补什么似的说，我之所以这样说，是因为我知道。

你又说你知道，事实真相呢，你刚才还说你和危司令手下的人很熟，而且在危司令面前说得上话，那还不赶快把情况告诉他们。

你让我自寻死路。

不敢，不敢，你是我的命，是我们一家人的命，我怎么可能让你去死？

我父亲和危雨谨的军需官倒卖军火，一直以来两人的关系十分不错，就在几天前，他们又交易了一大笔。发生大火这天晚上，军需官或许因为大赚了一笔，喝醉了。他大着舌头附着我父亲的耳根说，我知道一个天大秘密。

我父亲也附着军需官的耳朵问，什么秘密？

你可不要对任何人说。

这是当然，我是什么人，这么些年来，你对我的为人难道还不清楚？

军需官愤愤不平地说，我本来不想说的，但是……

但是什么？你这人说话怎么这样折磨人。

你知道我说的这人是谁吗？

我怎么知道他是谁！

我们危司令。

他有什么让你说的？

我所赚下的每一笔他都要拿走一半。

有这等事？他这个城防司令还有什么资格当下去。

说轻些是军队的叛徒，往重里说，是民族的罪人，军队的罪人。不过这还是轻的，今晚我想对你说的可不是这个。

他还有什么更隐秘的？

军需官说，你知道他想要我死，我就像只蚂蚁一样。只是今晚我想告诉你的这件惊天秘密，你必须发誓绝对不说出去。

我发誓。

危雨谨贪污军饷和中央拨付的构筑城防工事款。

你有什么根据？

军需官笑了。

我问他笑什么。他告诉我说，你我都是干什么吃的。

我哦了一声。

他说，我们能在众目睽睽之下干军火交易，不被发觉，不就是靠敏锐机智加神秘嘛。

我说，你就是凭了这份神秘才发现他偷运抗战资金的，但你是怎样发现的？

这就不用多问了吧。

我父亲摇头不再追问。可是一件奇特的事情发生了，就在军需官对我父亲说出危雨谨吞噬抗战款项的隔天，张发奎和伯似乎也嗅出些什么，对此，两人的吃惊可想而知。

伯不由大怒，张发奎比伯更加震怒。他嚷道，把他给我抓起来。张发奎的叫嚷声，把门口的卫兵吓了一跳，以为发生了什么意外。

伯比张发奎冷静，他冲张发奎做了个赶快压住的手势。怒发冲冠的张发奎不理会伯的意思，狠狠一掌擂在桌子上说，马上把他给我抓起来。

卫兵没听明白让抓谁，愣着没动。

张发奎大怒说，还不快去。

卫兵问，张司令，你让我抓谁？

张发奎刚要点明，伯把话头摁住了。他让卫兵上门外去，然后轻轻拍了拍张发奎肩膀让他冷静，他说，现在是最关键时期，你要是把他给抓起来，城里还不大乱？再说，你知道这些守城部队里有多少他的死士，说轻点，这些死士们会因此怠工，说重点，还不反了。

他敢？

他有什么不敢的，他手上有多少敢死队员为他效命，这些人见我们抓了他们的后台，还不和我们拼命。

有这么严重吗？

抓后台就等于抓他们，就等于要他们的命，你说严不严重？

难道不可以把他叫过来。

你这话等于放屁。

你才放屁呢。

你没见他正在各条巷子和城头上马不停蹄地奔忙吗？就看在他的这股抗战劲头，暂时放他一马。只要我们耳听不虚，最后把证据查实，不怕他飞到天上去。

危雨谨这面，尽管房上房下不停奔忙，尽管大火烧去了若干劣迹，他仍然做贼心虚，心里几乎没有一刻不惊恐惶惑，他时刻为自己种下的祸根深切忧虑。

或许性情所致，如同阚维雍一样，危雨谨从小亦喜爱研究兵法。然而，他的兵法研究和阚维雍不同，他更看重和研究的是兵法文化，“学而优则仕”五个字，在他看来，应当算是兵法实质。还在幼年时期的他就敏感地从中嗅觉出中国文化首先尊崇的是权力，而且颇具普世价值，只要当上了官，不管是连长、团长，或者县长等等，就享有了特权。特权亦如皇权不受制约，呼风唤雨，一呼百应，由此滋生的利益像水一样漫溢而来。因而，截留贪污军饷，理所当然！谎报军功，贪天功为己有，理所当然！无论胜败，均有利可图，理所当然！一想到这些，心里又坦然些了。

他坦然了，但是他身后的伯和张发奎却恨得牙痒痒，虽然他们只是风闻，并没抓住实质。无风不起浪，只要有风声，就一定有事实，只要想查，就一定能查出。

敌人开始进攻了，血红的炮火在头上蹿来蹿去，有一发炮弹在危雨谨身旁不远的地方爆炸。要不是卫兵机警，并及时将他扑倒在自己身体下边，只怕他早已千疮百孔。他起身把卫兵搂进怀里，大声喊叫卫兵快醒醒。无论怎么呼喊，卫兵早已气绝身亡，他再也听不到危司令的话了。

危雨谨眼睛一红，骂了句，丢他妈，抢过一把机枪，冒着枪林弹雨往前冲去，跟随左右的卫兵阻拦无效，只能挺身向前，挡住敌一梭梭呼啸而来的子弹，顿时，危雨谨左右卫士倒下一片，他这才猛然止住了发晕的脚步。然而，瞬间之后，他又要往前扑，不往前扑，他受不了自己的心，不往前扑，他原谅不了自己，不往前扑，他觉得对不起祖宗江山，对不起提携他的张发奎。他要和日军拼了，可是又被身后的卫兵紧紧拢住了身体。危雨谨狠狠地一仰头，卫兵机警地避开此招。危雨谨瞅准卫兵脚尖，狠力一脚，卫兵痛彻肺腑地松开了手，危雨谨表端着机枪，冲上前去，他想我豁出去了。他知道事情一旦败露，反正是个死，要死还不如和敌人拼命，就算死了，多少还有些价值，假如上级念自己的好，说不定还会追认自己为英雄。没想到，被他踩中脚尖的卫兵为阻止他拼命，狠狠地一掌砸在他后颈脖上，他痛得哇呀一声醒来，刚才所发生的竟然是梦，南柯一梦，自己全身精湿地躺在床上。此时窗外果然枪声大作，他摸了一把发蒙的大脑想，难道日军真的进攻了？

六

伯来到修仁关前，关师长陪着他视察布阵情况，前前后后，每道山梁，每处战壕及明碉暗堡无一遗漏。检查完毕回到指挥所，几个人又分析研究到半夜，制定出一套迎敌方案，这才放心入睡。

关师长是个极精明细致的人，刚刚躺下，突然想起什么，连忙披衣起床，打开照明来到作战图前，苦思良久，一个大胆的决定浮现于脑海。他想天一亮就动身，一定要去拜访此人，就像当年刘备拜访诸葛孔明一样。

离此不远有个盘王村，民风古朴，尚武修文，历史上曾出过几位进士与武举。村中无论老幼妇孺，皆有习武的习惯。

这日，村中的古樟下，一老一少两人正在下象棋。

老者表情坚毅生动，眉宇横卧，胸中似藏百万雄兵。虽七十有余，身子骨依然硬朗，腿脚灵便，双目炯炯。老者家境殷实，少年时饱读诗书，青年时期从军，大有一番报效家国情怀，晚清时期就已崭露头角。然，自从升任团长后，新任的顶头上司就看他不惯，每每拿捏于他，无论如何立功，均不受奖，反倒事事找茬。按他的能力，岂止当个团长，他不仅应升旅长，还应升师长、军长，因为一身傲骨，没有养成逆来顺受的脾气，以至一气之下，去职还乡。当时他刚三十出头，回乡后仍不服气，又想去地方政府任职。谁知地方亦如军队，只好回乡教教学，上山打打猎，教识村民习武修文，有空就邀人下棋。老者棋风亦如武风，干净、利索、爽朗、攻杀凌厉，罕逢对手。

每天饭后，老者亦如往常来到村中古樟下的石板上坐坐，这是他的习惯。

九月天气，虽有几分凉意，却正好舒畅心气。

刚要坐下，村口小路上飞奔过来几骑快马。老者略微有些吃惊，心想什么人来啦？

走在最前面的正是镇守修仁关的关师长。关师长昨天夜里和伯长军商议军情后仍然睡不着觉，猛然想起要见的人，就是这位名叫赵天一的老者。赵天一确实有些像《三国演义》里的诸葛亮，又有些像《水浒》里的智多星吴用，当年他带领一个营，攻打一个团，谁都认为他有去无回，因为这个被攻打的团晓有大名，而且武器精良，赵天一的营，几乎全是新兵。然而，赵天一竟然把那个赫赫有名的团一口吃掉，自此名声大振，或许命运不济，从此再也没有寸功加身，反受处处遭遇压制，一怒之下，弃职还乡，却因此把盘王村弄成一个王国，无论盗贼、兵匪，从来不敢惹到盘王村上。关师长慕名前来，一者想见见这位奇人，一者观察一下该村形胜。他听说盘王村正进行着对可能遭遇日军侵犯的防范措施。

关师长见古樟下立着一个老者，姿态从容，相貌堂堂，连忙下马，上前问道，敢问老乡，盘王家在哪？

老者问，你是？

我是修仁关镇守部队的。

老者一看此人气质便问，你是关师长吧？

是的。

老者忙说，失礼，关师长，我就是赵天一，我家在那。赵天一往村后的一栋徽式建筑一指。

关师长连忙向老者作揖说，论辈分，我该叫你叔父，论军资，你老是我的前辈。说着，突然立正说，我这有礼了。

咱们军人，赵天一声音洪亮、底气充沛地说，哪敢承你师长大人这般礼数，受之有愧。再说，我早不是什么军人了，就算当年在部队里也只是讨口饭吃而已。

关师长说，您老太谦虚了。

赵天一在前面引路，问，你几位一定还没有吃饭吧？一面说，一面高声喊叫说，他奶奶，快出来迎接贵客，快杀鸡做饭。

门前立即拥来许多青壮年，个个虎虎生威，膀大腰圆，随后出现的村妇、小孩及老爷老奶，人人脸上充满从容自信。

老者家人动作麻利很快做上一桌，既有鸡鸭，又有腊肉，腊肉是年前腌制的，时至今日，依旧色鲜，味纯。

酒是家酿米酒，一股清纯香冽之气自杯中升起，未曾入口，早引人陶醉。赵天一举杯邀饮，关师长说了几句赞赏之辞，随即举杯一饮而尽。

赵天一问，关师长，来此有何要事？

关师长说，老人家果然精明爽快，我之造访确有事相商。

什么事用得着的，尽管说。赵天一说。

关师长说，日寇铁蹄快到我家门口了，一者想听听老人家抗敌高见，另外还想见识见识村中骁勇。我听说您组织整个村庄，准备迎敌。

关师长消息够快的。

是老先生的动作够快嘛，你这样做，不仅帮了我们这些职业军人的忙，同时，颇振我中华民族志气，灭敌寇威风，实可大书一笔。

赵天一说，当年在部队上，因与上司不合，辞职回乡教文习武，虑的就是今日事态。方今天下贼寇入侵，战争风烟席卷华夏，国家民族处在危亡关口，我等黎民，乃中华一分子，理当舍生忘死，骁勇善战保家卫国……

关师长连连点头称是，不由又多了几分敬意。

饭后，赵天一领着关师长村前村后，村里村外转了一圈，雄山秀水中，一些机关若隐若现，给人心灵以震撼与神秘感。

关师长频频点头称赞。

赵天一兴之所至，声量不断升高说，敌寇不来则已，如来则只有一较高下，纵然家当全失，亦或性命不保，也要为我民族争口雄气。

参观完毕重新入座，上酒，两人纵论战争形势，以及赵天一如何布局与敌对抗。赵天一直抒韬略，一番话说得关师长带头鼓掌。

关师长说，我和伯长官商量的御敌之策与您老谋划多有相同之处。

那好哇，赵天一说，兵不厌诈，他小日本要是果真进了我盘王村，先让他吃我盘王村一计，再吃你关师长此计那又如何。说着，赵天一、关师长尽皆哈哈大笑。

七

一个阴雨绵绵的日子，赵天一和叫赵猛的村中年轻人在村口古樟下下棋。

这时，全州已被敌攻占。陈牧农军武器精良，驻守庙头前沿阵地的一个团，居然支撑不到两个小时，就被敌军打得七零八落溃不成军。敌军乘势掩杀，一直杀到陈牧农重兵据守的全州城下，日寇摇旗呐喊，驱兵直入。

不久，陈牧农的两个师被围，陈牧农急电伯请求紧急支援。一向镇静的伯吓出一身冷汗。张发奎则脸色铁青，连话都说不圆了。他摇晃着手中的电报问，伯副总长，这，这是真的吗？

伯没有理会张发奎，这样的问话毫无意义，目今最重要的是赶快拿出应对之策。

可应对之策在哪？

情况突然，太出乎意料了。之前，张发奎曾经不止一次在伯面前表示过对陈牧农的愤慨，说陈牧农可能会误大事。伯却没有如此悲观，他认为陈牧农再怎么不济，坚守十天半月之久应该没有问题。

事实上，正如伯所说，陈牧农并非草包一个，陈牧农的失败，主要归罪于轻敌，并非谋略与智慧。按理说，战前陈牧农还是做了不少功课的，因此，横山勇反复研究他时，他也没少研究横山勇，不同的是，陈牧农一面研究，嘴上却不干不净地左一个老子，右一个老子地骂日军强盗，老子才懒得费脑筋去研究什么横山勇、竖山勇呢。老子也用不着玩什么阴谋阳谋。老子只有一条，那就是手中握有蒋总裁配发的美国长枪大炮，兵来将挡，水来土掩。有这些家伙在手，别人怕日军强盗，老子不怕……

陈牧农大声嚷嚷，是因为他猜测日军一定有奸细正在想方设法刺探军营情报，因此有意放此风声，让敌人知道他是个粗心大意的人，他正好借此加以迷惑。兵法云，虚者实之，实者虚之，虚虚实实，兵之诡道矣。他将于阵前伏下三支兵马，阵后也伏下三支兵马，后山则伏上一个整师，不愁迷惑不了敌人。更不愁阻击不了敌人。

这时，恰逢战区司令长官张发奎前来视察。张发奎发现陈牧农不是把部队驻扎在黄沙河庙头前沿阵地，却把军队驻扎在县城。庙头阵地山势雄奇险峻，易守难攻，自古兵家必争之地。全州县城地势低洼平坦，无险可守。

马上把军队移到庙头阵地去。张发奎大吃一惊后，眼冒金星地下移师命令。

陈牧农低头不语，他知道张发奎不满意他什么，但不怕他，他甚至有些戏弄似的拿出蒋总裁的布防指令在张发奎面前晃了晃说，你要改变总裁的指令吗?

张发奎十分生气地看着陈牧农那副根本不把他当回事的态度，火冒三丈。假如陈牧农是他的所属部队，不立即撤掉他才怪。然而，他手中没有这把尚方宝剑，无法制服于他。但蒋总裁也有交待，说是陈牧农来到广西，抗战事务他有指挥权。换句话说，陈牧农既然到了他麾下，就得听他的。不想这层意思又被陈牧农窥破。陈牧农说，就算你张司令将此事报告给蒋总裁，我也只能这样。蒋总裁让我把部队驻守在全州县城，我要是擅自做出撤离的动作，到时候，庙头守不住，全州也丢了，岂不让我吃不了兜着走，那时谁给我证明，张司令你敢证明吗?

这是张发奎没想到的，因此，一时没了话语。

陈牧农仍不罢手说，我部驻扎在县城如果仗打败了，我有依据，我可据理力争。

陈牧农并非不懂庙头前沿阵地的重要性，他知道他的两个师应当摆放在怎样的位置，他不愿拿所有力量摆放到庙头前沿，首先违背蒋总裁的命令，其次得违背自己的意愿，因为那个地方不吃败仗则已，一旦吃败仗，退路可不像全州这么容易。假如按照蒋总裁的命令镇守全州，不说别的，后撤的路是宽广的。因此，我不能拿全军将士的生命作代价，去死守一关一隘、一城一地。只需看看前面几年的仗就知道后果了，大面积国土的沦陷，这些沦陷地区的指挥官职位谁不比自己高，他们抵抗一阵子就败退下来，才造成如今的局势，为什么一定要我死守，天下有这样的道理吗？假如把我将士拼光了，剩下一个光杆司令，我这军长靠什么保？陈牧农进而想，为了和地方军搞好关系，当然这也是蒋总裁的意思，我可以再派一个加强营前往庙头阵地，加强阵地防御。到时，即便我这一团、一营全部阵亡，我还有大量兵员在，我怕什么。

陈牧农嘴上说他不怕日本军，但心里却并非如此，他和他的两个师长及参谋部人员对目前的军事态势作了深入分析，这股即将入侵之敌的强悍，势如洪水难以阻挡，你我都得好好想想法子怎么应对才行。

二师师长略略皱眉说，张发奎司令几次要军座你调整部署你扛着不动，到时全州一旦失守，怎么交待？因此，我倒觉得，拉一个师上庙头阵地去也未尝不可。

你去还是我去？陈牧农严肃逼问。

我？二师师长迟疑着。他的意思当然是他去。可如果这样明说，又怕一师长说他抢功。一师长原本说过他想上前沿，可他为什么不明说。

二师长盯着一师师长的眼睛，他想看看他到底作何感想。可一师师长的眼睛并不看他，而是望着远处的山峦，仿佛那里有什么东西吸引他的注意力。

陈牧农斥问二师长说，你想违背蒋总裁的命令吗？

属下不敢。

不敢你还在这大放厥词？

二师长只好无趣地坐下，他明知道陈军长不愿意听这样的话，可他还是说了，果然如是。

陈牧农说，我今天请大家来，不是让你们在这跟我扯什么派大部队上庙头的问题，而是说，我们这里怎么镇守。现在，我请大家发表高见。

又是二师师长首先站了起来，他说，通过我对此地观察，我觉得这里是一个可以设伏的地方。

陈牧农转而问一师长，你觉得呢？

一师长说，我觉得二师长说的不错，确实可以设伏兵。

参谋部也赞成这种说法。

既然大家意见一致，我们就在此设伏兵迎击敌人。

八

敌军很快地拿下庙头阵地之后，像乌云一样地往县城压来。站在掩体中的一师师长让部队对敌前锋部队开炮，敌军也同时向我军开炮，一阵密集炮声过后，我军阵地上居然不见一个士兵踪迹。只遗下一些士兵尸体。敌军阵前也留下了不少尸体。

敌师团长把战况报告给横山勇。

横山勇说这是早已料到的事。他指挥刀往前一挥，说继续前进。

陈牧农则暗自发笑，说，你横山勇别高兴得太早，我告诉你，你哭鼻子的时候还没到。

敌军狂攻猛打，我军前沿部队抵抗一小阵便仓皇撤退，撤退路上遗下不少弃物与死伤者。

紧紧追赶的敌军连破我军阵前三道截击，很快接近县城的两峰之间，而我撤退官兵突然从预设的战壕里朝来敌开火。

陈牧农并非妄语，手中的美国长枪短炮压得敌军抬不起头来。无数的日军尸体横陈在横山勇视野之下。敌人的装甲坦克多辆被击中。敌军在瞬间的停顿之后，其猛烈的炮击突然间腾空而起，天空都被染红了，一枚枚炮弹落入我方阵地的瞬间，敌军乘势发起猛攻，浓烟滚滚的我军阵地上，突然出现蚁群一般密集的敌装甲和坦克，它们不顾一切地往前压来。

五团三连的战士在连长的吆喝下，爬出掩体，用五零炮冲敌坦克发射。

敌坦克被击中了。可是更多的敌坦克出现了，守护阵地的人抵挡不住，只得后撤。

一直暗中观察战斗态势如何发展的陈牧农对一师师长开怀大笑说，敌中计了。

没想一师师长从望远镜里看到的情形却不是这样，他的脸刹时黑了。怎么回事？刚才还兴高采烈的陈牧农忙举起望远镜，他的脸也黑了，就在敌前锋进入最后阻截圈时，山头上设伏的二师阵地四周突然出现大量日军，这些日军仿佛从天而降，将二师团团围住。猝然而至的骤变，令陈牧农目瞪口呆。

直到此时，二师长才发现大量日军的涌现。在城中驻防的一师师长，正想按预定方案对进攻之敌发起致命反击时，已经来不及了，敌军万发炮弹向其瞄准，一时间，山崩地陷，我一师将士死伤过半，山上设伏的二师，被三倍于我的敌军合围，亦死伤过半，只能率部仓皇而逃。

陈牧农部丢盔弃逃命途中，横山勇的庆功宴已经举行，横山勇将酒杯高高地举起，他首先举杯邀请黑田联队长说，这场胜仗是大家打下来的，没想到赢得这般顺利，功劳大家都有，但最大的功劳应当是黑田联队长你的。

黑田联长说，将军过奖了。

什么叫过奖了，我告诉你，一点都不过奖，我之所以说这场胜仗首功是你的，不是妄言，因为当时我的进攻计划已拟定好，是你及时提醒，说应当进一步侦察，才没有让陈牧农的伏兵之计得逞。否则，我军定然遭敌伏击。

敌众将一齐举杯向黑田敬酒，对其表示祝贺。黑田客气一番，举杯一饮而尽。

敌军之所以如此迅速击败我军，正如横山勇说的那样，黑田及时阻止了横山勇发出的进攻命令，黑田说，他感觉特高课长呈送的情报还有不详尽之处。

横山勇抬头问，你还有何高见？

黑田说，根据我的观察，全州县城两翼有高地，那里尽可设伏，特高课长送呈的情报没有反应这一情况。因此我想，敌军很可能在我进攻前，其部很可能采取层层设防态势与我军抗衡，然后节节诈败，趁我军追击时，敌两翼伏兵居高临下突然对我发起攻击。横山勇想了想觉得不无道理，于是点头称是，说我太自信了，于是再派特工与飞机反复侦察，发现两翼果然有埋伏，兵员数量不少。该情报令横山勇暗暗心惊，如果不是黑田心细，日军可能遭受意想不到的损失。黑田平时不爱说话，谁都不知道他想些什么，心却极细，每到一处，必亲临视察阵地及兵营情况，他有着计算机一样灵活的头脑与惊人的记忆，全州县城两面有高山，这是他很早就听一位曾经去过桂林的人说的，时间已经过去好几年，至今他依然记得很清楚。

陈牧农兵败如山倒的更重要原因是其轻敌思想造成的。敌军攻占庙头阵地时，陈牧农还在蒙头大睡，头天晚上他喝醉了，醒时，身边还躺着一个年轻女人。两个师长也喝醉了，以至酿成如此局面。其实他最初的构想并非如此，敌人也并非能一举攻占其阵地。他用一个师的兵力在明处作战，也就是沿湘桂铁路线，做三层防御，一层离县城五公里，二层离县城两公里，三层离县城一公里。层层具是诱敌深入之计。每一层必须做出竭力抵抗的样子，打上一阵便佯装战败，且战且走。在兵员上，陈牧农军虽远不及敌军，武器上，却稍胜一筹，他们既有远程炮火支援后撤人员，进攻时，也可以凭借这些利器，让敌军倍感压力。敌军特工其实已经掌握到我军具有这些优良武器，在战略上，横山勇根本不把陈牧农看在眼里，但是在战术上，他并不敢轻敌。

他的用意主要在攻其不备上，就是在敌人放松警惕的时候，什么时候敌军可能放松警惕？要么正在休息，要么半夜时分，要么喝醉了酒。敌人极为耐心地等待如此时机的到来，他们相信，这样的时机一定会出现，这是因陈牧农的轻敌思想所决定的，他一定逃不脱该命数。起初，敌人有意放出消息，说他们在攻打衡阳时，再加上攻占祁东、祁阳两县连续作战。兵员疲惫不堪且损失过大，部队急需补充粮草和兵员。这些都是敌人有意放出的假消息，故意让我情报告人员捕获并传回。敌人放出消息后，我情报人员发现敌军士兵情绪果然不高，他们懒散地在城里走动着，喝着酒，唱着思乡曲，以此麻痹我军耳目。另有消息说，广西大门前迎候他们的是陈牧农军长，这是蒋总裁的精良重装部队，不仅兵员训练有素，指挥员战略素质也很高，和这样的对手干仗，他们得好好想想，一切准备都必须充足到位等等。你只要看看他在西北战场上与我军决战取得的胜利就已说明一切。

这是陈牧农最喜爱听的。

紧接着，侦察员送回情报说，日军有往郴州方向移动的迹象，原打算进攻桂林的横山勇部队正悄然掉头。我侦察人员接着又说，已查明，敌军确实已改道攻郴州方向，主力部队暂时不进攻全州了。接二连三的敌军假情报果然令陈牧农中计，原来十分紧张的战前紧绷情绪瞬间松驰。

这天晚上正巧是陈牧农生日，知道的人虽然不多，但是酒宴不错，氛围之好出乎意料，大家虽有慷慨赴死决心，又有侥幸心理，高谈阔论之间，还以为敌人果真转往郴州方向去了。

一师长大叫大嚷说，小日本难道还真怕了。

不真怕难道假怕。

起码也得打上一仗才知道真怕假怕。

你没发晕吧，还真想跟鬼子干上一仗？

老子还真他妈的想干上一仗，也好扬扬我们军长在蒋总裁面前立下的豪言壮语，以壮我九十三军军威。

这天晚上，一些团级以上军官除个别有事之外几乎全部到场为陈军长祝寿。就连庙头前沿阵地的吴团长也来了。

而且大家都喝醉了。

吴团长这天晚上没有回防御阵地去，晚宴后留在了城里，醒来时身边也躺着一个美人。美人睡得正香，仿佛一尊玉佛似的。吴团长意犹未尽地翻身往玉佛身上压去。

陈牧农身旁也躺着一位美女，她就是县长赠送的那位，陈牧农年龄大过吴团长，而且昨晚喝的太多，以至从酒宴上回到房间，就倒头呼呼大睡。别说动女人，只怕连天塌下来也不知道了。他还真以为鬼子改道了，鬼子真胆怯了，于是放心喝酒，放心说大话，然后放心睡大觉。

以至隔天上午，伯和张发奎接到庙头阵地失守的事时，陈牧农才匆匆地从床上跳起，爬到指挥位置上。见日军被我炮火压得抬不起头来，他笑了。可是不久就哭了。

身在桂林的张发奎手中电报稿滑落到地板上，伯冷静些，他问庙头阵地陆副团长，阵地怎么失守的？伯怒火填胸。

我们团长不在。

他阵亡了？伯大吃一惊。

不是阵亡，是上城里去了。

去搬救兵怎么的？

不是去搬救兵，昨天晚上他上县城喝陈军长的寿宴去了。

伯大骂说，老子枪毙了你。他的电报立即发到陈牧农指挥部。久久没有回话。

刚接到电报往伯处赶来的张发奎抢过伯手中电报大声嚎叫说，陈牧农死了吗？

同样没有回答。

电报室里一片混乱。

来了，来了。电报员扬着手中的陈牧农来电，伯和张发奎一看，确实，庙头阵地丢了。陈牧农驻防全州的两个师已被日军团团围住。

怎么会这样？镇定自若的伯也慌了，他知道陈牧农说的一定不是谎言，他望着张发奎，张发奎望着他，两人怔了半晌，仿佛泥塑一般。这时，另一份闪电一般的电报称，伯副总长，我顶不住了。

顶不住也得顶，否则小心你的脑袋。

伯再度望着张发奎，意思是说，怎么办？

张发奎看电报时已想好，他让特战队立即出发支援陈牧农军，一面骚扰敌军，一面从中接应。另外，立马给蒋总裁去电，让他立即派飞机前往支援，接应九十三军突围。

没想到第一道防线就这样如溃堤一般地毁了，伯极其无奈地说。

张发奎脸色铁青，这些日子以来，他一直感觉会有什么事情要发生，没想到竟然是这事。在他想来，陈牧农再他妈混蛋，也不至如此。他不由怒火冲天说，他妈的陈牧农，你害死人也。

怎么办？张发奎把特战队派出后，内心仍然如鼓点擂得咚咚作响。他想，这事是陈牧农不听部署造成的，那么其后果也应当由他承担。他立即电令陈牧农集结突围部队占据有利地形进行反攻。同时，特战队急驰到全州、兴安交界地，陈牧农带着两个师长及散兵正巧突破重围到此。张发奎获此电讯后不由长叹一声，真是马谡守街亭也。

陈牧农在电报里求张发奎说，张司令你可要在蒋总裁面前替我求情呀。

张发奎说，我替你求情，你早干什么去了？

要是你不替我求情，那么我就只剩死路一条了。

张发奎大骂道，还不给我赶快组织抵抗！

此刻的陈牧农哪里还指挥得了队伍，将士们逃命的脚步疯了，就算他们有抵抗的心，也无抵抗之力了。其辎重、武器弹药全留给了敌军。许多人因为昨天晚上陈军长办寿，他们没有受到邀请心里气愤，心里说，陈军长不请我们，难道我们自己不可以喝？于是三五成群地去到酒馆里，咋咋呼呼，发着酒疯，几乎把全城的酒都喝光了。该情况被敌特工即时发了回去。

横山勇大手一挥说，老天助我，于是，他发出立即进攻的命令。以两个师团的兵力，悄无声息地扑向我庙头前沿阵地。另几个师团悄然向全州后山运动。

一切都晚了，在警卫营的护佑下，陈牧农一面撤退，一面和两个被围的师长取得联系，大家一面抵抗，一面撤退。

敌大军乘势掩杀过来。兴安、灌阳等几处防御阵地挡不住洪水一般拥来的敌军的掩杀，全都乱了阵脚。

九

全州、兴安、灌阳相继失守的消息传到盘王村赵天一耳里，他吃惊不小，在他想来，敌人不至如此之快就击溃一个拥有重型装备的九十三军吧。但他仍然镇定自如地照常坐在古樟下下棋。

探子来报，有一支日军正往村子方向开来。

领头的叫今井，今井联队长骑着高头大马来到赵天一身后，仿佛惧怕惊扰一老一少两位下棋者，他只身上前观战老者和年轻人在搏杀。

今井是个中国通，少年时期随叔叔来到中国，在哈尔滨市中小学上过好几年学，因为某种原因被召回日本，若干年后，他脚穿铁鞋跟随侵略军重新踏入中国领土。

在中国的几年间，他最感兴趣的是中国象棋，而且是个象棋高手，那些年里，基本上每天都缠着中国同学和他下棋。中国同学大多不是对手，于是他便缠着老师和他下，大多老师也下不过他，他说，中国就没人了吗？

同学们大声抗议说，中国怎么就没人了？

我说中国没人了，就没人了。

你小东洋才没人了呢。

那你们找个能下赢我的，赢了我，才算中国有人。可就在这时，他被召回日本去了……现在他又回来了。回日本的那些年，他到处找人下棋，日本人下围棋的多，下中国象棋的人很少，一般都是中国留学生之类。

现在他领着军队来到中国，在中国的土地上，他的战场杀伐十分凌厉，几乎没遇上对手。在他看来，战争的胜败与个性有关系，与国势有关系。还有一点，他认为中国象棋帮助他对战局的理解关系很深，具体表现在象棋的谋篇布局、攻防、算计、杀伐，出奇兵、偷袭、暗渡陈仓是他常用的谋略手段。来到中国后，每到一地，首先寻找的就是和地方上的象棋高手下棋，他不管这些高手是敌是友，只要你会下象棋，都会被邀请到他的营帐和他对弈，能赢他，有奖，但是不能走，得继续下。不是对手，他就嘲笑你，照准屁股一脚把你踢出门去，一面骂骂咧咧说，笨猪。令今井没有想到的是，在如此偏僻山村会遇上下棋的，而且是一老一少。今井静观老少二人棋艺。不久，今井心里产生了一股激动情绪，他近距离地注目着年轻人好一会儿，然后把目光投到赵天一身上。

赵天一和年轻人赵猛对日军的到来，并没有惊慌失措，两人的镇静使今井不敢小觑他们。他想，我倒要看看山沟沟里的人为何如此镇静。

不足片刻，起初只想看热闹的他，顿时感觉棋盘上杀气腾腾。此时，红方一车伫立河界，一车将沉底吃掉黑方老帅；黑方车马炮处在另一翼，无力回防，败局已定，不料黑方突出妙手，连献车马炮三子，凭借高吊马之力，卒子逼进九宫，将红方老帅制服。执黑者是年轻人赵猛。老者赵天一缓慢抬头，平静地看了年轻人一眼，随即又望了一眼今井，意思难道你看得懂我们中国象棋？今井早已心痒难熬，欣赏之意，溢于言表，在他看来，这完全是一场漂亮仗的结束，却意犹未酣，好像这场棋局是他在下，而且执黑的是他，而不是那位年轻人。

他问年轻人叫什么名字，年轻人告诉说他姓赵。

今井又问老者姓什么叫什么？

老者也说姓赵。

这次轮到老者和年轻人吃惊了，这是日本人吗？他的中国话怎么说得如此流利，他是不是中国人？

你们别吃惊，我想和你两位下盘棋如何。

你和我们下棋？老者问。

当然是和你们下棋。

你会吗？

向你们学习嘛，而且可以立个规矩。

什么规矩？

要是你们赢了，我拜你们为师，还可附加一条，你们可以踢我屁股。但是……

但是什么？

如果你们输了呢？

赵天一笑了起来，心想，你想踢我们的屁股，做你小东洋人的美梦去吧。我们也绝不会收你小鬼子做什么徒弟，我只要你们从我中国的土地上滚出去。

今井见老者有些看不起自己的模样，便在心里笑了，说，滚不滚出去，不是我说了算，我没这权力。好了，今井说，只要你们赢了我，还可附加一个条件。

你还有什么条件？年轻人说话了。在他看来，这个东洋人倒有几分意思。

今井说，如果你们赢了我，我保证你们的村子不遭受我大日本皇军的任何骚扰如何？

赵天一摸了一把雪白的胡子说，这倒也算个理由，当着你的部下，你不怕挨踢屁股？

我想被你们踢屁股。

老者笑了。

战阵开始，今井想先和赵天一下，刚才他看清楚了，老者内力深厚，可说到精力，就不是年轻人的对手了。再说，和老者先下的目的是想从老者的棋道中领悟一些棋理，现在他已经丝毫不敢怠慢两位了。

棋盘上，显得异常宁静，整个村子都鸦雀无声，狗不跳，鸡不叫，牛不吃草，猪不摆尾。村人们如此，今井身后的日军也无不如此。赵天一的落子声清脆悦耳，就像金珠落玉盘一般。倒是今井落子时仿佛没有老者的气慨。

二十来个回合，你来我往，棋局上风云变幻，棋逢敌手。旁人看不出门道，然而棋局上的人知道，这是在比拼内力、定力、意志力和智慧以及对棋路人生的理解。今井分明也感觉到了这点，他自带兵侵犯中国以来，所到之处，每有闲暇，总忘不了找对手下棋，真正令他佩服的，只有眼前这两位，可谓罕逢敌手。

天气已经转冷，丝丝凉意从山间袭来，刮得皮肤微微发麻，可今井手心出汗了，而且后心火热。他感到了老者深厚的内力与棋局功力，他不知道老者的底细，起初看他下棋时，并没有想这许多，现在他想老者究竟什么人时，神思一恍被老者马跳畸角，一马踏双车，怎么闪避，必丢一车。今井脸颊间的汗水下来了。他一面擦脸，一面抬脸看老者，老者依旧沉静无语，仿入无人之境。

今井突然住手问，老人家，你什么人？

赵天一沉静回应说，我盘王村人。

我问的不是这个。

那你想问什么，你是不是想问我是不是中国人？

今井哑言。他说这盘棋就下到这里吧。

赵天一不依不饶地说，还没分输赢呢？

分了。

你输了还是赢了。

今井微微笑道，我输了。转而又说，不过输赢还没最后定。

此话怎说？

这不还有一位嘛。如果我再输给这位，我就真的输了。

赵天一也不多说什么，再摆棋局，赵猛上。

赵猛更不多话，他刚才见今井下棋时，手心也出汗了，有一刻，盘王局势非常危急，他观察到，今井攻杀凌厉，心机极深，每下一步，必观后三路，甚至五路、七路，如此敌手不可小觑。赵猛心气很高，他既然看出今井功力与心机，自然会沉着应对。再说，因为年轻，精力之盛自是盘王不能相比。

一招一式无不遵从法度，下得有板有眼。今井研究棋艺多年，今天在此荒野村中遇此高手，前番输给老者，此番不由多了几分谨慎，不曾想，因为多虑，险些中了赵猛一招调虎离山之计，今井脸颊又出汗了，心想我堂堂日军大佐，杀人如麻，今天怎么连连失利于村夫，这般思忖时，陷入苦思冥想，险招终于化解，不料又迭逢险招。

今井不愧领兵打仗之人，居然没乱阵脚，反而越下心态越平和，赵猛虽几次获势，终未致敌死命，不免心急，他不由看了盘王一眼，发现盘王面无表情，他既不看今井，也不看赵猛，仿佛一切置身事外，实则内心沸腾，他深为赵猛担忧，如此下去，将如何是好？

赵猛确实太想赢了，一招被今井捏着软肋，使了个马放南山，欲擒故纵之计，继之而来的是，一连三招，招招致命，最后，一锤定音。今井长长地吁了口气缓缓地站了起来，拍了拍双手，好像满掌尘土似的，这些细微动作让赵天一十分不舒服，这分明看贱人嘛。

到了这时，赵天一才不满地看了赵猛一眼。赵猛满脸是汗。赵天一不好当着今井的面批评他躁进，今井正思退兵而去。心里有事问道，请问老人家，此去阳朔的路怎么走。赵天一说，此往西北而行，有两条路，走大路直通修仁关，往阳朔方向，还有一条是小路。

修仁关怎么走？今井有意这样问，其实他早已侦知修仁关有国军重兵把守。

这些天村里人有去过阳朔的吗？

有。老者回答，只不过……

你刚才说的小路怎么走？

这……

这时，原本极为平静的村里，突然哭声潮涌，此起彼伏。

今井惊问怎么回事？

原来村中一户人家死了媳妇，死者前几天在前往灌阳她娘家的路上被几个日军士兵强奸，准确说是被今井联队的士兵强奸。媳妇感到无脸见人，遂上吊自尽而死，丈夫找到她时，正巧遇上另一队日军路过，他们也是今井联队的人，这队日军，想拉他当民夫，他扛着自己妻子尸体翻山越岭躲过敌军的追杀，千辛万苦回到家里，告知媳妇死因，村庄因此而沸腾，仇恨的怒火在村中熊熊燃烧，村人们大声喊叫，报仇，报仇……今天日军出现在村口时，死了媳妇的年轻人远远地窥见追击他的日军士兵，因为其中一个士兵脸上的一道明显疤痕提醒了他，他立即把情况告诉村人，村人暗中又把该情况及时报告给老者。

这时，村中突然鼓乐齐鸣，一支浩浩荡荡的送葬队伍一路往村口而来，日军连忙避让。敌营中一名特高课特工乘机混入送葬队伍，一面假装悲伤地擦红了眼睛，一面问送葬队伍中一位大嫂，说他从北方逃难而来，因为避祸日本鬼子，想上桂林，又听说前方有大军镇守道路不通，是否还有别的小道可通过。

大嫂不假思索说，有是有，只是……

只是什么？

只怕迷路。

你们村里这几天有人要上桂林去吗?

那可说不准，这兵荒马乱的。

那你告诉我大概方位，我自己试着走走。

大嫂朝后山指点说，那里有一条上山砍柴的小路，翻过两座山，可避开关隘守军。

生性多疑的今井派人前往秘密侦察，结论和村民说的一样。今井笑了，心想，这个村子里的人诚实的有。继而，今井又花重金请了一个村民带路侦查证实该小路确实可通往桂林，便让其带路抄小道而行。

赵天一笑了，心想，杀人强盗被蒙进鼓里了吧，别以为在我面前装几下斯文和假慈悲，就赢得了人心，我叫你有去无回。此乃赵天一精心效仿的《三国演义》里魏国大将邓艾翻山越岭径取蜀国之计的反用。

今井率队依径而行。起初的一小段路程，红枫如血，山势起起伏伏，矮峰追日，视野开阔。骤然间，路径变得难以辨认，山势骤然陡峭，两峰逼道，带路人把日军领进险地，今井已经无法骑马，只得下马步行。他一面走，一面拿着特工草就的行军路线图仔细端详，突然间感觉情况不对，急令前队止步。不料，已经晚了，山头上擂木滚石风雷般砸下，日军哪里料到会出现如此情形，顿时间乱了阵脚，死伤无数。有那么几秒钟今井仿佛中邪一般不能动弹，随后他大叫一声，盘王村死啦死啦的有，我还以为可以和那老家伙交个朋友呢，他竟敢暗算我大日本皇军，看我怎么血洗盘王村。

今井哇哇大叫时，赵猛站在山顶上朝大佐喊叫说，今井赶快投降吧，你只要肯投降，放下手中武器，我盘王村绝不虐待俘虏，我们甚至可以天天在一起下棋。

今井狠狠瞪了一眼赵猛，抢过身旁卫士手中步枪朝远山上的赵猛射击，出膛的子弹仿佛会转弯似的，绕着赵猛的屁股爆炸，只是射人不着。因为赵猛身形比猴子还灵巧，比奔马还迅捷，比雄狮还勇猛，他和村中伙伴在山脊上的乱石缝中蹿来蹿去。一时间，久经战阵的日军士兵们竟然看得呆了。

这时，山顶上又一波擂木滚石轰天而下，块块巨石冲浪而起，直扑今井而来。今井刚刚闪过一击，另一块石片复至，今井暗叫一声不好，合身卧倒时，石片从头顶上擦过。村人们凭借天然屏障，以小搏大，以弱击强，四面袭击，敌军不是踩中涂毒的竹签、铁刺、铁猫和抓捕野兽的套索，就是遭遇辣椒与石灰烟雾的袭击，村民们还将碾成粉末的禾木树粉喷洒在敌军衣服上，敌军浑身奇痒难熬。村民们又效仿《三国演义》里火烧连营之计，将恼羞成怒的敌军诱入谷中，突然间一瓶瓶汽油从天而降，大火随势而起，烧死敌寇无计。

今井逃过一劫，率队缓缓后退，不曾想身后突然间惊天动地，又一波擂木滚下，仿佛山崩地裂一般，砸死砸伤敌军无数。两面夹攻，敌军被困在一条不足半公里的狭长地带。这里叫葫芦谷，因其像葫芦得名，两面山窄坡陡，荆棘丛生，今井无头苍蝇似的，带领着队伍左冲右突，训练有素的村民们，站在山顶上的石缝和树木间朝敌人开火。敌人架起迫击炮朝山顶猛轰，山谷里烟雾弥漫，火药味浓烈，敌军喘不过气来。

敌军戴上防护面具，开始朝山头冲锋。村民们虽然勇敢无惧，但毕竟武器少、人少，不得已往山后撤退。敌人哪肯放过，他们沿着村民们撤退的路线穷追不舍，却不料，又踏入一处与葫芦谷相似之地，村民们在此设下相同陷阱，有人踩中铁锚，有人被毒箭射中，有的被野猪套吊上半空，刚才跑得没了踪影的村民返回峰顶，把涂有油料的利箭射入山谷，一时间，山下熊熊大火燃烧，敌人大叫不妙，转身欲逃，不料又坠入一处布满竹签的坑部。敌人喊爹叫娘，却不甘心失败，在今井的指挥下，往山这面开炮，山梁几被炸平，枪声静止，今井率残部抢攻山顶。

这时，不知从何处飞来一块片石，那片石好像知道路径似的，直冲今井而来。今井本能地身形一闪，避过一击，那石片竟然会转弯，回头打中了今井身体要害，今井倒下时，就像倒下根朽木桩。敌军密集的子弹阻挡前来抢夺今井尸体的盘王村的勇士们。村人们也绝不手软，与敌展开互射。枪炮停歇的瞬间，敌军上前企图抢夺大佐尸体，和猛扑下山的村民们展开肉搏战，敌军哪里见过这干骁勇之士，他们不仅神勇灵巧，嗖嗖利箭不知从何处射来。敌军不得已只能舍弃今井尸首往山下退去。进入村庄，放火烧毁整个村子，把能牵走的猪牛牵走，发下毒誓说，我大军开来，踏平盘王村。

此一战，虽灭了敌锐气，村民们目睹村子惨状，依然忍不住失声痛哭。细算，村民死伤五十余人。一个近四百人的村庄，损毁十之八九。

赵天一带领村民埋葬了亲人，说，家园没有了是暂时的，可以重建，亲人们没有了，我们可以缅怀，可是我们也有所得，那就是让敌人尝尝我盘王村的厉害，谁要想骑在我中华民族头上拉屎拉尿，有他们好看的。

村民们，我们取得了一次小的胜利。

说话间，修仁关前响起隆隆炮火声。这次是敌军雄井师团长亲自带队进攻，雄井眼里全都是怒火，并且骂骂咧咧，自接到联队长今井阵亡消息，他几乎气晕。他是今井叔叔，侄儿被乡民打死，连尸首都无法抢回，奇耻大辱岂能下咽，他要报复，他要宰掉每一个盘王村人，对于眼前的修仁关，他要将其踏平了，方解心头之恨。如果不是这个修仁关挡道，他的侄儿今井也不至选择走小路，以致丧命。他的手下一共有两万兵马，一百辆坦克，两千门大炮，还有飞机助阵，不愁踏不平此关隘。以至，他站在道路当中，气焰嚣张地指挥部队轮番向我关隘发起进攻。一面派出一支队伍往盘王村摸去。

盘王村民盘点胜利战果，一共拾得百十条枪，还有两尊山炮，以及若干其他武器及手榴弹。重要的是，他们发现今井没有死，只是气息奄奄，极度虚弱而已。就在这时，今井睁开眼睛发现围观的村民们一张张陌生的面孔，他哆嗦着，去抓身旁的一把短刀，他想结束自己，谁知被赵猛看到，赵猛一脚将短刀踢飞，笑着对今井说，想死吗？

八格亚噜！

你不想和我们下棋了？

八格！说着今井竟然站了起来，冷不防夺过村民手里的枪，不想又被赵猛给夺下了。

赵猛说，你已经败了，认输吧，看在你爱下棋的份上，只要你能赢我和我们盘王，就放你回去如何？

今井说，你说的可是真话？

赵猛眉峰一竖问，你真是中国人？

我会说中国话，但不是中国人。

你的中国话在哪里学的？

我从小在中国长大。

你吃中国的粮食长大，为什么要侵略中国？

这你得去问我们大日本帝国天皇，不该在这问我。

赵猛和今井口角之间，赵天一已经把今井的血止住，接着又清理完伤口。今井的大腿被锋利的石头剐去一大块肉，胸部伤势更重，他居然咬紧牙关没吭一声。

今井怪眼圆瞪地问赵天一，我自问待你和你的村庄不薄，为何要这样，如果不是我发善心，一进村我就会要你全村人性命，不信你打听打听，我军所到之处是不是这样？

正因为知道你日本人豺狼虎豹之心，而且你的人未进村前就强奸致死我村妇，迫使我不得不用此法跟你们斗上一斗。

今井说，你到底什么人？

这话我好像已经告诉过你了。

我的意思是，你是种田的吗？不，你以前是不是在军队里待过，为什么我一连中你三计，你到底什么人？

赵天一说，告诉你也无妨，我是晚清时期的一个团长。

哦，今井猛然想起什么来了，他说，你就是传说中的猛子团长？

你怎么知道的？赵天一眼睛一亮。

那是多年前的事了，不过，这事不重要，重要的是输在你手里倒也不丢什么大丑。不过我还是要自刎，你问问我日军有投降的吗？

你不是投降我盘王，而是投降你自己的心，你不觉得你身上的血腥太重，罪孽太重，你应当向心灵之神谢罪。

就算谢罪我也不会在中国谢，我要回日本向天皇谢。

这可由不得你了。

你想怎样？

离这五公里处有一座小庙，庙虽小，和尚却来头不小，他是从东北逃难过来的大和尚，道行高深，香火也旺盛得很，你尽可以上那去天天念经悔过，洗刷心灵之罪。如果你果真悔过，到时，我会上庙里和你下棋。

盘王村已经玉石俱焚，你想你所说的小庙也玉石俱焚？

赵天一说，你们会遭报应的。

赵天一的话令今井吃了一惊，他知道他的心被赵天一看穿了，这是一直以来他心中的隐痛，他虽然杀人无数，内心从来也没有安宁过，盘王的话仿佛突然间打开了心间的一扇窗户，虽然天空黑暗，看不清世间事物，盘王的话或可解此隐忧，再说其内心深处作为人的良知未彻底泯灭，总之，他想了半天，换了一身素袍上山去了。

十一

这时，防守严密的修仁关上，遭遇敌军阵复一阵的轮番轰炸后，我军将士奋力抵挡两天，我军伤亡惨重，被敌炸红了眼的关师长咆哮着要亲自上阵督战，被手下死死抱住。

敌军指挥官远远地看到了这一幕，下令各种大炮齐轰关隘，一副不将其炸平，誓不罢休之势。大半个钟头，打得我军再无还手之力，敌命停止炮击后发现，关隘上人影全无。

雄井师团长登上关隘，一面庆祝胜利，一面大声嘲笑说，这样的军队怎么可以和我大日本皇军抗衡，大家赶快冲，我们上阳朔吃早饭去。他马鞭一挥，大队人马毫无顾忌地往前冲击，不久走在最前面的士兵突然间不见了，吓得率队前行的日军大队长大惊失色地呆滞着不敢动弹。

这里过去是一个破旧窑洞，我将士们把树枝薄草掩盖在上面，再盖上薄土，敌军不慎一个个掉入黑暗的窑底。后面的敌军绕过废窑，没想到我军暗布于林间的挂雷，以及地上的埋雷在正等待着他们。

我军沿袭盘王村民火烧连营之计，当敌军大部队经过时，突然间枪炮齐发。敌军无头苍蝇似的，满山乱蹿，可到处都是我军嗖嗖的子弹往敌军头上射来。

到处都是枪炮声，满山被烟雾笼罩，到处都是敌人喊爹叫娘声的哭泣声，敌人在盘王村的遭遇，被完整地复制到修仁关下。

一队日军舍命突破重围，不料一群灌醉了酒、身上挂满鞭炮的水牛们噢噢叫着发疯般地冲进敌营，它们红着眼睛，逢人撞人，逃命的敌军踏入地雷阵，被炸得尸骨横飞。

而另一队敌军自以为突破重围，正暗自庆幸时，不料又踏入我军民设置的陷阱。从山上俯冲下大量淤泥，困敌于泥沼中，这些淤泥裹住日军身腿，他们进退受困，我军将士从暗处一枪一个。算下来，敌人死亡三千，因敌军的轰炸及坦克的碾压，我军死亡亦达四千余众。但是战火依旧没有停歇，关师长见前敌中计，便率队从隐蔽处突然现身，隐藏于密林中的迫击炮向关隘口的日军大队人马集中开火，敌军被炸得人仰马翻，敌师团长险些被炸飞，扔下满地尸首缩回到出发前阵地，展开队形，意欲与我军展开更大规模的厮杀，接下来的战斗进行得更为惨烈。

这就是关师长访问盘王村时，与老者设定下的密计。

十二

此时，云水关的战斗已经打响。

罗活师长站在云水关顶的工事里，远远望去，敌前锋已经进入一团伏击圈。敌军大摇大摆，趾高气扬，仿佛一切均不在话下。因其占领兴安严关，占领高尚田及海洋坪一带，竟然没放多少枪炮一路顺风顺水地到达这里。

敌平田正判师团长站在山坳口停住了，他仔细端详着地图。情报课长跑来报告，这一带直到今天早上他还派人巡查过，没有什么可疑之处，不信你可以朝天放上两枪，看看是否有鸟从中飞起。话声未落，一士兵果真放了一枪，荆棘林中飞出大量的鸟。

师团长见状微微笑了。其实，我伏兵就在离师团长数步之遥的地方，敌军枪声惊吓了我一个士兵，该士兵刚从军不久，战斗经验不足，敌士兵的子弹擦着他的臂膀射入岩层，溅起一串火光，惊得他半天不敢睁眼。当他终于睁大眼睛细看时，发现眼前站着的敌师团长浓眉、窄脸、身材短小，横挎腰刀，目光凶悍。伏击队员见状不由一惊，险些弄出动静来。一旁的战友连忙摁住他，耳语说，不要命啦？镇静些，否则会坏大事的。

敌师团长有些不相信地望着荆棘丛。

敌情报课长说，师团长放心吧，这些日子我率人在此一带转了好几圈，没发现任何可疑之处，刚才还开了枪，有大量的鸟飞出，情况你都看到了。

你怎么如此肯定？

情报课长说，你细看看，这里荆棘遍野，连插脚的地方也没有，因此我断定里边不可能有伏兵。他这样说，实则不是妄言，他也和师团长一样，对此不放心，几天来，他几乎转遍整座山梁，只见荆棘，不见人踪。敌情报课长见师团长仍然疑虑重重地站在原地不动，他知道师团长还不放心，于是，随手又朝荆棘林连开了数枪，有一枪射掉我伏兵帽子，他就是被师团长面貌吓着的士兵。荆棘林里边照样没有任何动静，远处山野，顿时惊起无数飞鸟，大群野兽在逃命。有两头野猪，还有一头山羊。它们逃命的身影从眼前闪过，师团长身边的人表现出浓厚兴趣，意思是把它们打死作下酒菜，师长长眉毛一乌，加予制止。

情报课长心里嘘了一口气，心想，总算没事。然而他错了，不仅他错了，老辣无比的师团长也被荆棘林给蒙住了。荆棘里面不仅能进去人，而且藏有我大量伏兵，只是他们没有发现其中隐秘，我军早虑到了这一点，他们是从山的另一面摸进去的。那里也长有荆棘，士兵们知道，敌进攻就在这几天，所以他们在山的另一面砍倒一部分荆棘，部队由此钻进去，再加以伪装。

一个日军士兵抬头观看着远方的天空。

天空阴沉，好像要下雨了，士兵浑身一阵哆嗦，这个日军士兵生有一种奇怪的病，就是看不得阴沉的天空，这种气象出现时，他就会产生恐惧感，这份恐惧来自小时候在家乡看牛时引发的一件小事。

那时，他家里养有许多牛羊，因为父母亲多病，以致年龄很小的他，不得不经常帮助家里干活。

一个星期天，他赶着一群牛羊往后山上走去，家乡的地势很像眼前这面世界，山势起伏，野草丛生。那时的他唱着乡村小调，这是班上一个女同学教给他的。就在这时，刚刚还光艳明丽的天空，突然间阴云密布，雷声大作，雷鸣电闪中，突然间天黑得不见五指，层层黑云仿佛巨石般地罩顶压来。他感觉心跳加快，几乎窒息，他连忙吹口哨驱赶他的牛羊。

就在这时，懵然发生的一幕令他惊呆了，他的牛羊不知怎地一头头地倒下。他惊恐地抽打它们，它们也赖着不肯起身。他一面抽打，一面咒骂说，你们想在山上过夜吗，这可得想好了啰，你们会被老虎吃掉的。说完他又使劲抽打它们，可是无论怎么抽，怎么咒骂，倒下的牛羊居然没能站起，他的脸煞地白了，天空中一直在闪电，却没有下雨。天渐渐黑了下来，还不见他回家，父亲拖着病体四处寻找到此，发现倒地的牛羊因为吃了一种有病毒的草，混合着这种奇怪天气的出现，以致发生这种情况……

现在，这个十七岁不到的日军士兵又遇上了这种天气，他急了，一急就得屙尿，他向前移动了几步，低头屙尿时，他发现了不敢相信的一幕，荆棘缝隙深处，闪烁着好几双眼睛，那几双眼睛如同电光火闪一般地盯着他。这多像他在家乡看牛时发生的事，只是情形反过来了，眼神也倒过来了，他的眼里出现了当时他的牛羊们眼里的惊恐。

他呆住了，凝固了，尿打湿了下半身全然不知。

这时，另一个解手的士兵发现了与他同样的情形，这个士兵反应机敏，他立即端枪朝荆棘林里扫射。

几乎所有日军都做出了同样的举动。我伏兵之计败露了，也就说还没有到他们应当发挥作用的时候就得提前战斗。一时间敌我双方展开互射，野地里的我伏兵和敌军的枪炮声炸锅般奏响。

罗师长从望远镜里看到这一幕，知道大事不妙，只是不知道问题出在哪个环节上。这是伏兵团没想到的，也是罗师长没有想到的，日军也根本没有想到，敌军发现我伏兵后，敌师团长连忙命炮兵朝我伏兵开炮，大量炮弹落在我伏兵阵营中，罗师长心里直冒火，他无法调用炮兵予以支援，恐其预先暴露，自己的部队又攻不上去。

他问身旁的参谋长有何良策予支援解救。

参谋长想了想，只得动用隐伏于山头，在紧急情况下掩护师部撤退的特战队分兵一半前往支援。

我伏兵虽然遭遇大兵围剿，但人人英勇无畏，他们往外突围时，被荆棘绊倒，却依然与敌人厮杀。他们一面厮杀，一面按原来的预案撤退。可撤退的路被敌军快速运动部队给堵住了，一场肉搏之战就此展开。我伏击团奋勇冲杀，可是敌人太多，而且有大炮加入。我官兵刚冲杀出一道缺口，立即被敌军堵上。战斗极其惨烈，有两人抱着头，互相把刀扎进对方胸膛而死的；有互相割断对方颈子而死的；还有断臂断腿的，有把嘴从敌军的大腿上狠狠地咬下一坨肉的……不到一个钟头，密集的杂树林伏兵处几乎夷为平地，伏兵团几乎全团覆没。敌军亦伤亡不少。师团长哇哇大叫不已。

十三

此时，敌前锋已抵达乌龙关前，已经进入我军射程之内。

罗活师长发现，日军队列里押着两个老乡，罗活师长眼睛大了，其中一个他认得，几天前化装侦察时，还进他家讨过水喝，同时这位老乡还向他提供了不少情况。现在，这位老乡正抬眼望来，仿佛知道罗师长位置似的。

日军士兵气势汹汹地用刺刀抵着老乡后心，让他向我守军喊话，老乡死活不开口。

日军士兵的刀锋扎进老乡后心，鲜血喷涌而出，地面顿时间被鲜血染红。罗活师长的心提上喉头，他朝身旁的一个狙击手示意射击，狙击手扣动扳机，日军士兵应声倒地。机缘巧合，就在敌人倒下的瞬间，两带队老乡也随之倒下，并迅速钻进一旁的草丛中，日军举枪狂射，我军火炮怒火冲天般射击，大量日军应声倒地。

敌人发现了我军火力点，立即开炮还击。

我军设在隐秘处的炮兵此时也一齐向敌阵炮击。顿时，山摇地陷，烟雾弥漫。敌军炮弹落在罗师长指挥所旁边，炮弹碎片射中一个卫兵手臂，为罗师长挡住一击。另一卫兵拽住罗师长往后急撤。

罗师长大骂卫兵说，谁想撤谁撤，我不能撤。

卫兵指着不长眼睛的散射弹片说，这里危险。

我要在这里指挥灭敌。

罗师长不肯撤，卫兵直跺脚，急哭了。

敌师团长在第一波硝烟散尽后发现，想要攻进桂林吃早饭的事不行了，别说吃早饭，想前进半步亦无可能。我军占拥雄关，而他的兵士则身处平缓之地，虽然有杂草树林作掩护，但是只要开枪，就会暴露行迹所在。敌师团长登上一座小山，朝乌龙关望来，发现乌龙关附近所有山头全被我军守护。如要智取，就得回撤，绕道兴安。敌情报员又弄错了，遍插在山头上的我旌旗实为疑兵，没有插旗之处才是我军真正伏兵重地。

这天下午，日军师团长停止了进攻，他在思考进攻策略，最有效的方法就是派出特战队摸上山头，敲掉我军指挥部，只要找出我指挥部，就有办法实施斩首行动。一队日军特战队突破我军外围防御阵地往山顶摸来，正巧遭遇我前往支援伏兵团的特战队，两特战队突然遭遇，顿时喊杀震天，直杀得天昏地暗，日月无光。双方人马有死有伤，直到天黑，才各自收兵。

这天晚上罗师长失眠了，他想，要守住乌龙关隘，硬来不行，只能一面固守，一面想法出击。敌军队伍战线很长，地形对其不利，当派兵滋扰敌后腰。

英雄团团长许大伟说他愿带人前往。

许大伟是特战大队队长。他的请求被罗师长否定。正在这时，枪炮响了，敌军于半夜里向我防守阵地发起进攻。敌万炮齐发，大量的炮弹落在我军阵地上，我军损失惨重，却毫无回手之力。就在敌人以为我军被撤底摧毁时，没料到我特战队摸着了敌人的炮兵阵地，将信息发回给我炮兵，我炮兵也万炮齐发，敌其中之一炮兵阵地被摧毁。然而，我军炮兵位置也被敌侦知，随后也遭敌摧毁。一直打到天亮，罗活师长的指挥所已被夷为平地。罗师长身体受伤，全身绑着绷带的他站在另一处隐蔽所，这里正好观察乌龙关阵地。沿河一带到处都是我大量倒下的士兵尸体，尸积如山，血流成河。罗活师长怒气冲天，敌人的部队如蝗虫一般往乌龙关蜂拥而来。只是敌人完全没想到，就在他们抵近乌龙关时，我士兵突然间从尸体中一跃而起，他们几乎全都活了，事实上，我士兵有的只是受了些轻伤，那些受了重伤的这时也已醒来，他们一个个猛虎般地和敌人展开肉搏战。这时，埋伏在山头上的我军对进入乌龙关的敌军发起猛烈反击。

这时，日军另一路人马已进抵灵川县城，抢先攻占县城的日军大佐田中，嘴巴笑成猴屁股似的给横山勇发电说，我已占领桂林。

横山勇大笑说，你就占领桂林了，没开玩笑吧？横山勇外表鲁莽，脾气急躁，却极为精细，他不相信这是事实。

敌联队长田中说，你不是说让我们打到桂林城下才吃早饭？

横山勇还是不敢相信，他要求给予证实，结果竟然是个笑话，敌人占领的仅仅是灵川县城。

横山勇骂道，田中，你谎报军功，不要命了？

要命，我要命。

要命还不赶快行动？

十四

荒野中的小路上，有几个妇女在奔跑，她们是苏家村的，跑在头里的是凤鸣。凤鸣带着几个妇女，潜入灵川县城打探敌情。她们一个个地把自己装扮成叫花子模样，衣着破烂，手脸脏兮兮的，像狗一样，到处翻捡垃圾，抓起来就吃，只是在入嘴时，那垃圾才掉进宽大的袖管里，吃垃圾不过遮人耳目而已。凤鸣的爱人张一在阚维雍师三团三营三连当连长，她的婚事由伯副总长亲自主持，现今的她已是名人。然而，此刻的她却不知道自己的丈夫在哪儿。于是，她组织小部分妇女化装成叫花子模样，来到灵川侦察。日军见这些衣衫破烂，浑身奇臭的人，要么远远避之，要么竭力驱赶，根本没有想到怀疑二字。凤鸣等来灵川，一者探敌情，重要的是听说丈夫在此一带伏击敌人，因此想碰碰运气，看看是否能碰巧遇上。

结婚以来，凤鸣和丈夫只相聚三天，之后只见过一面便匆匆离开。临别，她一再问丈夫具体行为踪，丈夫死活不肯说，不仅不肯说，还让她好好在家待着，自己有空就回家看她。

你就是这样看我的？她生气了。看来你还是没理解我。

我当然理解你。

那你为什么不让我上前线，和你一样打鬼子。

打鬼子是我们男人们的事。

也是我们女人们的事。

丈夫哈哈大笑说，你的英雄豪气值得赞赏。说着，匆匆去了。那时集合哨已经吹响，张连长带着队伍瞬间消失在夜幕当中。

凤鸣也没闲着，她带着她的一干姐妹，一会儿进城帮助城防工作，一会儿又做消息传递工作。她发现，自己确实有打探消息的特长，这也许得益于她的机敏，也许得益她脑子灵活，还得益于她寻找张一那两年的苦难经历。再说，当年在学校，班里的同学谁都认为她比他们灵活，脑子好使，这会儿她突然灵机一动，自己何不化装成叫花子为军队打探敌情。于是，她带领一干姐妹混入灵川县城，岂知县城已被日军占领。

丈夫呀，你在哪里，能告诉我吗？你不是说你的连队可能会往灵川方向运动吗，现在还在灵川吗？可能不在了，因为县城已经被日军占领。可我想你，我该上哪去找？

凤鸣是这样的一种人，不达目的绝不罢休。一干姐妹拄着拐杖，精神恍惚地进入灵川找不见张一后，便原路返回。路途上，到处都是逃难的人群，她们向这些逃难的人群打探遇见什么部队没有。

逃难人群摇头说不知。

就在这时，突然间从城里冲出一队人马，这队人马气势汹汹地追赶几个乡民。这几个乡民，实则是我军侦察兵，他们化装成普通农民进城搜集敌情被敌识破，敌人正追赶抓捕他们。他们在前边奔跑，敌人并不开枪，他们要抓活的。岂知这些装扮农民的我侦察兵腿脚极快，走路像飞，引起日军士兵的兴致，他们想，好哇，想赛跑是吧，看你们快还是我们的腿快，日军士兵一面追，一面大声咒骂说，还不站住，死啦死啦的有！

我侦察兵昨晚又冻又饿了一个晚上，今天早上被敌发现，敌人如此狂追，把他们累得够呛。纵然如此，一时敌人还是难以追上，他们也不想想，我军侦察兵岂是吃干饭的。

然而，敌追兵越来越近了。

凤鸣看出情况来了，在前面奔跑的几个人，人人手里有枪，只是不到万不得已，才没有开枪。凤鸣决定救他们一把，她和姐妹们散开在路两旁的草丛间，等到那几个被追得全身大汗的人跑过她们的伏击点时，日军随后追来，凤鸣姐妹几个每人给日军一闷棍，几个日军士兵突然遭此拦截，全部跪倒在地上。奔跑过去的我侦察兵立即回头帮助凤鸣把敌人绑住，带回驻地。

路上，凤鸣问他们怎么回事。

他们说，他们是阚将军的部下。

凤鸣很惊讶地说，她要找阚将军的部下。

你们想找谁?

凤鸣说出自己丈夫的连队。几个人大笑说，我们正巧就是你丈夫张连长的部下，他委派我们前往灵川侦察敌情，不料被敌识破，要不是你们及时出手，险些出问题。

凤鸣说，不用客气，我要找我的丈夫，我有情报给他。

好，我带你们去。

张连长的连是机动连，目前驻扎在一座峰上。

这里叫七星山，身后是骆驼山，侧面是博望坡。这里地势较高，桂林城隔江相望。玉带一般的东江、漓江穿珠引玉一般将城装扮。近前的山腰山头之间，无处不是明碉暗堡，这些明碉暗堡像人体经络一般通往各处防御点。伫立山头，北望灵川一带，山势起伏，延绵不断，远近诸峰，如处浮云，如果不是巧遇相救之人，如此情况下，自己绝不可能来到此处。

丈夫见她到来，深感吃惊，回头看了一眼他的手下，知道是他们干的好事，不由心生怒气。

凤鸣活泼可爱，丈夫的一言一行，岂能逃过她的眼睛。

她说你不用生气，而且他们这样做并没有违背军纪。

丈夫更生气了，说，你还替他遮掩，知道吗，都是你干的好事。

当然是我干的好事，见丈夫如此不通情理，她的万般思念因此减去几分，口气变得有些生硬说，我不是替他们遮掩，而是有情况向你汇报，因为你是我丈夫，你又是这里的守卫官。

别给我戴高帽子，我不是什么官，我只是一个普通连长。

连长也是守卫官。她笑了。

张一连长绷紧的脸一下子展开如一片蓝天了，刚才的一番话，他没有动真怒，严肃是装出来的。这点他的士兵全都看出来了，凤鸣岂看不出，于是，她把他拽向一旁，详尽地把她如何寻找他，如何遇到一些反常的事，尤其她和姐妹们乞讨时，在距灵川不远的奇峰下发现一隐秘处。

看清楚什么了吗？张一兴奋地问。

我们怎么能看清楚，只是情况十分异常。

怎样异常法？

戒备极其森严，任何人不准接近。

我就不懂了，既然如此，你们怎么知道那里情况异常？

凤鸣说，你没看见我们这副形态，那些士兵对正常人或许会警惕性很高，可是对于我们这副模样的人，他们不感兴趣，正因为如此才没有引起注意。我们乘势爬上一座山头，发现下面情况确实异常，几个帐篷全盖着白布，四周全是日军岗哨。那些岗哨或明或暗，或露或藏，当即引起我们高度警觉。我姐妹从山上下来后，本来想靠近侦察，感觉不妥，便决定往县城赶去。

你们去灵川干什么？

察看敌情。

还有呢？

你说呢？

我说什么？

不知道就算了，我就知道你这人脑子笨。

张连长扬起手掌。

凤鸣把脸递了上去。

张连长笑了，说，你以为我会打你？我是打我自己的脸，说着一掌打在自己的脸上。

凤鸣搂住丈夫的手臂说，别闹了好吗？

谁和你闹呀，我不过听说你在那一带活动，所以……

所以你就去了？

我想你！

我也想你。

怎么想？

天天夜夜。说话间，张连长想吻她，可不方便，四周全是士兵，只得作罢，说声你回去吧。

我想留下。

不要这样，你知道军队纪律。

我就知道你会这样说。她一面说，一面后退，泪不觉下来了。

张连长说去吧，去吧。说着，自己的眼睛先湿了，连忙背过身去，仿佛山下出现敌情似的。

刚才几个受凤鸣救命之恩的侦察员不忍心看此场面，他们想，刚才要不是有她们几个帮忙，自己不可能全身而退，更不可能捉回一个日军小队长。

凤鸣离开后，日军小队长被立即送往团部。这时，阚师长正在团部视察。经连夜审讯，日军小队长证实凤鸣所说的，距灵川不远的山脚下确实有个秘密武器重地。

审讯官问，什么武器？

敌小队长摇头说，只知道那里戒备极森严，任何人不得靠近，包括我们这些军人。

说！审讯官说，别给我卖关子，到底什么武器？

我说了，不知道，你就是打死我，我也不知道。我可以告诉你们的是，我军这几天即将对桂林发动攻击。

一旁静静观察的阚师长眉峰陡竖，他感觉日军小队长供述的时间点非常重要，立即将情况报告上级，然后派侦察兵前往侦察日军秘密武器点，也无法接近，反倒引起敌人的注意，敌人也不说话，举枪就扫射，为此伤了我两个侦察兵。阚维雍把该情况报给伯，伯请调飞机予以轰炸，飞机前来，也近不了身。

伯和阚师长表扬了凤鸣等发现如此重要机密，并令地方政府给予奖励。

十五

敌军对桂林城的进攻与伯等分析判断的时间晚了几个小时。据各方面的情报显示，敌人将于这天晚上对我发起重炮轰炸，因此，我军紧张忙碌了一夜，接近天亮仍不见动静，大家极度困乏，都想坐下眯会儿眼睛。

这时，敌人一个小队往山脚摸来，小队日军是前往探路的。事前敌特工已把七星山的防御情况摸了个大概。其中两个日军士兵顺着山间小路一直往上攀登，几乎到达我军阵前，我一个士兵因为口渴，想找喝水，发现了敌人，他拔刀朝敌人捅去，另一个敌人从斜刺里捅出刺刀，我战士扑通一声倒在地上。因为动静过大，其他刚眯上眼睛的士兵全醒来了，顿时，枪声密集响起。

与此同时，在城的东面、西面、南面、北面几个方向敌军对我发起全面攻势。溜马山、象鼻山、屏风山，还有南面的李家村，四处都是枪声，我坚守各处战略要点的将士，人人的枪口里无不发出狂热的怒火。这时，一小队化装成地方武装，持有地方组织证件，说自己奉伯之令进城协防来到城下。

守城军士很疑虑地看着领头的小队长说，就你这几个人进城协防?

嫌人少了不是？那我们回去了。

守城的士兵眉毛一动说，你几个哪个村的？

临桂六塘村。

我就是六塘村的，怎么从来没见过你们？

我告诉你，是这么回事……假扮民团组织者走近值勤士兵，手起刀落，将守护城门的士兵砍倒。随即迅速散入城里。他们的目的是进城去和原先混进城里的日军特高课情报人员取得联系。原潜入城里的敌特高课情报人员已经和城外部队失去联系三天，日军情报部门担心自己的人遇害，为证实和组建新的情报网，因此假冒民团组织进城查探虚实，重要的是把新的情报搞到手，以便在大举进攻时发挥作用。

此前，日情报机关获取一份情报，说伯密计在日军对桂林发起全面进攻时，外围作战部队于灵川县城至粑粑厂一带设伏兵，另一支伏兵于大瑶山万峰林间，这些地方，到处都是疑兵标识，敌特侦察再三，却始终没有发现我军踪影。横山勇紧皱眉头想，中国兵法云，虚者实之，实者虚之，这些招数是古老中国一直沿袭至今的疑兵计，意在阻止我军前进步伐。我偏不吃这一套，攻，给我放心进攻，打进城里再吃早饭。

伯冷笑道，你当我桂林城防是豆腐渣不成？所谓粑粑厂和大瑶山设伏兵不过是假情报，意在扰乱敌军部署。

其实，伯制定的是一个包饺子的战役行动，就是在敌军发起全面进攻前，派出一支精干部队于敌腰身发起突然性进攻，这条伏击线处于大瑶山和漓江东岸一线。当敌人对桂林周边诸阵地猛烈进攻时，我军突然在身后狠狠地给他来上一下。

初时，我军每秒十发炮弹落入敌军阵营，随即，大队人马四面出击，敌两个联队被我从天而降的英勇将士打得七零八落，死伤遍地。这一场战斗仅仅五分钟，我军潮水一般涌入敌营，又潮水般退却。敌清点战场时发现，两联队死伤竟达千人，其中一个联队长左臂被炸断，我军死伤没敌人多。身在灵川三街指挥所的横山勇接到被我军攻击后腰损失惨重的报告，手里的饭碗停在半空中，那一刻他凝固了，好一会儿才醒过神问身旁的参谋人员，你们认为这可能吗?

作战部证实情况属实。

横山勇气愤地把饭碗一扔，冲进作战室，几乎要把眼前的人一口吃了，在他想来，你们这些人都是吃干饭的，事前怎么没想到敌军会使用此招，还一个劲地在我面前说，敌军被我军吓破了胆，他们的胆被吓破了吗?

没有!

这些攻击我军的人在哪儿?

情报说，往南面方向去了。

追！无论花多大代价，也要把他们给我消灭了!

敌军万万没有想到，伯的另一奇谋已在西北方向的芦笛崖地区展开。伯十分清楚，日军要进攻桂林城，此处不是要冲，却也是必争之地，往往容易被敌忽略。果然，敌大部队径直沿湘桂铁路前进，到达现今的乌石街，敌师团长将指挥部设于此，然后派兵四处拉网清剿，扫荡清除障碍，均未发现可疑点。其实，伯的芦笛崖伏兵离此不远。

伯选择这样的地方作为伏击区是经过多方面考虑的。这里山峰林立，湖泊纵横，怪石林立，到处都是密林荆棘，到处都是水洼，到处都有天然屏障可做依托，于此伏兵，可牵动东，西，北等几个地区日军的进攻力量。即便投入上万人马，也是泥牛入海。

这时，乌龙关防御战仍未结束，日军攻击不顺休整了大半天后又开始了猛烈进攻。罗活师长率部队精神抖擞地在山谷和两翼高山上持续战斗。虽然峡谷中早已尸积如山，可我军的顽强战斗精神大出日军所料。

横山勇沉吟着想，怎么会这样。

罗活师长也在想，怎么会这样呢，我原打算至少在此坚守一个月，这才多长时间，一个晚上，加两个白天，原来精心设置的伏兵仅一天几乎损失殆尽。派往接应的特战队如果不是机警，只怕也剩不下几个回来。

英雄团长大伟请求撤职。

为什么？罗活师长怪眼圆瞪，这话在他听来很刺耳，他不愿听这样的话。自古云，胜败乃兵家常事，何况今天的情况如此复杂，而且日军兵员不知超过我方多少倍。据推算，敌进攻部队至少三倍于我，敌军的武器装备及士气正盛，我方虽然战前一再宣传鼓动，一再提振士气，终因武器装备和兵员不及敌人，能够防守阻击敌人于门外，那已是大功一件。罗师长想，防守一方和进攻一方，如果在力量对比上达不到均衡，那么守御一方，肯定吃亏。又何况处在这样的一个狭窄地带，敌人大炮飞机每天往来频繁，朝我军阵地猛扔炸弹，而我军的防空力量薄弱，只有被炸的份。但是我军的士气和防御网仍在手中，就算英雄团前往接应伏兵团没能完成任务，亦属偶然，而且在敌我力量悬殊的情况下，仍然大量杀伤强势之敌，不仅不应处分，反而应当奖励。

据目前的情况看，我军虽然死伤惨重，基本上是一对一的死亡，这是何等重要的胜利？现在，敌人虽然已经突破我三层防御，但是后面还有两层更为严密的防御火网迎敌。敌若冒进，一定令其胆寒。罗师长十分清楚，只要自己这面有效阻击顶住敌人的前进步伐，对桂林城的保卫就会减轻很大压力。

伯在电报中询问罗师长，还能顶多久？

罗师长说只要还有一人一骑在，敌人就休想越雷池一步。

好，我要的就是你这股英雄气概，告诉将士们，坚守，为国家民族的大义坚守，为保卫桂林的美丽坚守，为争一口气坚守。

罗师长说，伯长官放心。

张发奎也来了电报，他告诉罗师长，敌人几条线进军，人马已经抵近城郊，现在只有他这条线还在坚守。但是他没有兵员予以增援，无兵增援，也得坚守，决不许后退半步。

我保证做到！

张发奎说，粮草补给也有困难，但是我已经叫周边群众队伍送来了，估计现在已经在前往你师的路上。如果抽得出人马，派兵前往迎接一下，现在的形势特别复杂，敌人化装成我百姓四处破坏，而且破坏力不小，望千万当心。另外，敌善使反间计，千万小心其流言。

也就是这时，罗师长收到一份情报说桂林城门已经被敌军炸开，大量日军已经拥入城里。

罗师长的头发猛然竖了起来。他说不可能，绝对不可能。

这样的结论还是别先下，这是参谋长的声音。他说，敌人的闪电战法你我又不是不知道。

我刚刚和张司令互通过情报。

参谋长说，再发电报过去询问一下，看看是否属实。然而，电报发出后久久没有获得回音。

十六

城北敌人的进军步子突然间停了下来，他们被几个方向同时出现的枪炮声给弄蒙了，就在敌人不知如何判断时，我一八八师的一个营在甲山附近现身，这是敌特工发现的。因为漫天弥雾，很难辨清地面形势，敌特工将情况立即报告给横山勇。横山勇知道伯善于用兵，尤其善用伏兵，罗师长在乌龙关的伏兵已令他的师团长背皮发麻，那么芦笛崖小股部队的现身究竟何意，是否在引诱我军。

横山勇站在军事地图前思考着，他的行军参谋说，极有可能想引我军入瓮。为弄清敌情，横山勇命前沿部队派出一个小队化装侦察，结果发现就这么一个营的人马驻扎于此，而且人人精神不振，神态极其疲倦。

没想到，敌侦察兵被我军发现，两方开火，敌只剩下一名伤者逃回报信，余者无一幸免地毙命于此。驻扎在乌石街的敌师团长大怒，挥军围攻过来。一时间，芦笛崖一带炮火冲天，我军且战且退，敌军穷追猛打，我官兵退至两峰之间，据险死守，造成敌军大量伤亡。然而我军兵力不足，枪声越来越弱，敌军甚为得意地想，我们何不从西面转而进攻城池。

师团长也脑子发热了，他说，以我军优势和气势，怕他什么，别说一个营，就是算他是一个团、一个师，那又算得了什么，我们把这个营全部吃掉，再进攻桂林城不迟。

敌军穷追我余部，我余部边打边退。敌指挥官开始警惕，他一面让部队继续追击，一面电告横山勇问，伯的两个外围师现在什么位置。

横山勇告诉师团长，一个师可能在李家村方向，还一个师可能在临桂义宁方向。

师团长说，我知道了。

横山勇问，你知道什么了。

敌营被我军追击无处逃生，已经没剩下几个人了。

横山勇哦了一声，也不知他到底哦些什么。

师团长挥师继续追击我余部，突然间发现进入我军伏击区，占据有利地势的我军在各处山头上朝敌人猛烈开火，敌人被我军杀得蒙头转向，找不着北。要不是师团长警醒，及时扎住阵脚，没有继续追击，但仍然损失惨重。这一仗下来，敌人除了丢下大量尸体和长枪大炮，别无所获。因此，进攻桂林的气焰被灭掉不少。

伯见已取得预期效果，命果断撤退。

然而，城中的情形并不容乐观，危雨谨急匆匆的脚步从东到西，又从西到东。城外各处防御阵地已经炮火连天，敌人射向我军阵地的炮火，不知比我军射向敌军的炮火多上多少，巨大的炮击声浪冲击着我防守卫军民的神经。

参谋长陈济桓的脸微微发白。他不知是对自己还对正在踱步的危司令说，仗终于打响了。

危雨谨说，这场恶仗，不知道能支撑多久。

陈济桓说，必须坚持到底。

危雨谨走到防御阵图前面，日军一发炮弹落在二十米地方，被炸飞的石屑四散飞扬，迸发出鬼哭狼嚎般的尖叫。

陈济桓望了一眼低沉的天空，说，这是试探性的投弹。

气氛十分紧张，但我军民们气势如虹，严阵以待，就像拉满的弓。

司令部设在一个山洞里，地势开阔，视野极好，有时甚至能看得见敌人在什么地方开火，通过望远镜能看清对方指挥官朦胧的面孔。可惜我们没有更好更远射程武器，不然叫他立即上西天。

危雨谨笑了。

陈济桓笑道，危司令大敌当前临危不惧，何等英雄气魄，有你这样的定力，我想我们的保卫战一定能取得预期效果。

别恭维我了。

就在刚才，危雨谨还到了其中一个江防点。东江的防御极其坚固严密，虽然他从中贪污掉不少防御工事款项，但筑就起来的大小火力点仍然不下千个，一层层，密密麻麻，或明或暗，敌军要是来犯，定然让他们吃不了兜着走。这是一个姓任的连长向他做出的保证。他拍了拍任连长的肩膀以示安慰鼓励。任连长从军那一天起就跟着他，现在他守护着最为重要的江防阵地，他该给他嘉奖。

江水幽幽，天空阴暗昏沉，远处的七星诸山水墨画一般。这样的天气，这样的人间天堂，适宜文人骚客们吟诗作画。明净的江河，明净的世界，应当一尘不染。没想到我的心被污染了，我为什么干出那样的事？那件事情如鲠在喉地令他日夜不安，有时他甚至想干脆自己把事情抖出去算了，但反过来一想，这可不行，不仅自身的政治生命从此断送，还有自己的军队，还有父老乡亲。要命的是目今大战开始，如果自己把事情抖搂出来，那么，军心必然震动，甚至涣散。这样的事情一旦发生，无论伯长官和张发奎司令，就算蒋总裁亲临前线恐怕也掌控不了。因而，此事绝不能抖搂出去。而不抖出去，自己的心又忍受不了，因为心中事杂，任连长向他行军礼时，他也没有发觉。

任连长小声地喊他，危司令？

危雨谨没有回答他。

任连长以为危雨谨太劳累以致如此。

随即，危雨谨醒了过来，问，任连长你说什么？

危司令你太累了，眼睛都熬红了。

谁不累嘛，你说你不累？

我们当然也累，但是我们的累和你的累不同。

有何不同，大家都是为了同一目标，全是为了打鬼子，打侵略强盗。

但是危司令你的责任大，我们做的是小事，你事无巨细都得操心，既要关心我们战士，又要关心时局和战局的进展。

任连长仿佛打开了话闸子。他虽然和危雨谨熟，而且做过他的贴身警卫，因为干错一点小事，被调离，为这件事情，他懊悔不已，几次见到他，都想求他把他调回去，然而每次都开不了口。

危雨谨当然知道这点，他也没把他当外人，从来没有。重要的是，通过几次小仗，他发现任连长不应当再回到他身边，而应当独当一面，应当继续带兵。他想，以任连长的机巧才智，前程不可限量，如果此战能活下来，那么任连长就不再是连长，而应当任营长或团长，他相信这点。他知道他的谋略，只怕不下一些营团长们，只是他很内敛，从不愿多说什么。之所以得出如此结论，完全是凭他对他的观察与他的不同寻常的举措。一个个工事检查完毕，他发现任连长的工事与别人均有不同，比如站位、蹲位，或者兵员安排布局，以及兵员面貌等等。有关这点，任连长颇似阚维雍。阚维雍就是这样的人，胸中有韬略。

但是他不喜欢阚维雍，也不知道究竟为了什么，说他不尊称重自己？不是。说他傲慢？不是。说他没有军事思想更不是。对了，是阚维雍太具备这些东西了，他从心里怕他，他相信，这一仗阚维雍肯定干得很漂亮。以他对他的了解，如果让他执掌守城重任，他想信他一定比自己干得好，自己一开始就不太想承担这份差事，但是上级的指令不能违抗。再说，他虽然不想守城，却为守城获得升职，如果没有这场战争，要谋到这样的职位该有多难，就说那次南宁城的坚守，他有付出，亦得天意相助。反过来说，如果没有那场战事，就不可能有后来的职位。说到底，军人需要战争锤炼实现人生目标。自己获得了如今的地位，引发多少多人眼红，这使他心里高兴。

心里的鬼，总是驱赶不尽。旋即，他又联想到自己所干下的缺德事，导致工事偷工减料，殃及全城大火，别说心里有多难过了。接着又想到伯、张发奎他们如此显赫的地位，那是他学习的目标，他佩服他两位，但他又不佩服他们。就伯来说，他确实满肚子战略构想，可是时局对他不利，蒋总裁总是在利用他又防着他，这样的日子怎么过。今天的他，仍然处在副总参谋长的位置，他很屈才。话说回来，如果他是蒋总裁的人，情形就会大为不同，这就是政治。再说自己，自己也不是中央军，但他一定要博取到蒋总裁的赏识，这也是政治。与其说自己喜欢军事，倒不如说更喜欢政治，上中学开始，他就对政治特别感兴趣。父亲早就看出这点，便有意要他从政。他从政治里首先看到权力二字在中国人的头脑和血液里有多么重要。那时他就逐渐形成了明确的追求目标，将来不管从军从政，一定要当官，而且要当个好官。现在呢？他当官了，可自己是个好官吗，先前的年份里，心里还有点人性良知，然而官位越高，人性良知反而淡了，这怪得了自己吗？如果没有东西往上送，即使你打了胜仗，那又如何，这样的情形自己不是没有见过，他知道自己的智慧不如别人，但是他能上，而别人不能，除了运气，运用的全是技巧，升官的技巧。要会逢迎，就得有东西送，仅送战利品而言也得有技巧，战利品谁都会送，但是有的人因此升官，有的人却没有，这就是技巧。

他又联想到张发奎。张发奎也是员虎将，他打仗也不怕死，也善于用兵，他的用兵之道虽与伯长官不同，却也诸多异曲同工之妙之处，就说武汉围追伯副总长那事，如果换了别人，早死在伯的剑下了，可他居然安坐于大将之位，这就是技巧。

按照张司令之计，如今的桂林城应当会安排更多兵力，然而，伯却调走两个师。伯官大一级，因为这点，张发奎拿他没有办法，他虽然是第四战区长官，可伯是副总长，一个副总长值多少万金。

他又想到伯长官在芦笛崖伏兵那一仗，打得敌人丢盔卸甲七窍生烟，伯在强敌未入城之前将敌气焰先灭了，敢于如此用兵，这就是伯的厉害之处。自己没有这方面的才能，张发奎也没有，他知道张发奎和自己是一路思维。芦笛崖伏兵胜消息传来，全城欢呼雀跃，他也为此胜利感到一阵热涌，连眼帘都湿了，这对守城是多大的事呀。想到这里，他不自觉地拍了拍任连长的肩膀转身而去。

卫兵跑来报告说，伯长官要开紧急作战会议。他赶到城门口，又有几发炮弹追着他的屁股落下，地面碎石纷飞，细小的石粒和尘土浅得他满身皆是。他刚抵近指挥部门口，又有几枚炸弹在身前身后相继爆炸，一枚枚炸弹追击着他落下，让他想起此前做的噩梦，此番情形简直是那个噩梦的翻版。他想，难道这是老天早安排好的？不对，他立即予以否定，并很生气地对卫兵说，快给我查清楚这些炮弹是从哪个方向来的。

眺望塔报告说，炮弹是从北门方向来的。

十七

横山勇因中芦笛崖伏兵之计恼怒至极，他狠狠地把发起追击的师团长叫到跟前，接连给他两记耳光，说，谁让你追击的，我撤你的职。

师团长嘿了一声回答是！

嘿我也抽你，师团长的脸又被横山勇刮了两掌，横山勇几巴掌既发泄了自己胸中怒气，又为部下发热的脑子降火。他知道，自己兵力虽然雄厚，但是绝不能大意，自从进入广西以来，除了对付陈牧农轻松一些，其他几战比如严关以及龙虎关打得较为轻松，可修仁关一战甚是可耻。要命的是，堂堂大日本皇军，居然在一个什么盘王村中什么诸葛亮之计栽了大跟斗，为此死了数百人，简直丢尽了脸面，灭尽了威风，如此事情，岂能再发生。

可问题再一次发生了，修仁关的战斗，他的师团再一次吃败仗，据说遭遇的是同一计谋，他被冈村宁次大骂无能，说，你横山勇的智慧上哪去了，为何进攻广西一再吃败仗，下次要是再遇上这样的事，你剖腹自尽。自己何许人也，你让我自尽？他不服冈村宁次，要不是因为他冈村宁次官阶比自己高，他会和他单挑，看你冈村宁次狠还是我横山勇狠，要不然你亲自上阵看看。可是这些话他无处可说。现在芦笛崖又吃败仗，怎么向冈村宁次交待？可不交待不行。结果他又被批评了一顿，说，你遇上真正对手了，打起精神来。这次冈村宁次反倒没有骂他，他心生感激说，是，将军，我保证再不失利。

因追击失利的师团长说，我没有想到姓伯的敢这样用兵。

你不知道他名叫小诸葛吗？大诸葛叫孔明。

我命令你赶快整肃部队，明天早上六点给我发起全线总攻。

这一夜的桂林城宁静得出奇，后来伯说，他一整晚都没睡好。

李司令在电报里问他，怎么个没睡好法？

我也说不清楚。

远在他方的李司令说，你应当知道为什么。

我真不知道。

李司令说，我还不知道你心里想些什么，接下来的仗该怎么打，这就是你睡不觉的原因吧？

不对。

不对，你今天怎么了？

或许正如你老兄所说的吧。

好好发挥自己的优势与特长吧，我相信你。

凌晨四点过，危雨谨指挥所里亮起了灯，任连长出现，任连长给危雨谨敬了个标准的军礼。任连长总这样，他虽离开危雨谨，却同样有机会接近，因为危雨谨允许他接近。而他对危雨谨的崇敬之情，无可比拟。

危雨谨十分感激问，你怎么也起得这样早，江防情况如何？

我正要前去，见你指挥所里亮灯，有些不放心所以就过来看看。

危雨谨的眼睛湿了，他想多好的人啊，可惜自己已经不配做他心里的表率。他知道自己迟早会下台，很可能被枪毙，只是现在他管不了这许多了，既然不能向军事法庭坦白这些，就只有硬着头皮把战事安排好，把仗打下去。哪怕流尽最后一滴血。可是，他反过来又想，此事自己做得如此机密，会有谁知道呢，庸人自扰了吧。想到庸人自扰，他又想到老天有眼，人看不见，天会看得见的，千万不可存侥幸心理，等到仗一打完，不管胜败，都得向军事法庭，至少得向顶头上司说明这点，如果能够求得上司的谅解，自己能够不做刀下之鬼，那就万幸了。

那时，张发奎从柳州传来一份情报，柳州为广西水陆交通枢纽，铁路、公路从此经过，战略位置极为重要，桂林是广西历史名城，柳州亦是，唐朝大诗人柳宗元在柳州做过官，留下许多诗文名篇及政治佳绩。再说，城郭被柳江环绕，仿佛大帝玉盘璀璨无比。冈村宁次命第二十三军自广东西进攻击柳州，那里的形势异常危险，救城如救火。张发奎在给危雨谨的电报里说，他现在一时还脱不开身，听说伯几天后要回趟重庆，桂林的守卫重担全在你一人身上。

危雨谨拍着胸脯说，保证完成任务。

张发奎说，你发来的电报说，伯长官在芦笛崖打了一个漂亮的伏击战？

是的。

有事你得经常向伯长官报告，他虽然不是直接领导你，但他在，就如同我在一样。

我会的。

我获得的情报是，敌将于两天后对桂林城发起全面进攻？

危雨谨说，是的。

一切都准备好了吗？

张发奎就像家长爱护小孩一般。说实话，他对危雨谨还是有些不放心，这话他对伯说过，他说，危雨谨个性中的某些缺点亦如陈牧农，言过其实。

伯问，那你为何用他？

张发奎说，伯副总长，你没听说清朝皇帝说过这样一句名言。

什么名言？

这样的名言你老兄不会不知道吧？

别绕弯子。

用人不疑，疑人不用。

伯说，你既疑他，就不应让他守护这么重要的城池。

晚啦。

伯的心头划过一道深深的忧虑，犹如天空中划过一道阴影。

十八

正在这时，城里开始流言，说，桂林城马上要崩溃了。

是谁传出这样的假消息?

不管是谁传的，总之，消息传得有鼻子有眼，说，伯根本就不想保卫桂林城。听消息的人更疑惑了，桂林是伯的老巢与发迹地，他怎么就不想保卫了，这样的消息可信吗。

传消息的人说，如果他想固守桂林，就不会把原守城的两个精锐师调离城池。

不对，他调离两个师是为了更好地配合城里作战，对敌军里外夹击，芦笛崖的伏击战和大瑶山前的截杀不是事实?

那不过是虚晃一枪而已，试问日军十几万人马，他消灭了几个。

这就是伯不打算固守城池的依据?

伯不仅和张发奎有矛盾，和蒋总裁的矛盾更大，都是无法化解的死结。

传消息的人把伯和张发奎如何结怨的来龙去脉说得头头是道，说当年张发奎奉蒋之命在武汉地区发起围剿李司令、伯副总之战，那一战张发奎出力最大，打得最凶狠，一直穷追不舍，大有赶尽杀绝之意，广西军险遭全军覆没之险，如果不是伯巧使金蝉脱壳之计，只怕早就没有了今天的广西军了。再说，要不是蒋对伯不信任，以伯之能力，岂止当个副总长。事实上呢，副总长之位伯根本就不看在眼里，只因势弱迁就而已。如果不是抗战爆发，伯恐怕早就无路可走了。请再想想，伯回广西的真实目的，他首先是为自己，为躲避监视。他为何只挂一个指导头衔。什么叫指导，指导就是站在一旁对人家指指点点，别人爱听不听。给他的一个军拿到广西战场上，无异于杯水车薪，做做样子而已，主要目的是做给美国大老板看，做给国民看，更是做给伯看的。

谁传出这样的流言？伯听了非常震怒。一查，竟然是从张发奎处传出来的。伯的头嗡嗡地响了半天，就像一大群苍蝇绕飞在头上怎么也驱赶不走一般。他想，张发奎怎么可以这样，他还是个人吗？都什么时候了，还说这样的话？就算你抛不开旧仇，也得看什么时候，把日本鬼子赶出中国去，那时候，我们再来理论，或者再来一次你对我的围剿，或者我对你的围剿歼灭，目今当全力对付小日本，你难道连这点大义都不懂？至于我回广西的职务，只是一个什么指导，那是因为我自己有私心，怕日军势大，我阻截战胜不了他们，导致广西战局受挫，造成巨大损失，给广西人丢面子，让我在广西人心里大打折扣，这是我最为隐秘的心理，我不会告诉任何人。我既不告诉任何人，你们又从何得知上面不信任我？

几分钟后，伯猛醒，他急忙抓电话，把情报处长叫来。

情报处长就在外室候着，他也接到了传言，他想，这样的传言一旦在军中散开，不用开战，日本人就可不费一兵一卒占领桂林，如此阴险招数分明是敌人的离间计，我都看出来了，相信伯长官也早看出来了。我现在要做的就是等候在这里，看他有何交待。

事实上，情报处长一收到这份传言，就立马暗中部署下去，追查流言出处，这和伯想的一致。

情报处长很快来到伯跟前，立正敬礼，然后问长官有何吩咐。

伯直截了当地说明目的，他说，传言的事你一定也收到了。

我收到了。

这事你怎么看？

敌人的离间之计。

我不管你用什么手段，马上给我查，一查到底！行动速度要快，我们得抢在敌人的阴谋得逞之前，否则我军危矣。

军机秘书立即叫来中统及军统情报处长等密计一番，迅速展开行动！

经过追查，发现流言果然来自张发奎军中。

张司令身旁藏匿有日特奸细？伯的头更大了，他说，我们多少的作战机密因此外泄，桂林城今夜的暗语马上改变。

十九

接着，流言很快地传到了柳州，传进了张发奎耳里。如同伯听到消息一样，张发奎先愣了半晌，心想，这消息怎么来的？消息传布的大多有事实依据，这是谁干的，伯会干出这样的事吗？

不对，伯再怎么卑鄙也不可能干出这样的事。啊，转念之间，他也想到了这是敌特的离间之计，如此紧要关口，这样的消息传进军中，那还得了，还用枪炮干什么，只怕这些流言就把我军打趴下了。他立即叫来了侦察处的人，让他们赶快灭火，把传递消息的人抓起来，严加审问，看看幕后指使者到底是谁。

情报处长随即把人带了进来，此人贼眉鼠眼，个子不高，就是他在四处散布这道话题。

狗特务还不赶快跪下。张发奎身后的人十分恼怒。

张发奎朝发火的他的部属挥了挥手，示意冷静，赶快问出真相才是正事。

张发奎走近矮个子，向他递了一支烟去。

张发奎的模样既威武又亲切，矮个子立即感到一股巨大的磁力把身上的力量吸了过去，他从来就没有经历过如此情形，他害怕得全身发抖。

张发奎递给他烟，他哆嗦的手怎么也没能把烟接住。

别心慌，我们不会对你怎么样的，你想抽烟，来来来，我替你点燃。

张发奎伸手帮助矮个子把烟握紧，然后划燃火柴帮他把烟点上。

矮个子深吸了一口，这才稍许静心，他抬眼望着张发奎，心想这人怎么这样好，他说，他究竟要问我什么？这样想，嘴上却没说，而是不停地猛吸烟，几口下去，烟烧完了，张发奎极为耐心地又递上一支，再次为他点燃。这是攻心之战，像这样的战术本无需他亲自过问，只是流言让他不得不亲自出手，他知道他的情报处长最擅长的是动用刑具，此时如果来老一套，逼供得出的口供极可能有误，而且会浪费很多时间，末了还得去甄别真伪。他知道最直接的就是他亲自审问，而亲自审问的最好办法就是玩软法子，攻心为上。这样敌人会不设防，尽快突破其心理防线。

其实在张发奎使用软方法，试图尽快地从其身上得出真实结果时，危雨谨也被流言弄慌了。问他的情报机关，这样的流言可信吗？

情报机关说，可信不可信不是重点。

重点在哪里？

立即查出传播流言根源，并立即灭火。

赶快给我查出根源，否则提头来见。

机要秘书转身而去。

危雨谨站在军用地图前，脸上有些得意，他想这些人就这么懂得用计？

危雨谨不像张发奎和伯，他们都是流言中的当事人，仿佛这事与己无关一身轻。他想，这些传言是不是敌人传出来的，还是我们自己人说话不小心所泄露？在军中，不仅危雨谨，还有好些军官都知道这些情况，而这时候把它们翻出来晾晒，可谓别有用心，且毒辣至极。可散布流言者究竟什么人呢？

不会是伯自己，或者张发奎吧，难道他们身边真有敌奸细？

这样想时，突然间枪声大作，枪声响起的地方在南城方向，危雨谨神情紧张地问身旁的人，敌人已攻进城里了？

不会。

那么是谁在开枪，难道是自己人向自己人开枪。

报告者称正是这样，城南军营自己人跟自己人干仗。

不对。

怎么不对，就是自己人向自己人开枪，报告的人肯定说。为了证实其说法，他又补充说，这些人全穿着军人服装，不是自己人又是谁？

危雨谨大怒说，我们赶快过去。

危雨谨赶赴现场时发现，确实是自己人在干仗，一方是民团武装，一方是一七〇师的人，双方人马隔溪开火。

立即给我停火，否则统统将你们枪毙。危雨谨怒气冲天脱口大骂！

干仗的人哪里听他的，炮火开得更猛了。这时，一七〇师长和民团师长满头大汗地赶到危雨谨面前。他们也不知道怎么回事，匆匆跑来查看，凑巧遇上危雨谨。

危雨谨满脸杀机责问说，吃饱了饭没事干，或者你们两个师有仇恨，这仇恨比日寇的仇还大，快给我把肇事者抓起来。

两个师长被骂得七窍生烟，心里发问，这样的事是自己人干的吗？转念瞬间，激烈开火的双方人马立即调转枪口朝自己的师长开火。赶赴在最前的洪团长朝开火的人大声喝斥说，干什么，还不赶快给我住手。

一声吆喝犹如平地风雷。洪团长身高马大，声如洪钟，以他威武洪亮的气势定使其乖乖住手，谁知那些开火的人根本没听他的，枪声反而更频密了。直到这时，不仅洪团长和师长们看出有问题，就是藏身于高墙后的危雨谨也感到事情绝非如此简单了。洪团长急令身后的执法排朝打得起劲的士兵后背瞄准。突然间，一排子弹朝洪团长射来，洪团长中弹倒下。跟随在洪团长身后的副团长也负伤倒地。危雨谨和两个师长，要不是避得及时，此刻倒下的一定还有他们。

二十

这是一场精心谋划的阴谋。

其实，在更早些时候，敌情已露端倪，因我防范疏漏没引起足够重视。敌特高课派出大批特务混进城里，以助战方式帮助修筑工事，搬运物资等等，一切行动由敌特队长暗中调派指挥，运用潜伏于我长官内部的敌特，摸清我长官经常性行踪和主要行动路线。有关这点，阚师长早就有预判了，作战会议上，他列举了近期在城里所发生的一些奇怪事情说，我有足够理由相信，在我们身边，或者说我们的城里涌入了大量的敌特情报人员，他们以各种身份出现在我们的各个防御点上，我怀疑这些敌特人员，他们很可能已经掌握不少我军防御机密。

危雨谨有些不高兴地看了阚维雍一眼，意思是，用得着这么草木皆兵吗？

阚维雍似乎没注意危雨谨的眼神，或者他看到了，觉得有必要强调自己的感觉，他继续说，我们的保卫工作还得加强，而且丝毫不能懈怠，必须日夜巡逻，一刻也不能停止。

危雨谨又扫了阚维雍一眼，这一眼不比上一眼，上一眼虽然不满，但多少有些轻描淡写。这次就不一样了，这次是恶狠狠地。这恶狠狠的一眼阚维雍发现了，只是他还是要说，他虽然不负责保卫工作，但直觉告诉他，如果防范工作疏漏，一定会出大错。有关这点，私下里他和吕旃蒙、陈济桓等碰过头，他俩和他意见一样，也发现了可疑之事，但是，危雨谨根本听不进去，他说，管好你们自己的事，这些事由情报部门的人具体负责。

说话时，情报处陈处长就站在危雨谨身后，陈处长有着一双极其机警的眼睛，在他看来，所有的人通通值得怀疑。同时他对吕旃蒙和陈济桓及阚维雍也都不满，除了此前和他们争过职位，他败退不算，每次他们都要拿此说事，说什么战争最残酷，莫过于保密保卫工作，保密保卫比生命还重要等等，让他感到厌烦。他想，我连这点常识也没有吗，用得着你们教我？

陈济桓很赞成阚维雍的观察点，他说，日军为何屡败我军，别的我不说，他们的情报工作就比我们做得好。

这话陈处长更不愿听了，他想你干脆说我无能算了。

现在事实证明，阚维雍和陈济桓的担心不无道理，在此事情上陈处长失职了，要不是卫兵机警，民团师和一七〇师两师长极可能像洪团长一样早已经被敌算计中弹身亡了，危雨谨这才猛醒，这是敌人冒充国军部队两面开火，以引诱我高级指挥员出现。两边开枪的人都是些地痞流氓，以及一些日本敢死流民，他们蓄谋已久。一者，于开战前在城中搞突然袭击，制造混乱，动静越大越好，越乱越好；二者，实施斩首行动，刚才所发生的就是例证。

危雨谨意识到这点时，制造混乱者已全部拿下，然而在拿下他们时，两个师各死了不少人。经审讯，这些流氓敢死队员，一个个收到日军大量财物，日军保证在他们死后，他们的家人有人供养，还会给他们留下千古美名。这些流氓敢死队员，从来都没见过什么大钱，而且在死后还会获留美名，岂不壮哉！

危雨谨召开紧急军事会议，除了通告敌人的阴谋被粉碎之外，告诫全体官兵们，让大家提高警惕。另一议题是要调整军事部署，进一步加强保密工作，保护好首长安全，保卫好重要物资及保密资料，指挥部重要人员外出，事先不得外泄，任何外泄行为要通通认定为通敌。说到这里，危雨谨的目光十分不满地落在陈处长身上，他想，今天所发生的事情太可怕了，敌特自导自演，假装开战，目的是引诱我军将领现身，然后实施可怕的斩首行动。

这事太可怕了。到会的军官们齐声说。

会议快结束后，危雨谨把陈处长叫到跟前说，你的情报工作是怎么做的？

按你的指示和会议要求，以及我部的专业保密法。

果真是这样，怎么会发生今天的事？

陈处长哑言。他的脑子全乱了，他想，这怎么回事，难道还真像阚维雍们说的，敌特已渗透我军首脑机关亦或我情报部门？我情报部门人员全都是千挑万选出来的，他们的历史背景材料，全部装在我脑子里，而且他们的一切行动都掌握在我视线中。每次去哪，身后都有人监视。如果不是我部人员，那么危司令身边或部属身边难道也有敌特潜入？

陈处长对自己身旁的人背景十分清楚，但是，对危司令和其他将领身边的人却不是那么清楚。尤其一些参谋很令他怀疑，却又拿不出证据。危雨谨知道此事后，把陈处长训了一顿，说，怎么，又在搞你那套草木皆兵的事，你觉得我们乱得还不够？

陈处长想，危雨谨为什么对敌特的渗透如此麻木，刚刚发生过大事，他又说这样的话？有关这点，他很佩服阚师长，尤其阚师长那双炯炯有神的眼睛，谁见了谁都感到几分胆寒，然而他又是那样亲和，决不在下属面前耍牌子，也不在其他同事面前抖什么威风。

是的，阚维雍不仅在军事上有独创性，在防备敌特上，他的工作做得比别人细。因此，陈处长相信假如敌特潜伏入我军内部，只有危雨谨身边最有可能。危司令身边的梁参谋他怎么也看不顺眼，他感觉梁参谋的眼神仿佛在躲闪什么。有一次他站在他身后大叫一声，梁参谋，你干什么？

梁参谋大惊失色地说，陈处长，你吓我一跳。

陈处长死死盯住梁参谋那双躲闪的眼睛问，我怎么吓你一跳呢？

你突然在我身后喊叫，我还以为是坏人呢？梁参谋这样说时，又瞟了陈处长一眼。

你这么胆小吗？

梁参谋被陈处长的怀疑弄傻了，说，我脑子发蒙了吗？

你没发蒙，你清醒得很。我告诉你，刚才不是我在喊你，更不是我吓着了你，恐怕是你自己把自己吓着了吧。

我自己吓我自己，我自己喊我自己？梁参谋疑反问。

陈处长正了一下身子说，为人不做亏心事，半夜敲门心不惊，你没干亏心事，你怕什么？

我没怕什么。

还说没怕什么？你没怕什么，为何心惊肉跳？

梁参谋的脸煞地红了。

陈处长向危雨谨汇报了这些情况，说明其怀疑理由。

危雨谨像陈处长一样，半眯缝着眼睛看着陈处长那张没有表情的脸，老半天说，你怀疑他？

陈处长说，这既是对你的安全负责，也是对我工作的负责，同时是对我军的负责。

危雨谨说，你既然说得这么有鼻子有眼，我就权且信你一次。

随后危雨谨委派最亲信的人对梁参谋进行一刻不停的监视跟踪，同时有意制造一些看似极为重要的假情报，有意无意透露给梁参谋，但什么事情也没有发生。

几天以后，危雨谨命陈处长对梁参谋的监视解除。

陈处长不高兴说，危司令，为什么要解除对他的监视怀疑。

你是不是有什么新的证据证明给我看。

一时还没有。

那就干你该干的事情去吧，梁参谋的事不难为你了。

不知出于何种原因，梁参谋对此不仅没有意见，反而和陈处长走近了些。梁参谋越是这样，陈处长越是警惕。他像危司令一样，也弄了连续性的好几个假情报考查梁参谋，事实证明，梁参谋对此浑然不知。就在他感觉应当解除对梁参谋的监视时，晚间的一个特别军事会议刚刚开过，梁参谋十分焦急地找到陈处长，说有件重要的事向他报告。

有什么快说，我没空呢。

我发现可疑情况，不知道是不是应当告诉你。

什么情况快说。陈处长一听有情况立即来了兴趣。

你们开会时，我凑巧从大门口经过，发现有个人鬼鬼祟祟地在大门里闪了一下身子。

谁？

我只是看见一个影子，身穿黑衣。

你熟不熟这人的背影？

谈不上熟，也谈不上不熟。

快说，他是谁？陈处长疑窦顿生。

梁参谋说，我只是说似曾相识。

去你妈的。陈处长大怒，恨不能踢他一脚，以解心头之恨。不过，只能怒气冲冲地走开。

梁参谋长嘘了一口，心想，他怎么老像吃了火药似的，而且仍然对我疑神疑鬼？

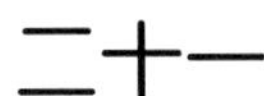

阚维雍同样感到局势严峻，除了兵员不足，阵线过长，各防御点枪支弹药数量捉襟见肘，苦守阵地，最要命的就是火炮力量的强弱如何。与敌人对比，敌炮火质优不算，数量上也占绝对优势，还有那些飞机像蜜蜂一样，整天在头顶上飞来飞去，瞅什么不顺眼，就扔炸弹，我高射炮部队打落了两架疯狂的敌机，才使得肆意轰炸的敌机有所收

敛。他趁此时机把部队加以调整，火力点应当有所改变，不能一成不变地留在原地不动，敌人已经注意到你的所在了，就得赶快换位，快，一切都要不停地变动，在变动中候敌，在变动中发现情况，以应对敌人突然进攻。根据以往战例的分析判断，阚维雍发现，敌人进攻时，总是先试探一下，发现我军火力点和兵员大概配置后，才开始动用炮火坦克发起进攻，步兵随后跟进，大多数都以这种情况进行，一旦进攻就持续不断，无论付出多大代价也不歇手，直至取胜。

阚维雍想，敌人如果采用这种进攻方式，就用以逸待劳的战术加以应对，这是桂林这面特殊地理位置所具备的防御优势。在别的地形环境下这样的防御形式未必奏效，可在这里，用这种方法，可以以一敌十，他在各山头上构筑的防御工事既坚固扎实，而且密度和形式均不同。比如一个视野好的防御点，他一般不部署过多兵员，最多一到两个。这样做，主要防止万一该防御点被敌人炮火和飞机轰炸，即使遭受损失也在有限范围之内。如果在一个窄小的空间里部署过多兵员，遭遇此等情形，会因此一下子损失过重，这是无法承受的。再说，他的防御点，一般分上、中、下三层，每一层左与右，上与下都有沟通，上层可以到下层来，下层亦可到上层去，就像人体血脉一样，在身体的每一部位流动。当敌人以为我军被其消灭，事实上，仅仅伤着我皮毛而已。又比如上层为一个火力点，二层就可能是三到五个，第三层呢，就是十个八个火力点，每个火力点管辖的区域及火力射程，均由实际情况而定。当然，他还有一个杀手锏就是在山脚下部署有防御点，这些防御点和山上相比会首先遭遇敌炮火群的攻击，考虑到这些，其防御工事也像人体的血管一样，互相流动。这个点要是遭遇危急，另一个点可立即进行增援。当敌人的地面部队进攻开始，这些点的防御人员才进入战斗位置。

阚维雍站在军用地图前研究战略形势时，一个参谋急匆匆跑来报告，外边出现异常情况。

什么异常情况？

一个鬼头鬼脑的人，已被我执勤人员控制住。

阚维雍说，那还不快审问。

嫌疑人押进审讯室后，一直缄默不语，什么话也不肯说。

审问官说，刚才你还在大吵大嚷，这会怎么哑了，吃哑药了吗？

嫌疑人拒不吭声。

审讯官烧红了一把小铁锤，要往嫌疑人的嘴里塞，这才吓出了话。他说他确实是日军奸细，是昨天混进城来的。

给我往他嘴里塞东西。审讯官大声咆哮。

那把烧红的铁锤离嫌疑人更近了。嫌疑人见烧红的铁锤逼近面门，而且退无去路，忙举手说，我说，我是，我是。

你是什么？

嫌疑人张开大嘴，依旧没有下文。

快说，不然就让你吃这个。

看架势，嫌疑人知道不能再撒谎了，不然真的会吃这东西，这东西他可不想吃，那会烧烂嘴巴的，他的嘴是留来吃饭而不是用来吃这东西的。便说，我是日军奸细。说完奸细两字，顽抗态度软了下来。审讯官暗笑了一下，心想，都说日本人意志如钢，也不过如此，就这么两下，就尿裤子了。

说，你的任务是什么，你都掌握了我城防哪些机密？还有，你在我桂林城中都有哪些同伙，你们和我城中哪些官员有勾结，密谋夺我城池？

审讯官这样逼问，既直截了当，又刀刀见血。

你一下子问这许多问题，让我回答哪个？

拣最重要的先回答。

哪个最重要呢？

让他吃这个。审讯官非常生气，他知道敌奸细还在跟他玩心眼。

他想，你跟我玩心眼说你不知道什么重要，那么好吧，让你吃一口这个，你就知道什么是我想知道的了。

红铁锤立即送到日奸细眼皮底下，这一次比前次逼得更近，他已经闻到嘴被烧焦的味道，脸吓青了说，我知道什么是最重要的了。

快说。

日军很快将发起全面攻击，而且知道你们的城防布局。

知道我城防布局？审讯官脑子轰然响了一声，随即又问，敌军具体进攻时间？

这我就不知道了，你们想，这样的高级军事机密，我怎么会知道。

那你知道什么？

我的任务主要是联络原先在城里的人。

他们在哪里？

有的在……奸细迟疑。

快说！

有人潜伏在你们的军首长身边。

审讯官头脑嗡地响了一声，追问说，他们是谁？

日方奸细又沉默了。这些人到底是谁，他也不知道，他只是进城接情报的，此前日军潜伏人员一直用发电报方式传递情报，近来，城内的日军情报网遭国军情报人员毁灭性打击，不得已才又启用人传方式。倒霉的是，这次刚潜入城里，情报未到手，人已落在我方手里。他知道，他如果不说出子丑寅卯来，便绕不开吃铁锤这一关。为挽回颓势，又不致吃烧红的铁锤，同时又能规避重要话题，他说，我确实不知道潜伏在贵军首长身边的人具体是谁，但我知道我们一道进入城中的一个大队长，他知道这些。

城中还潜入你日军大队长，他在什么地方？

显然，审讯官被日军奸细东拉西扯蒙混了。日军奸细知道，就算自己供出队长是谁，你上哪儿找他去。于是便说，他在南城。

怎么又是南城，早些时候南城发生的假扮我军发生枪战的敌特就是他在指挥。

是的，就是他在指挥。

他现在在哪儿？

应当还在南城。

我们大量的人在南城搜查，他还在南城，他有隐身术？

他应当没有这样大的本事，但也是没办法的事嘛。

阚维雍过来了，他等不下去了。他对审讯官说，你这叫什么审问，分明被敌特牵着鼻子走嘛。他回避了最为紧要的问题，却拿这些没用的话题规避实质。

阚维雍微笑着走到嫌疑人跟前说，我不要你吃铁锤，我只让它在你眼前晃悠怎样？

敌特的眼睛鼓圆了，说，你还说不让我吃铁锤。

你想让我把它拿开是吧？

我不想看见这个。

阚维雍微笑道，那好哇，我们做一笔交易吧。不过，做交易得抓紧时间，因为我不想听你说废话，赶快说你们的人进入我军高层都有哪些人？

突然间，离指挥部不远处，枪声响起，而且有人在狂奔呼喊，仿佛醉鬼撒酒疯。

都什么时候了，阚维雍的头大了，我们的人在干什么，难道我们的卫士和侦察兵都睡着了？

这事又是敌特干的。其实正在遭受审讯的这位就是他们的一个小头目，这个小头目掌握的东西虽然不太多，但要是他的嘴被我攻破，仍然不得了，因此，阚维雍的审讯官审讯小队长时，城中的几个敌特制造混乱，企图施展营救行动。假使营救不成，就将其杀死，最好在混乱中把我军首长干掉，只是敌特想得太过天真，其行动轻而易举地被我粉碎了，他们不可能在阚维雍这里讨到半分好处。

二十二

我军的保卫和情报工作也不是没有效率，如果不是我潜藏于敌军内部人员情报及时，以及我军戒备严密，有效防止敌人阴谋，不说敌特会一网把我军指挥人员干掉，至少也将出现极大伤亡。但是现在这个日军奸细小头目没有谈到这一层，他只说我军有他们的潜藏人员。并且把事实扩大了说。这也是敌人的阴谋，其险恶用心是把潜入我军内部的人说成越多越好，以扰乱我神经。我神经还确实被扰了。

阚维雍盯住敌特小头目的眼睛说，快说，潜入我军的敌特是谁？

张发奎身边有，危雨谨身边有，一七〇师长身边也有。

阚维雍师长吃惊不小，张发奎身边有敌特的事他已知道，但是危司令等将领身边全都潜伏有敌特的事着实令他心惊。他警觉地追问敌小头目说，他们是谁？

具体是谁我哪里知道。

阚维雍问，在我军中散布流言的人是谁？

不知道。

是不是你？

不是，不是，因为流言是从张发奎将军那边来的。

城中制造的几起骚扰是谁干的？

这个我刚才说过了。

你刚才说什么了？

我只知道潜伏者是个参谋。

阚维雍眼睛像剑锋一样盯着敌特小头目，这是一种极具威胁的目光，可乱敌心魄。然而，敌特小头目也不是吃素的，他一身本领首先对付的就是审讯。他深知用何计谋与话题撇清自己。再说，无论你的审讯手段有多厉害，也没多少时间了，因为现在已经凌晨三点。他突然像想起什么似的问，你们是不是有个叫罗活的师长？

对的。

他的师部里也安插有我们的人。这个人在我们日军队伍里武艺最高，他的任务是在罗师长不注意时对他下手。

在哪个部门？

我只知道离罗师长很近。

……

阚师长头冒汗了，他想，这样的布局真是阴险之极，也是效率极高之计，真可谓黑虎掏心之计，敌人有如此之多间谍渗透我军中，怎么得了？

敌特小头目又说，我还知道你们的关师长身边也有我们的人。

阚维雍想，张发奎身边有敌特，危雨谨身边也有，关师长、罗师长身边全有，其他人身边是否还有？果真如此，这仗还怎么打？

阚维雍把审讯情况立即通报给张发奎。

张发奎问阚维雍，敌人具体交代是谁了吗？

阚维雍说，只说是参谋，而且不止一个。

张发奎想，参谋有多少，他们究竟是谁？如果能确定是参谋，那么这些参谋又是要分级别的，难道把这些级别不同的参谋全部抓起来，这可能吗？这不成白色恐怖了吗？照这样下去，只怕我军真的就不战自乱了！

如果不这样去做，那又怎样去侦察发现和考证他们是否敌特？

张发奎全身冒汗，这可不是大热天，现在是十一月份，这年冷得早些，开始打白霜了，即使不打白霜，天气也很冷，他都穿三件衣服了，穿三件衣服嫌冷的他，全身只剩下外套没透汗水了。他把情报处长叫进了指挥所，他说，从桂林方面发过来的电报你看了吗？

看了！情报处长也出汗了，因为这是他的职责，有敌特潜伏在张司令身边，这可怎么得了，而且这些都是他这个情报负责人的责任。

现在不是谈责任的时候，你赶快制订出一套破敌方案，而且要做得天衣无缝，既不能引起我们的人不安，又能不让敌特发现。

是！情报处长立即来了个标准的立正敬礼，转身出去了。

桂林这面同样面临相同问题，陈处长突然灵机一动，他把肩负参谋职责的人一起叫到办公室，借口说有一件重要的情报要他们一起参谋，借口虽然有些蹩脚，也只能如此了，到时如果指挥官问起这事时，就说这事是他干的，最多不过挨一顿剋而已，参谋们多的是，多一个少一个，危及不了战事的进展……

确实，敌作战指挥部在进攻桂林前早就酝酿策划了一个巨大的阴谋，他们把这个计划叫斩首行动，旨在把守城将领一网杀尽。

计划不可谓不周详，不可谓不毒辣，不可谓不釜底抽薪。

日军花大价钱，雇用一切可雇用的力量，比如进城支援抗战的民众，还有演出人员，以及设法进入地方民团师，这些进入城中的敌特织成一张大网，无论什么时候，危雨谨们无论上哪儿，都有人知其行踪，敌特们等待特殊时机，准确说等到将领们聚集开会时，用爆炸方式，将其一网杀尽。

这天，一个混入民工队伍的敌特雇请人员被敌特组长叫了去，敌特组长的意思是要追查怎么回事，为何所获消息总是晚点。

我把看到的马上传给了你，怎么说总是晚点？这事我没法干了。

没法干就死！

死我也没法干了。

说说你的理由。

很简单，我在此前把危雨谨等人的行踪摸得很具体，我想，这样的行踪我恐怕一生一世都没机会摸具体的。所以，我选择死。

敌特组长听后觉得有道理，如果雇请的人具有这样的本事，还要自己干什么。反过来说，我们这些干特工的应当全吃屎了。

敌特组长被迫把雇请的人放了，不放不行，如果把他给做了，自己在这里就成了聋子哑子瞎子。对这些人提供的情报一方面要相信，一方面要警惕采用。好几次都是这样，这次有人报告说，危雨谨去了哪里，下一次又有人说阚师长去了哪儿，还有人说伯长官和张发奎进城来了。

敌特组长很是兴奋，立即调动一切力量，四处布线，捕捉时机。敌特定下的这次斩首行动分三步走，第一步，在城中寻衅滋事，制造混乱，引诱我军首长出现；二、制造谣言，说某领导人对另一领导不满，引发互相猜忌，最好形成内部恶斗。三、广布眼线，暗察我军首长的行动路线及活动规律，伺机刺杀。

我情报处长深感形势严峻，突然想到一个办法，他找来几个和危雨谨模样相似的人，假扮成危雨谨，危雨谨刚出门，就被敌特发现，敌特组长刚要行动，却发现在几条街上出现几个危雨谨，一个向南，一个向东，还有一个往西去了。

怎么回事，难道有几个危雨谨？

不骗你，骗你是小狗，我确实看见危雨谨从他的指挥部出来，上另一山洞去了。

此时的危雨谨正在城里实施他的牵制术，对阚维雍、一七〇师长等进行密秘监视跟踪，危雨谨命监视者半刻钟也不允许松弛，得死死盯住他们的一举一动，他有种预感，这两个师长肯定不听他的话，尤其阚维雍，自己始终无法摸清他想些什么。一直以来，或者说战云密布以来，他就感觉他把握不准，既然把握不准就得防着点，他怕到时他们会投敌，这可不是庸人自扰，有备无患总是没错的。就像蒋总裁对伯不放心一样，伯身旁就有蒋的人时刻对其进行监视，他想这点都看出来了，伯难道看不出来？假如伯真看出来了，对他进行监视的人随时都可能送命。而且他还知道，张发奎也安插有人在伯身边，对其进行监视，这情况是他凭着敏锐的嗅觉感知的。突然间他的头也冒汗了，我既然发现他俩被监视，那么我是不是也被监视了？

一想到这里，他几乎倒下了，因为他贪污军饷和军需物资的事如果被查获，自己将人头不保。那么最有效的保命方法就是拿住别人的把柄，这样的把柄越多越好，越重要越好。他相信，世上根本没有不叮屎的虫子。

二十三

凌晨六点，突然间，城市亮如白昼。敌军无数大炮冲天而起，落入城中，剧烈爆炸声震得大地悚悚发抖。

敌军炮火先从北门开始，目标对准的是观音阁一线。那里是我军前线部队集结地。观音阁山洞藏是我军的一个重要指挥所及电讯器材重地，我谍报人员日夜忙碌着传递破译情报。敌人不仅从空中侦察到这个地区的信号强烈，而且敌情报人员也从该地区发现其可疑之处。于是，敌人在全面进攻城区时，没忘了对该地区进行猛烈轰炸，他们的高射炮弹以及飞机扔下的炸弹不下百吨，如果投弹准确，其威力足可将坚固的石峰及工事炸平。敌人想，即使未能将我工事彻底瘫痪，离死也差不了几分了。

是的，日军特工侦察的没错，想的也没错，观音阁山洞确属我军机要重地，危雨谨、阚维雍经常出现在这里，尤其陈处长的身影每天都会出现。敌人可能没有想到，这只是危雨谨指挥所和重要情报的一个支点，而非全部。敌人如此大量的炮弹在洞前爆炸，就算是硝烟也足可使人憋闷而死。可是这个山洞却不是一个死洞，它不仅前后有气道，天空亦有出气孔，敌人以为我军会因此造成军事指挥瘫痪。然而，当敌人的炮火一停，山洞上空的电波照常闪烁。

敌人对洞口猛烈轰炸时，陈处长正在山洞里，此刻的他正忙得焦头烂额，因为我军内部潜伏有敌特的侦破迟迟不见成效，被危雨谨狠批了一顿，并限令他尽快拿出解决方案。致使他做出把所有的参谋们集中到一起的愚笨做法。

这一招确实狠，却引发了将军们的恐慌，谁都不知道自己的参谋上哪儿去了，司令部、各师部的参谋们集体失踪，把危雨谨、阚维雍、陈济桓吓得不轻。

然而就在陈处长把几个参谋们集中到一起时，突然间天昏地暗，这个一直处于相对安全的情报处遭到极大破坏。陈处长疑惑，他刚把参谋们集中到一起时，为什么突然遭遇敌军的猛烈炮火攻击，这种情况的发生，更加令他感到这些参谋里面有敌特，敌特甘冒赴死决心让这里遭遇毁灭性打击。

陈处长极为震怒地指着十余个参谋问，你们刚才进来时，有谁和外界通了电话？

没有哇。

事情会这么巧吗，我们一进这里，这里就遭到了如此狂烈轰炸，谁能解释？

几个参谋本来身上事情一大堆，若干文件等着他们起草抄送，若干指令等着他们传递，首长的各项大事小事，都得他们亲力亲为，包括首长的人身安全他们也负有责任。突然把他们带到这里，而且不准向首长说明一声，这样的责任自己承当不起。要是这段时间发生的事情与自己的职责有关，那么自己的政治生命事小，首长的生命和抗战的事可大了，其中一个参谋责问陈处长说，你究竟想干什么，我们是什么人你不知道？你担得起因此造成的危害后果吗？

我当然知道。

那就有事说事，不要跟我扯什么怀疑之类的东西，我们不需要你怀疑什么，你想怀疑什么尽管怀疑好了，我要走了。说话的是危雨谨身边的伍参谋，说着抬身就走。

但是他被挡住了。

消消火气，消消火气。陈处长知道伍参谋的脾气，他的脾气在司令部是出了名的，有时就连危司令也让他三分，因为伍参谋办事的严谨态度以及人格力量，陈处长请他前来已考虑到这一点了。他须硬着头皮扛下去，只有扛下去，或许能发现些什么，只要这群人里面任何人有事情，在他面前都免不了会露出马脚，在把他们统统请来时，他兵分两路，即由情报处副处长带着人在各位首长身边布下了严密监视，看看将发生什么特殊情况，如果没有，那么这些人中就一定有人有问题。如果有，这些人就没有问题。要证明这点需要时间。因此，他首先需要的就是稳住这些被他请来的参谋们，他得以交朋友的身份和他们说话，说的都是一些客套话，有时也说说行内话，或者颇带一些忧国忧民的话，又或者说些充满人情味的家乡话，这些话如果用在平常，一定赢得参谋们的热烈喝彩。陈处长口齿流利，堪比危司令，甚至有过之而无不及。而且他断定，他的演说方式更加富于磁性。可惜现在不是时机，参谋们根本没有这份心情听什么演讲，马上就要打仗了，你把我们请到这里来，算隔离审查呢，或者干脆就是软禁，又或者情报处长本人就是敌人的帮凶，以至出此恶招。

情报处长难以承受着这些指责，越这样下去，他就越难下台，也越下不了台。可下不了台也得扛下去，事情既然如此，还有别的选择吗？

参谋们虽然非常不满情报处长的做法，但同时感觉他这样做不是一点道理也没有。他或许真是为了军队的安全，但同时也侵犯了人权，他根本不把我们这些人当人。真是是可忍，孰不可忍。想到这，他们的脑子突然发热，恨不得跟陈处长理论理论，你有何证据如此对待我们。

又是那个脾气暴躁的伍参谋不干了，他什么话也不说，提腿往外走去。

卫士挡住不让走。

走开。

卫兵不让。

再不让开，休怪老子不客气了。

不客气也不让，陈处长不发话，或者不使给他们眼色他们就是不让，这是他们的工作职责，他们吃这碗饭，就要对得起这份工作，他们只对自己的上司负责，在这里，他们只听处长的。

再不走开老子动手了。说时迟，那时快，也不知伍参谋做了个什么动作，一下子几个卫兵的枪械全被他捞干柴似的捞进怀里，一把向陈处长掷了过去，千钧一发之际陈处长只能躲闪，他没有时间做出进一步指令，让他的卫士们把伍参谋拦住。

说实话，情报处长是知道伍参谋的身手的，他不仅听说过，而且亲眼见过伍参谋空手搏击过五个身手不凡的人，几个人亦如今天发生的情形，神鬼不觉地就被伍参谋把手中的家伙全拢了过去。在场的人无不惊大了嘴。

今天陈处长本来不想出这样的事，最后还是出了，而且丑出大了。他想当时要是我亲自上，胜算又有多少？他也是会几下子的，三五个人同样不在话下，这在特工大队露过脸的。在伍参谋扬长而去时，他不由在身后喊了一句，不送了。

伍参谋虎着身子去了，根本不把他当回事。留下的几个谁都怒火冲天地看着他，他们也和伍参谋一样把卫士们挤歪向一边出门而去。到了此时，他也没办法了。重要的是因为他没有接到电话和其他通报说外面很平静，这几个参谋被他请进山洞后，外面的情形相当糟糕，闹腾的动静相当大，危雨谨、阚维雍等个个铁青着脸追问他们的参谋为何会集体失踪，还有那个该死的情报处长，他究竟上哪儿去了，难道连他也被敌人给捉去了。情报处副处长站在一旁被训斥得只有全身发抖的份。

伍参谋回来了，危雨谨大怒说，上哪儿去了？

伍参谋说，这事你该问陈处长。

危雨谨略一思考说了句，我猜就是他，战云密布之时，他居然敢怀疑我的人，看我不撤了他的职。危雨谨恼怒至极，他现在的火气很大，但是他知道这个伍参谋不好惹，一者这样的事不是他的责任，再说，他也有害怕的人，这人就是伍参谋。他对伍参谋不是一般的害怕，是从心里怕，他也不知道自己为何会害怕他，或许这就是人们常说的，一物降一物吧。

危雨谨又问伍参谋，其他不见踪影的参谋是不是也是陈处长请去的？

不是他还有谁。

几位首长既愤恨又无可奈何，他们知道陈处长这样干很过分，但出发点则是为了首长们的安全，说大点是为整个战役的安全。近段出现的怪事情太多了，我们已经想了许多办法应对，结果总是效果很差，我们整天拿他出气，他就拿我们的参谋出气。不过，他现在还扣着我们的人，这就很不应该。危雨谨抓起电话，正要打过去，几个失踪的参谋全回来了。一个个的很不服气说，我们都是坏人吗，把我们全扣起来好了。

危雨谨望了一眼随后出现的陈处长恶狠狠地说，今天的事情你一定要交代清楚。

陈处长双手一摊很无辜地说，我也没对他们怎么呀。

你还想对他们怎么样？危雨谨大怒。

二十四

谁都没有想到，其实这是危雨谨和陈处长俩人导演的双簧戏，陈处长所做的这一切显然获得了危雨谨的暗中支持，否则谁敢这么干。陈处长的借口是请参谋们去协助破敌除奸，没想到弄巧成拙，几乎难收拾局面。其实这正是敌特所需要的。说参谋们有问题，本身就有问题，明事理的人只要仔细想想，参谋们一般都是千挑万选出来。千挑万选的人都有问题，谁都可能有问题了。

不是参谋们又是谁呢？谁知道这么多的真实情况，如果不把奸细抓出来，仗就没法打。危雨谨把陈处长留了下来，陈处长大诉其苦，你让我当冤大头？

你不当冤大头难道让我当？

陈处长也只是诉一下苦，说，我看不出这些人谁有问题。

看不出问题当然是好事情嘛。

是好事情？

难道不是好事情？

那你告诉我，下一步工作该怎么做，查，还是不查？

当然要查，而且要快。

那好，我有个不情之请。

你说。

把几个参谋一起借给我。

你借他们干什么？

抓奸细呀。

他们的本职工作不是干这行的，而且他们也没这方面特长，他们对付文稿什么的还可以，查案不行。

我看他们行，肯定行，只要你肯放手把他们交给我。

但是这件事情我还得跟张司令和伯长官通一下气。

又没借用他俩的参谋，就不要和他们通气了。

危雨谨想了一下说，那倒也是，知道的人越多越不好弄。

随后陈处长又把几个参谋集中到一起，宣布了一下工作方法与工作内容。最后说，各自回到自己的岗位上去吧。这时危雨谨突然出现在参谋们的面前，说，你们只是暂时换岗位，一切听从陈处长的。

又是那个脾气暴躁的伍参谋指着陈处长没好气地说，他拿我们当猴耍呐。

陈处长说，谁耍你们了，你们刚才还说一切听危司令的，怎么还没转身就食言？

参谋们无言以对，可心里仍然不服，且愤愤不平，就好像拿他们下油锅似的。

危雨谨自然知道他们不服，就说，这是我交给你们的新任务。

陈处长知道参谋们对这种安排不理解，就像是脱裤子放屁一般。然而，他们不懂这是欲擒故纵之计，他认为不管这几个参谋是否有问题，他都要从他们身上下手，他醉翁之意不在酒。

接下来，就是城里突然间出现几个危雨谨的事。

敌奸细立即把情报传了回去，特高课长心里一惊，脑子嗡然响了一声，问，怎么回事，难道危雨谨有分身之术？

不可能。

那就是有人替代了他。

可以这样说吧。

敌人安插在我军内部的人完全迷糊了，他们被此情形弄得分不清东西南北。

敌特高课长指令说，管他是真是假，统统给我干掉。

怎么干？敌特工问。

这就是陈处长想要的结果，陈处长运用古老的易容术，把几个与危雨谨相似的人做了易容术，达到以假乱真效果。陈处长的意思是，原来的参谋不跟在真的危雨谨身旁，而是跟着假的，真的危雨谨究竟上哪儿去了，没有人知道。而且危雨谨发出的指令都是经过精心筛选的假消息，敌人在此时间内几乎成了瞎子聋子，情报真假难辨，令人无从下手。这法子阻止了敌特工对我军将领的谋杀。

二十五

深夜，阚维雍依旧未睡，还在研究横山勇资料，分析判断我军形势，该用何种手段迎敌。阚维雍想，敌人的炮火飞机是我军所不具备的，衡阳、益阳等保卫战中，将帅们用的大多是死守城池之法，结果全都城毁人亡。这样的战法如果在古代，或许在敌我力量悬殊，又有粮草支持的情况下可支撑一些时日，可今天的局势，尤其与如此凶狠的日军作战，古老的办法已经无法行通。但城还得守，以最为弱小的兵力去抗击最为强大的敌人，只有一条，就是运用智慧，运用有效的地形地貌特性，运用我军的勇气，不断地出击敌人薄弱环节，每一场战役，敌我任何一方，都有其薄弱环节，这是铁律。没有任何人能够逃脱其薄弱环节，这也是铁律。那么敌人薄弱环节在哪儿？仅靠侦察是不行的，只有试探，不停地出击试探，找到其薄弱环节，然后，瞅准时机猛扑上去，将其狠揍一顿，便迅速撤退。外围作战的部队亦可使用同样手法，这点，阚维雍和伯长官意见基本一致，问题在于怎样协调配合。

阚维雍甘冒风险再次把他的战法构想提出来后，再次遭到危雨谨的坚决反对，危雨谨眯缝着小眼睛，看着阚维雍那张颇为激动的脸想，你果真想投敌是不是？此前我一再强调，不准再提这样的问题，你一定要推翻我的意见是不是？

我？阚维雍的脸胀红了。

危雨谨可不管这些，他说，我们的部队绝不能脱离阵地，更不准出城，必须坚守，寸步不离。

这是阚维雍最为忧虑的地方，一味死守，将所有的力量固死在阵地上，除了挨揍，就再没有机会寻找空隙与战机消灭敌人。

想不通是不是？危雨谨见阚维雍一副死不悔改模样，更生气了，他说，我问你，给你机会出去，你撼动得了强大的敌营吗？我告诉你，别说你撼动不了敌人的阵脚，那是有去无回，是去向敌人投降缴械。

阚维雍也生气了，说，你就是这样看我们军人的品质的？

那你想怎样？

当敌人对我实施攻击时，我们的人瞅准时机突出城去，狠狠地痛击敌人。

你狠揍敌人，我告诉你，我们凭借这坚固的堡垒或许可以坚守一段时间，要是突出去，就是自寻死路，你这套方案，等于白白送死。

不试试怎么知道这白白送死。

我说了不行就不行，谁要是再提这样的方案，军法从事！

阚维雍气得脸都青了，但是没有办法，城防司令说了算，自己说了不算，军人以服从命令为天职。

这时，许多民众来到在危雨谨司令部门前，他们是来感谢危司令的，感谢危司令领导桂林抗战日夜操劳，起早贪黑，人人举着手中的酒碗，要敬他酒。

危雨谨激动不已，他高高地向民众抬起手说，乡亲们，大家别这样，这样做是我分内之事，而且我做这些事情并非我一个人的功劳，而是我们全体军民共同的努力，这里边既有全体将士和各界民众的努力，以及大家共同努力，才能办好该办的事情。如果硬说我们做了什么，更多的功劳归功于我们的政府和我军的齐心努力，说着，危雨谨把桂林市长推到民众跟面，现在请我们的市长向我们亲爱的民众说几句话。

市长也不客气地说，是的，危司令说的没错，所有的成绩里面都有大家的汗水，这里面没有谁比谁的功劳大，只是大家的出力方向和着力点不同而已，各人的职责不同而已。当然，军方出的力更大，他们是以血肉之躯为代价守护我们美丽的桂林城……

台下响起了雷鸣般的鼓掌声，一阵阵潮水般掌声一直响到半夜还在凤鸣的耳畔边萦绕。因为这场活动开始时，张连长爱人凤鸣凑巧赶到并参加了，她代表苏家村为军队送鞋子衣服，还有食物。

十月的桂林说冷很快就会冷起来。老人们说，今年桂林天气十分反常，一时热、一时冷，热时就像夏天，冷时就像寒冬。一时间满天弥雾，细雨霏霏，假使再遭遇一夜北风，满天飞雪极有可能降临。因而，地方政府号召百姓多捐献一些衣物包括食品之类，预备给城里抗战军民。

凤鸣和父亲先前已经几次捐款，这次几乎把所有老底，比如存仓多年的粮食全捐了出来，把一些剩余的棉被、棉衣也都捐了，战斗打响后，这些东西打湿了水，是子弹的最好防御物。因而，整个苏家村为前线捐献的棉衣棉被上千床，整整拉了十来马车进城。半路上，这些支前抗战物资遭遇日军飞机轮番轰炸，损失不小。幸喜没有伤人，好在村民们想出了一些应对日军轰炸方法，即每时每刻都有村民站在高处眺望天空，一旦有飞机出现，伫立在高处上的眺望者便摇晃手中的小旗子示警，这样既便于在田间劳动，也便于干其他的。这次的运送车队进行很隐蔽。手推车上，全都用树叶覆盖，人人头上都戴着茅草树叶编织的帽子。不知为何，如此隐秘的行踪仍然被敌机发现。敌机来得很快，目标准确，径直往运输队头顶冲来。尽管早已接到示警，还是起不了什么作用，敌机太快了，它投下若干炸弹，十多辆手推车被炸弹气浪掀翻，幸喜车辆及时藏进了乱石密布的林子里没有造成太大损失。

事后，凤鸣和她的青联妇救队仔细分析形势，发现敌机之所以如此准确投掷炸弹，是因为敌特已经混进村子，他们在村子后面的大片无人居住区域昼伏夜出，背上背着通讯设备，随时和他们的情报机关保持联系。这些敌特，时而化装成逃难的百姓，有的干脆化装成要饭者，村里的百姓善良，看到这些逃难的人产生怜悯之心，好心充当了汉奸角色，既为敌人指路、引路，还为他们提供了情报，比如这次运送物资进城，事前就有化装成逃难的人进村摸清情况，他们连忙向情报部们发报，让敌机前来轰炸，这样既使百姓心理恐惧，又使我抗战物资遭受重创，使之不能到达城里。

可是凤鸣领导的这支抗战物资最终却有序地运到了城里。因其警觉性高，在运输车队被敌机轰炸之后，凤鸣立即意识到，村子周边一定出现了什么状况，至少她们的行踪被敌特发现，于是，在往城里运送物资的同时，派人在行进路线两侧进行仔细搜索，任何一个可疑者都不放过。因而得以避免遭受进一步破坏。

凤鸣进城的另一个目的，就是想伺机看一眼自己的丈夫，又有好些日子没见到他了，多想看他一眼呀。听人议论说，张连长还在七星山上。她抬眼远远地往七星山望去。她的心已经在山上了，可那里不准外人随意前往，即便像她这样的支前队伍。而她的心却无时无刻不挂在他身上。她的心为他而跳，她的热血为他而奔腾，她在梦里无数次追逐他、呼喊他，让他等等她，不要跑得这般快——

二十六

她悄悄来到东江岸旁，远眺七星山。一个欲赶过江去的军人站立一旁，对凤鸣一身装束先是感到有些好奇，细端形态，已大致判断出她是谁了，因为他曾多次听过对其容貌的描述，心想真是巧遇呀，怎会在这见面？他装出一副疑惑神态走近凤鸣问，你在干什么？

凤鸣惊愕地回过头，见他面善，且似曾相识，便问，同志，你要过江去吗？

他仍然一副未释疑虑问，你问这干什么？

凤鸣满面笑容说，我知道你肯定要过江去。

他说，你凭什么这样肯定？

凤鸣说，请问认识三连连长？

回答说，我们的防御部队有好几个三连，不知道你说的是哪一个?

阚师长的三九一团三连。

他再也装不下去了，面露微笑说，你问的是张一呀。

你认识他?

岂止认识。

这么说来你们是朋友啰?

而且是好朋友，当年他一文不名走投无路时，我俩碰巧走到一起。

后来你们又一起从军?

可以这样说吧。

看来你也是连长了?

不，不，我可不是连长，而且不在一个连。

那就是排长了?

他笑了笑说，我姓郝，比张连长小两岁，你就叫我小郝吧。

凤鸣乐得直拍手说，太好啦，太好啦，我感觉我们好像在哪见过。

郝排长想了想说，应该不会。

凤鸣说，也许吧。

郝排长说，你知道当年我你张一在一起时，天天挂在张一嘴上的是什么吗?

不知道。

假装吧。

我没有。凤鸣冤屈地说。

我告诉你，他每晚睡觉都念叨你的名字。

我还以为他说假话呢。说着她眼睛湿了。当年父亲逼婚，张一离家出走，她千里追寻，始终未能见上一面。那时候，每天晚上睡觉，自己不是也经常念叨他么。

郝排长说，知道那时我们干了些什么?

凤鸣说，快说说，你们都干什么呀?

郝排长说，我告诉你一件有趣的事，一天晚上，我们什么吃的也没有，于是就跑到一户人家地里刨了几个红薯充饥。附近没有水，也没有刀削皮，黑天瞎地的，只好随意地擦拭一下就吃了起来。你道怎么着，第二天天亮时，起初是你看着我发呆，我看着你发呆，后来俩人一齐捧着肚子大笑，差不多把肠子都笑出来了。

怎么回事？

没想到吧？

快说。

我们的嘴皮厚厚的。

嘴皮怎么厚厚的了？

也不知是红薯有毒，还是泥有毒，反正俩人的嘴巴全肿了，吓得不知如何是好，又不知中了什么毒，我们连滚带爬地跑到水边，清洗嘴巴，后来发现，我们的嘴巴红肿得像猴屁股一样，张连长懂得一点草药，他扯了一把草药锤碎，使劲擦嘴巴，这样做不仅没有消肿，反而越肿越厚。吓得我们只好去找医生。医生问为何出现这种情况，我们便撒谎说吃错了菜。

吃错了什么菜。医生不依不饶追问。在医生方面，他没有错，错在我俩，可我们还想维护一下小小的面子。

医生说，再不说实话，恐怕你们的小嘴就保不住了。

我们这才说了实话。

医生听后忍不住哈哈大笑。

你什么意思，张一很生气说。

我没什么意思，就是好笑。

你再笑，我不治了。

真不治了吗？

医生转身要走。我连忙求饶说，快给我们治，行么？

你知道那时候，我也谈恋爱了，我的恋爱对象人才也不错的，脸蛋和你一样，也是红扑扑的，眼睛好像会说话。

她现在怎么样了？凤鸣焦急地问，她现在是不是也和我一样在做支前工作？

郝排长久久地没有出声。凤鸣感觉情形不对，又追问，她没和你结婚？

是的。

她的家庭到底没有放过你俩？

不是这样的。

难道她看上了别人？

也不是。

究竟怎么回事你快说呀，你急死我了。

她不在了。这样说时，郝排长的眼圈红了。他摇摇头说，这事不说了好吗？

不行，我就想听。凤鸣很固执，内心深处，她希望郝排长刚才的话不是真的，她希望郝排长和他的恋人有自己和张连长一样的结局。只是，只是……她转念一想，这事郝排长不愿说，一定有难言之隐。只是她有些恨自己的丈夫，他有这样的好兄弟，而且遭遇上这样的事，为什么不对自己说，甚至一点口风也不透露，他的逃难和从军途中遇上这么多好玩的事，她很想知道的，回头一定找他算账，她一定要搞清楚郝排长和他的恋人究竟怎么样了。如果他再不说，她就扯他耳朵，再不说，就掐他，直到他求饶为止。

二十七

郝排长见凤鸣红着眼睛圈儿，不由叹息自己命苦，他想张连长的命太好了，能娶上这样的女人，真命好，可自己呢，就没这么幸运了。

直到今天他也没有遇上可心人，他相信他再也遇不上可心人了，长到这般年纪，还没真正做过男人呢，可自己多想做一次真正的男人啊。其实细想起来，自己有这样的机会的，恋人早暗示给他，只是他觉得那样的话，对不起她，自己是黄花后生，她亦是黄花闺女，他不能就那样睡了她，他要想法得到她父亲同意，再想法攒上一笔钱风风光光地把她娶回家里。可她的命竟是那般凄惨，她去了，她把他的心给带走了。他跪在她的墓前发誓说，我绝不会再爱上任何女人，你就放心吧……现在，即使自己再想爱，也没法爱了，他已经闻到了敌人的炮火硝烟味了，敌人罪恶的子弹迟早会让自己丢掉性命。为了九泉下的她，也为了争当真正的抗日英雄，自己决意什么也不管了。只管烧红自己的意志，将敌人消灭在自己射出的子弹之下。前两天他和张连长见面时，张连长和他说了很多，最多的话题就是他们一起逃难，一起从军，怎么和心爱的女人谈情说爱。后来张连长托付给他一件事。

你托付给我什么？

他说我有一种预感，这场与日军的决战，我要是死了，你能帮我照顾我爱人吗。

他连忙捂住他的嘴说，谁让你说这样的话？

我说的是真的。

你再怎么真，也不能跟我说这样的话。

我们是不是患难兄弟？

没错。

你知道战场无情，杀伐无情，子弹不长眼睛，谁能预料子弹不射向自己。

先走的是我。

我知道你的命大，你有九条命。

你是八字先生？我告诉你，八字九字什么我都不信，而且我不允许你说这样的话，这样的话要是让我们的士兵听见，结果会怎样，散布死亡流言，动摇军心，你担当得起吗？

我不就是在兄弟你面前说说嘛。

不许说。

郝排长见风鸣沉吟着没有回话，笑了笑接着又说，这天我俩又谈到阚师长，我俩见面，每次都要谈到阚师长，这是张连长最喜爱的话题。张连长每当谈起自己和阚维雍师长巧遇，和怎么被阚师长赏识时，总免不了会目光闪闪，因为张连长和阚师长已结为兄弟。

阚师长很看重张连长的为人，他一定要和张连长结拜兄弟，称张连长小弟。

一天，张连长突然想起一个笑话想对阚兄长说。

阚师长笑道，连长小弟你说。

于是，张连长把他怎么和李连长进城，李连长怎么渴望女人的丑态惟妙惟肖地演绎了一遍。

阚维雍大笑不已。随后，阚师长让卫兵把李连长叫来。李连长风驰电掣地来到跟前，问师长有何吩咐。

阚维雍突然脸一沉说，李东胜，你这人不老实。

李连长人虽粗鲁，但在阚师长面前，却毕恭毕敬得紧，他被吓黑了脸问，阚师长，我，我没干什么坏事吧？

你还敢说没有？

我确实没有！

去。一个去字，更把李连长吓得尿湿裤裆，因为他不知自己究竟犯了什么错，而阚师长又将怎样惩罚他。哪知阚师长吩咐卫兵是去准备几碗酒来，这是事先说好了的。可这些李连长又哪里知道。他仍在申辩说，阚师长，你是不是误会了？

我误会你什么了？

李连长摇头。

阚师长十分严肃地问，你是不是在未被我师收编之前，经常乱性？

这，这……

这什么这，我可叫人作证了。说着，张连长出现在眼前。一看是张连长，李连长暗暗松了一口气。谁知张连长却附合阚师长说，这事阚师长可没冤枉你，我可以作证。

张一你，你乱说。李连长大惊失色。

你说那次进城你进了几家妓院？我告诉你，你一共进了五家。后来你告诉我，你一共干了八位。

李连长脸微微泛红说，张一，你瞎编。

兄长，别的事情我或许会瞎编，但这样的事情绝对不会。

李连长鼓圆了眼睛望着阚师长，他以为阚师长要整肃他以前的事，一脸求饶之意。可是阚师长丝毫未改其严肃。李连长想，完了，完了，我李东胜肯定又要挨剋了，只是，唉，挨就挨吧。他相信自己肯定干了错事，阚师长无论怎样对他，他服，别的人如果这样他可不服，他只服阚师长。他服阚师长没有师长架子，他服阚师长嘴上怎么说就怎么做，他服阚师长干任何事情总是自己走在最前面。他还服阚师长喝酒海量。他当然还服阚师长那样爱他的妻子，一般到了他这样职位的人，哪里找不到女人，可阚师长就爱妻子一个。初时，他以为阚师长的女人长得像天仙，可能比天仙还美，可当阚师长妻子出现时，根本不像想象的那样，阚师长爱人既姿色平平，谈吐也平平，可阚师长却如获至宝地深爱着她，尤其喝酒时，常常把她挂在嘴上，他总是这样说，要是你们嫂子在，你敢这样？好像嫂子凶神恶煞似的。

李连长实在忍不住了便问，她那么厉害，她揍过你吗？

揍过。

揍哪儿？

屁股。

揍你屁股？

当然啦，屁股死肉嘛，怎么揍也不是很痛的。

她揍你前屁股还是后屁股?

直到这，阚师长才知道上了李连长的当。他飞起一脚向李连长踢去。

李连长何许人也，他身形一闪避开了。

师长自然知道李连长拳脚功夫厉害，换了别人他绝不会这样干的，别的人会被他一脚踢飞的，把属下踢飞，可不是他的本意，他爱他们还来不及呢……就在这时，李连长发现，阚师长的卫兵根本不是去取什么家伙来处罚他，而是怀里抱着一缸酒，李连长再愚笨，也知道阚师长刚才的一番严肃，是故意的，真正目的，是请他喝酒，他差点没跳起来。

谁知阚师长仍然未改严肃地问李连长，还有一事，你敢不敢和张一对质?

我有何不敢！李连长一见酒，眼睛早绿了。

拿大碗来，这时，阚师长感觉玩够了，嚷着喝酒。众人见状大笑不已。

凤鸣再度抹泪说，你们师长真是太有趣了，逗起下属来，就像逗小孩似的。

可不是。郝排长说。

凤鸣见郝排长说了这话，仍然神情专注，似乎还有下文。果然，郝排长还有话说，他说，有一天晚上，那时我和你的张连长一同前往古榕村，那里将发生一次战斗，我们的对手是一个号称兵强马壮的土匪帮，他们既有自动步枪、机关枪等精良武器，听说还有高射炮之类武器，总之，他们的武器比我们的强。

他问我，你怕不怕?

我说怕是有点怕。

他说我不怕。

我说，你不怕我也不怕。但是……我又说。

他说，你这人怎么说半句话。

我说，我不怕，因为我没有别人，可你有了，要是在战场上死了，你不怕别的什么男人把她给消化了？

他狠狠地擂了我一拳说，去你的，如果凤鸣还在等着我，而我又有幸没死，我一定风风光光地回去娶她，如果我死了，那么我的在天之灵一定为她祈祷，为她祝福，让她嫁给一个比我优秀、比我好的男人，并祝福这个男人永远永远地爱她。没想到在这次战斗中，我和张连长不仅没有死，我俩这天晚上从悬崖峭壁间摸上摩天岭，乘乱打开土匪山寨大门，我们两个连的人马一哄而上，张连长乘乱用枪抵住匪首的头，兵不血刃很快地就解决了战斗。重要的是，张连长以他三寸不烂之舌让匪首率部加入我们队伍，这个匪首的本事了得，他从排长干起，仅仅两年时间，现在也升任了连长，他说，桂林保卫战他还要升官。我们问他升什么官？

他说他可以升到团长。说着，他把连长的帽子往身后的杂木桶里一扔，说去你妈的连长，来吧，小日本鬼子快冲我开炮吧，量你们打不死老子，老子是金刚不坏之身，你们打不中我，而我却把你们一个个消灭，到时老子拿你们的肝脏下酒……

郝排长一番话说得凤鸣大笑，几乎抬不起身子，说，这个连长有点意思。

郝排长说，这个人的笑话三天六夜也说不完，有机会叫你认识认识，只是有一件事你可能还不知道。

知道什么？

我说的这个所谓的匪首，后来和你丈夫认了兄弟。你猜他是谁？

谁？

他就是我跟你说了半天的李东胜，李连长。

凤鸣捂着狂烈的心跳说，我一定要上山去，无论如何，你肯定帮得上忙的。

这个忙我可帮不了。你知道我们部队有严格规定，而且现在是战时，战时的一切都得经过批准，上级可不会管你什么夫妻不夫妻，一切都得遵守纪律。

二十八

那时，阚维雍也在七星山，正和张连长商议军情，在众人面前，张连长见阚维雍总是免不了立正、行军礼。闲时，只有两个人在场，他们就兄弟相称，张连长的嗓音特好，刚、脆，清音悦耳，同时还具备一点装饰音，这样音质的人，假如当歌唱家，一定走红。然而，张连长是苦出身，空有一副好嗓音，从军以后，东奔西跑，几乎没过上几天舒坦日子，别说唱歌，连吃饭时间都很紧张。

张连长的好嗓音阚维雍是知道的，不仅他喜欢他的说话声，女人也喜欢这样的嗓音，师部卫生连，好几个年轻护士对张连长很感兴趣。没事时，她们就像小蜜蜂一般绕着他转，在他头顶上嗡嗡叫唤，朝他直飞媚眼，小嘴翘得老高，缠着他讲小时的故事，让他唱家乡小调。家乡小调张连长唱得特好，小时候的故事也说得头头是道，可她们对他表示爱意时，他就局促了，有时简直像小姑娘，显得那般扭捏。这时，他的朋友出来解围说，张连长有爱人了，你们不知道吗？

小护士使劲摇头。

有的护士是知道张连长有爱人了的，但是她们就是喜欢他，喜欢一个人，不一定搞到手，喜欢就是喜欢。

她们那样喜欢张连长，弄得许多的优秀班排长心痒难熬，都说老天不公平。

老天是公平的，阚维雍师长说。

阚维雍喜欢这个小兄弟的英雄豪气，喜欢他的肝胆相照，喜欢他的心思缜密。

阚维雍师长今晚找张连长还是老话题，这道老话题，他不仅和他一个人说，他还要等一个人，这人是李连长。阚维雍虽然没有和李连长结拜兄弟，但情感和兄弟差不多，李连长的勇猛顽强，英雄豪气，同样令他喜欢。阚维雍本人也十分豪气，而且记忆力惊人。张连长和李连长士兵名字他几乎能叫出一半，他率领一个师，却能叫出一个连一半以上人的名字，着实令人惊讶，有关这点，就连危雨谨也很惊讶。有一次，危雨谨和阚维雍一起上李连长连队视察，危雨谨指着一个士兵问，你叫什么名字。

阚维雍立即替他回答。

那个略显局促的士兵连连点头。

危雨谨大为震惊地问那士兵，你和我们阚师长是同乡？

不是。

他怎么知道你的名字？

有一次他上我们连队，张连长点名时阚师长在场。

危雨谨说，没这么神吧，点一次名他就记住了你的名字？你一定有什么值得他特别记忆之处。其实这个士兵确实是张连长点名时，阚维雍记住了他，为什么要记住他，阚维雍没有去想。但他就是记住了，一个人的记忆力惊人，就这么回事，没什么大惊小怪的。

因此，危雨谨对阚维雍的害怕又加深一层。

这时，李连长来了。他向阚师长敬标准军礼。

就我们三个人，不必这么拘泥，快坐下吧。

师长有什么吩咐我干的。

李连长人虽粗鲁，性情暴烈，心思同样机敏，自从归属阚师长以来，无不事事处处用心，从不敢马虎从事，而且多了许多细微思考。他知道阚师长让他来，一定有什么机密的事要他干，要不然不会在此见面。

到底什么事呢？肯定与打仗有关。他协助镇守博望坡，居高临下，地理战略位置极其重要，不会是因为这件事情的，除了此事不知还有什么？

他一边抓脑壳，一边走在坑坑洼洼的小路上。他突然想起一件事情来，这件事情他听说阚师长在危司令面前说过，为此还挨过一顿批评，说阚师长是逃跑主义。这件事情被他和张连长等听到后，当时他就跳了起来，说，丢他妈！但也就这么骂了一句，往深里走他们不敢。他们得听阚师长的。阚师长有委屈他自己不说，他们就不好为他出头，他们只能跟着憋屈。

阚师长，你深夜到此，有什么重要的，请说，我听你的，什么都听你的。就算你要我的命，我半点都不含糊。

说什么话，我会要你的命？

我不过打比方嘛。

就算比方也不能拿命来比，我的命值钱，你的命同样值钱。

你的命值钱，我的命不值钱。

还说！阚维雍口气严厉起来。或许有人会以为他这是收买人心，或故作姿态，可在阚维雍心里，这就是他的真实人生。他没有把自己的命和士兵们的命看得有何不同，自然更不会把自己的下属看得有何不同。如果说有什么不同的话，那就是职责，各自的职责与所干的事情不同而已。生命、人格大家一样。作为一个人，没必要分什么样高低贵贱。或许有人愿意分贵贱，但他不愿。他知道，作为军人，必须遵守的是纪律，必要的军纪，绝对服从那是必须的，但是绝不能把人不当人。以至他的军队，没有不服从军令的。大家见了他不是敬而远之，反而有一种亲切感，年纪大的见了他，就像见小弟。而小的见了他，就像见大哥。

你们考虑过这场仗该怎样打？

李连长惊大了双眼问，你是师长，你问我们这仗该怎么打？

对呀。

李连长沉吟了，他有话想说，但这样的话如果说出来，怕惹师长伤心，他知道，自己对于这场仗该怎么打的想法和师长想的一模一样，而师长因为这事被危雨谨司令批评了不止一次，还被扣上一顶想逃跑的大帽子。然而，他知道师长一直没有放弃他的战法，而且他还知道张连长也是这样想的，大家都这样想，大敌当前，如果死守山头，或许可抵挡拖延敌军攻占城池一些时日，假如敌军炮火蝗虫一样源源不断地飞来，别说石片筑就的工事，就算是钢铸铁造也会熔化，假如一面坚守，一面突出阵地，采取多样战法，加上将士用命勇猛顽强，就一定能把敌人拖住更长时间。只是有一点他一直想不通，伯长官不是调了两个师出到外围，如果我们城里城外瞅准时机，一起行动，忽儿打东，忽儿打西，弄得敌人首尾不能相顾，这不很好嘛……

阚师长亲切的目光在张连长和李连长身上反复浏览，他知道他的想法他们已经知道了，现在是下决心的时候了，他要组织一个敢死连，连长就由机动连李连长担任，他想，他的这个决定，维系着他个人的命运，弄不好会被戴上叛逃的帽子。事物的另一面是，他得为守城延长时限，内外夹攻的想法和伯长官一致，但却不符合张发奎的想法，更不合符危雨谨的想法。他只能和伯长官保持联系，组建一支勇猛顽强的特战队突出城去侦察攻击敌人的软肋及其辎重。

阚维雍把他的想法说了。

李连长知道阚师长找他会有任务和行动，没想到竟是这事，他闪烁一双大眼睛问，这是真的吗？

阚维雍问，你以为呢？

太好了！李连长跳了起来，说，我就满意这样的战法。

阚维雍说别高兴得太早。

李连长问，为什么，是不是还没确定？

你率领机动连突出阵地的事确定了，只是一时还无法从敌人内部获取敌军软肋及辎重所在。

李连长松了一口气说，这事不用太操心。

你已经有办法了？

只要摸进敌营，就可探知究竟。

好，我就等着你这句话。阚师长说着使劲握了一下李连长的手。

张连长静静地待在一旁，直到阚师长把事情安排完毕，这才问，阚师长，那么我呢？

你认为自己有几副肩膀？

我，我只有一副肩膀。

这不结了，你不知道自己肩上的担子有多重吗？

我知道，只是我想……

你不用想啦，我知诉你，你连虽然也是机动连，但目前的任务就是协助坚守这里，坚守这里，一点都不比李连长肩上的担子轻。

张连长立正说，是！保证坚守任务。

阚维雍笑了，说，你除了协助坚守，还肩负着另一项任务。

张连长的心顿时兴奋起来，他以为阚师长会有别的安排给他。

阚师长说，你这里的地理位置十分特殊，你得时刻观察山下及远方敌人的动静，只要发现敌人的薄弱点，立即向我报告，李连长就及时出发破敌。

李连长和张连长立正说，是！

二十九

对桂林城发起全面攻击之前，横山勇的指挥桌前，敌特高课长正在听训，横山勇问，我让你们尽快侦察出桂林城防的辎重所在，查明了没有？

特高课长说，有些有了，大多一时无法具体。

你派了那么多的人进城，连这点小事还查不清楚，如果无法查清他们的辎重及钱粮重炮所在，就没法有效地将其消灭。

是的，特高课长说，我是派了好些人进城，他们一方面在摸敌指挥部具体位置，一方面正在寻找他们的辎重地。他们的防范意识很强。我们为此死了好些人。这些人可是我特高课精英，他们自从进入中国以来，曾立下无数功勋，没想到会栽倒在这小小的桂林城里，真没想到。

这也就是说，事前你没有周详的预案？

预案是有的。

既然有周详的预案，怎么还不赶快把事情给我办好？

敌特高课长说了声是。这时，副官心急火燎赶来汇报说，我们的人已经发现敌军辎重所在。

横山勇问，在什么地方？

在一个山洞里。

什么山洞？

木龙洞。

具体位置？

返身而回的特高课长在地图上找到了它，点了点，就在这儿。

确实，这是我军的一个辎重点，但不是最重要的，因为库容不大，所以它不是重点。之所以被敌特工发现，是我情报机关的一次试探，这个试探还是为了尽快寻找到敌人潜藏于我军内部的奸细。

陈处长处心积虑地把重要部门的参谋们集中起来，然后又匆匆地让他们回到原单位，就像什么事情也没发生一样，这可是外松内紧的一次试探，参谋们当然也知道这是试探，但是他们本身没有问题，又岂怕你试探？参谋们照样正常工作，该上传的上传，该下达的下达，该紧急向上司汇报的汇报。显然也因为他们肩上担负着明查暗访的责任，如果谁查到了奸细，不仅官升一级，同时，还有丰厚奖金可拿。这些倒也罢了，如果查到了奸细，就是对国家、对民族、对桂林城作了大贡献。这是作为一个正直的中国军人的良心。他们当然希望这个愿望由自己实现。于是他们用聪明才智把需要散布的消息散布出去，首条消息就是散布木龙洞为我军辎重地。

木龙洞属我军辎重地的消息散布出去不到半天，就被敌特高课长收到。

两个小时后，敌飞机往木龙洞投放了五十吨炸药，整个的木龙洞山体崩塌，别说辎重，只怕山体都熔化了，山洞内外火势冲天，连漓江的天空都映红了，敌人睁大着眼睛盼望着这一切，而这一切终于实现，他们手舞足蹈，我军恰巧这时把敌人的奸细给抓住了。

这个奸细是被五大三粗的伍参谋抓住的。谁都不会相信敌奸细会被他抓住，在一般人看来，不，应当在所有人看，这个粗鲁的家伙，让他干什么都行，可抓奸细就免了吧。

奸细被伍参谋抓住之后，奸细抬起眼睛奇怪地看了他半天，说，你……

我怎么啦？

在奸细看来，这人只是个熊蛋，难道我被熊蛋给抓住了，这不是在做梦吧。

这个奸细已潜入我国六年，潜入军队已经五年，几年前辗转潜伏到国民党情报机关负责人陈处长门下。自从潜伏以来，他从来不搞情报，因为上级不让他搞。

他生气说，你们让我这样在国民党军队长久待着，我都不知道自己姓什么了。

无论你姓什么，你只需好好管住自己。敌情报最高长官说。

敌情报部门只有最高级别的人知道他，低级别的根本就不知道有这么个人。上级部门不让他动，他就深入潜藏。但是，他的嗅觉敏锐度就像猎犬一样。他知道，家里人越是不起用他，就说明自己的作用越大，不起用他，说明一点，还不到起用他的时候，事情到了关键时刻就会起用他的。就在日军拿下衡阳后，他盼着能有任务给他，没有，后来日军攻破全州，还是没有任务下达给他。但他仍然对时局与战局保持着极高的敏感度，他知道日军在太平洋和美军较量屡屡失利，美军都快占领整个太平洋了，家里人怎么还没有起用自己的消息？在日军准备进攻桂林的前夕，凭着他多年干特工的嗅觉，他知道起用自己的时候很快就要到了。日军进犯广西之举，一定与南亚战局有关，那面的日军已经陷入战争困境，家里人要打通广西通往越南海港以为补给通道。他虽然来到桂林不久，可桂林的地理位置是他搞情报工作以来地理状貌非常特殊的地方，是一个攻取极为艰难之地，无数拔地而起的奇妙山峰，还有美丽的漓江作屏障，每一座山峰都是无需设防的天然屏障，每座山体内都有溶洞，这些溶洞，奇形怪状、姿态万千、冬暖夏凉、奇幻无比，有的溶洞可容纳成千乃至上万人，既可藏食物、枪炮、医疗，连水都无需外面运送。这样的地方，对于进攻一方来说，如果不识奥妙，会遭遇极大伤亡，它可以以一敌十，甚至可一敌二十、三十。国军在排查内部奸细时，他非常留意，他知道，国军情报部门已经破除擒获多起潜入人员。这些自以为是情报人员整天在他眼前晃来晃去，使他感到厌烦，有时他张开大嘴想亲口告诉他们，你们想查奸细是吧，我在这呀。当然，也不完全是这样，有时候，国军情报机关搜查奸细时，一些特工人员的眼神不免多浏览他几眼，有时候这种浏览就像看破了他的内心，他表面上表现出漫不经心，可心里却极度紧张。当然，不仅仅是为自己，他担心的是万一有别的潜伏人员被查到，他救还是不救？不救就不是大日本帝国像样的军人。救，就会泄露自己的身份，同样不符合大日本帝国的利益。最后，他对那些被擒获的人保持了沉默，隐藏才是眼下的他急需做好的。

他之所以隐藏得如此之深一直没有被察觉，得益于潜伏于奎身边的一个参谋。那个人也姓陈，那个人知道他的底细，是因为他的帮助他才得以潜入到陈处长身边。陈处长何其聪明警觉，他什么方法都用了，什么都想到了，就是没想到会是他，有句古话叫做灯下黑。他就是灯下黑的那个人。陈处长对他的信任是他们这个处其他人所没有的，他不仅让他看最为机密的情报与文件，而且还让他参加许多极为机密的作战会议。陈处长还让他亲自带人执行过多次任务，每次任务他都完成得非常漂亮。陈处长毫不吝啬地多次当众表扬过他，说他脑子好使，个性平和，既不争功，也不冒进，还向其他成员介绍过他的生平，说他也是苦出身，读书不多，因为勤奋，才干出了如今的佳绩。大家也都喜欢他，因为他不和他们争抢财物，争抢女人。一般的男人最怕别人和自己争抢女人以及金钱财物，他一样也威慑不到他们，主要原因是他的阳具没有了，据他自己说是因为小时候上山砍柴，不慎掉下山崖，他的那个被割掉了，石片锋利如刀，切掉他的阳具时，没费半点力气，为此他的母亲哭了好长时间，母亲哭泣的根本原因是他们家从此要断香火了，没有那个东西了，还怎么续香火。连续香火的东西都没了，所以对女性也就产生不了兴趣，由此也就减少了吸引力。事实上是，他的阳具是自己人割掉的。为争抢潜伏任务，他和一个同类竞争，结果他输了，因此阳具给割掉了。自己已然成了不能续后的人，就不会去敛财，敛财是为了家人，为了自身享乐，他说我连那个都没有了，一个不能续后的人，还抢这些干什么？我活着只有一个愿望，就是用尽心血和生命去报答国家对自己的养育之恩，还有就是要好好报答陈处长的赏识之恩、知遇之恩，以及和同事们共事的荣幸。一席话几乎把所有人征服。

谁能想象隐藏在核心内部的奸细竟然是他。

伍参谋发现他完全出自偶然。

都说伍参谋人高马大缺少心机和对事物的细致观察，可是他的细致程度他自己知道。他一向和陈处长不过卯，既然和情报处的人不过卯，那么他就特别留意情报处的每一个人，情报处的人把他们这些参谋看成是怀疑对象，他也把他们看做怀疑对象。情报处的人随意拿人去问话，他没有这权力，但这不影响他用自己的独特视角去观察审视情报处的一举一动。

老实说，最初他对这个被他揪出来的奸细挺有好感，他觉得在情报处，唯独这个叫春来的讨人喜欢，至少他不那么盛气凌人，看人不戴有色眼镜，他对待每个人都很有礼貌、客气，好像知识分子似的。当他把这个想法说出来时，参谋处的人都有同感，一直以来，春来的形象在情报处、司令部有口皆碑。可是就在昨天晚上，他从陈处长那里回来，发现了一件奇怪的事，黑夜里一个他所熟识的背影往一棵大树下走去。这里的城墙临江，属情报处辖区。情报辖区与司令部院落相邻。临江有一扇小门，这扇小门不常开。那时，他发现一个似乎熟识的背影正悄然地拉开那扇小门，贼头贼脑地往外探望了一眼，又回头望了一眼，随即闪身挤了出去。他心念一动，便暗暗地跟随上去。他必须追踪上这个人的背影，看看他到底是谁。他一面放轻脚步小跑着跟上前去，背影行动太敏捷，速度太快，仿佛发觉身后有人跟踪似的，钻出小门后，便沿着黑黝黝的江边跑上一小段路，瞬间折回身子钻进另一扇门。这扇门也虚掩着，同样没有人执勤。

伍参谋大感惊奇，这是战时，一扇扇门怎么可能都虚掩着，难道有人事前将其打开了？背影人步子轻盈如燕在前面飞奔，丝毫也没引起我江防部队的发觉，伍参谋震惊无比的同时，发力追来。那个转身回到街巷中的背影人试图甩掉他，他假装被甩掉了，孰不知仍然神鬼莫测地尾随其后。这时，他终于看清他是谁了。他的心陡然竖起，春来，你到底想干什么？你们情报处的人用得着以这种方式去会见什么人？难道？他的疑问接踵而至，以情报处什么都不相信的思维方式判断，他感觉春来一定有问题，于是他更加谨慎地跟在后面，春来在巷子里左右兜了一圈，又回到最初开小门的地方，背影人伸手把门拉开，一个黑人影毫无声息地闪身进门。这时，他听到一句日语，因为这声日语道破天机，春来是日本人，日本奸细几个字顿时跃上心头，他们在交付什么？其实他早就等着这一刻了，他知道拿贼拿赃，拿奸拿双，如果你抓到他们却抓不到他们正进行的交接证据，抓也白抓，人家会来个矢口否认，你又其奈他何？于是他一个箭步上去，一个扫膛腿，那个从春来手里接过情报的人被猝不及防地扫倒在地，春来知道事情不妙，他猛地扬起手中短剑朝伍参谋当胸刺来。伍参谋何等身手，岂能被你刺中，他飞闪身子的同时，随腿又给了那个倒地的人当胸一脚，那人只发出一声沉闷叫声，再无还手之力，足见伍参谋脚力之强。春来乘势而上，接着又一剑朝伍参谋手腕劈来，伍参谋险些被刺中。在伍参谋看来，春来绝非等闲之辈，不由得圆瞪双眼打足精神应对，伍参谋自出道以来还没遇到过对手，不由喝叫一声，你究竟什么人？

春来也不答话，更加来势汹汹，招招致命，步步杀机，身形灵巧，目光阴沉，这和平日里亲切和善的他判若两人。伍参谋一面和春来周旋，一面大声呵斥，你个日本狗特务，还不赶快投降？

春来不加理睬，仿佛入无人之境，以更凶猛的剑道朝参谋当胸刺来。伍参谋斜身避过，谁知，此招是虚招，其剑锋轻轻划了个圆，转而往伍参谋喉头点来，伍参谋大惊，旋即又一个闪身避开。纵然如此，却也出了一身冷汗。继之而来的几招，春来感觉伍参谋蛮力太强，他半点也讨不了好去，伍参谋人虽高大，身形却十分灵巧，这点他也无法讨好，再这样纠缠下去，其他人围了上来，自己只有死路一条了。于是春来使出最为厉害的杀手锏，伍参谋扑上来时，他不仅不后退，反而以背相迎，反剑相刺，此招不可谓不阴险，不可谓不快捷，就像关云长的拖刀计，意欲刺穿伍参谋的心脏。谁知，伍参谋在扑到春来身体的瞬间便风驰电掣般跃开了，同时还撞偏了春来的手臂。春来没刺中伍参谋，反而刺穿自身肺叶，当其发愣时，被伍参谋抬腿踢去，春来木桩一般倒地。许多听到动静的人涌了上来，他们把春来和被伍参谋踢晕的人围在核心。

伍参谋大喘粗气地指着自伤胸膛的春来说，谁会想到这个人是日军奸细！

伍参谋说话时，春来绝望地望着他说了句怎么是你？话未说完，把剑往脖子上一抹，当场毙命。其动作之快，令人咋舌。

陈处长赶到时，脸黑得比抹桌布还难看。他一会儿看着气绝身亡的春来，一会儿看一眼伍参谋，又看一眼倒在地上的那个前来交接情报的日军特工。回头他的眼神又盯在伍参谋身上。该情形很容易让人想起，如果当时不是多人亲眼看见春来欲制伍参谋死命，最后自刎而死，他一定会指责伍参谋谋杀，并试图邀功请赏也说不定。可严酷的事实不容否定，出了这样的事对他来说，意味着什么？他让手下看好现场，并把踢晕的特务铐上，自己立即闪身而去。他现在有两件事情要做，一、立即把该情况传送给张发奎，他记得很清楚，他的副手就是张发奎手下介绍的，张发奎不可能是特务，但是张发奎手下凭什么把这个人介绍给他。二、春来的死要严格保密，他怕因此造成敌人狗急跳墙干出什么无法预料的事情来。三、张发奎要小心，因为这个特务的死会而引发一系列事件，同时要赶快把情况报告给危雨谨，他要抢伍参谋的功劳，他先报告了，就好像这个隐藏极深的敌特是被他揪出来的。

危雨谨获知情报处副处长春来是日本特务，这一惊几乎将他击晕，他连拍脑袋说，太险了，如果这个日军狗特务想要自己的命岂不易如

反掌？他一会又想他为何迟迟不动手，反而被伍参谋发现？奇怪。

陈处长走到他跟前，啪地立正说，危司令我好浑。

你的确有些浑，春来进你情报部门多少年了，你难道一点都没察觉？

陈处长低头不语，往日形象荡然无存说，我确实很浑。

如果不是伍参谋揪出此人，只怕你我怎么死的都不知道。

是的，是的。但是司令，现在我来找你是因为还有问题没解决。

什么问题没解决？

春来就这样死了，我们身边是否还有其他日军奸细没被发现？

危雨谨皱眉，他想极有可能。

陈处长说，张发奎总司令那里我已去了电话，叫他百倍提高警惕。我想，他的身边不知有多少敌特在活动。

危雨谨立即紧张起来，说那还不赶快想办法把他们找出来。

这几分钟里我想了许多，我们是否还要采用这种方法解决我们身边是否还潜藏有危险人物的问题。

那你还不赶快去办？危雨谨对这个啰嗦不已的人已经不感兴趣。他得见见他的英雄伍参谋。意念至此，伍参谋已经向他立正敬礼。

来来来，危司令上前轻轻拍了一下伍参谋的肩膀，让他在自己身旁坐下说，此前大家都没看好你会把这个奸细给揪住了。

真没想到，伍参谋意犹未尽说。

这不能怪你。

他就死在我眼皮底下，不怪我怪谁？伍参谋是那种极其认真的人。他确实感觉非常惭愧与歉疚，他感觉应当在春来将刀划入脖子的那一刻，予以制服。

你没想到这一点情有可原。危雨谨确实感激他的这个参谋，他赞赏他的聪明。

但是，伍参谋说，现在我们应当赶快做的就是把地上这个人弄醒。

说着，他上前试探躺倒在地的人是否还活着。这时，那个仿佛死去的人，在伍参谋探他鼻息的时候，一个鲤鱼打挺飞身而起，而且手里持着一把比匕首长了不少的短剑闪电般朝危雨谨当胸刺来，其速可谓电光火闪。好在危雨谨练过家子，其功夫虽然不及伍参谋老到，却也不是三两个人够动得了的，其实事前他已有所防范，以至躺倒的日本特务突然间从地上跃起时，他本能地一闪身，避过锋芒，随即手起掌落，正好击中敌特手关节，这一击不说把敌手击断，至少，持剑的手会因此松开，谁知他竟然借风卸力，轻轻绕过危雨谨势如猛虎般一击，将力化掉大半。纵然如此，他还是感到一股钻心疼痛，剑险些脱手。眨眼间，那剑又直逼危雨谨颈脖而来，这是危雨谨无论如何也没想到的，就连伍参谋也没想到他竟然如此灵巧，自己刚才给他两脚难道都没有踢中要害？

是的，他刚才的两脚确实使他难受，但确实没有踢中要害，他倒地有一半是因为难受，因为被踢中气门，一个练家子的，最怕被踢中气门，倒地以后，暗中运了好几次气，每次运气，就如刀割一般疼痛难忍，他坚持住了，暗中静静地运气冲穴道时，只想着如何把春来送的情报拿回去。

此次前来取情报，历尽艰险，过城的路上几次险些被我军拿获，千难万险地来到西关门前，猝然间被伍参谋一脚踢翻在地……又因为解穴道时间太久，耽误了逃跑时机。当气门解开时发现逃走已经来不及了，他便装死，可当伍参谋摸他气门时，触及他气门已经打开，他知道自己已无法再瞒骗了，只得拼死一搏，他必须逃走。春来把情报交给他时说过，就算把命搭上，也要把情报送回去。这份情报详尽地记录着桂林城防兵力部署图，以及各指挥机关所在地，同时还有大量的钱粮武器辎重地。此前的日军外围人员虽然有情报传回，大都很粗略，要不了桂林城和各指挥官的命。这份情报抵得上几万守城人马，只要将其拿回，他们只需要集中火力精准投弹轰炸，无需一个小时，桂林就会全城瘫痪。可现在春来死了，他已成瓮中之鳖了，一切都来不及了，但是他不能束手就擒，哪怕只有万分之一的希望也得拼命逃走。再说他和这个名叫春来的日军奸细是同乡、同学，他俩在校时各项成绩几乎一样，他们都有着一份聪明沉着的个性与头脑，不到万不得已，上级情报部门是不会派他和春来上场的。现在派他上场，他们会用独特的暗语接触联络。直到这时，他才知道这个多年失踪的人的厉害了。可是来不及了，一切都来不及了。他反抗无果，被从身后飞来的伍参谋的神腿踢中，一头栽倒。随后，危雨谨亲自从他身上把那份出自春来之手的致命情报抓进手里，回到指挥部打开发现，这是多么恶毒的一份情报，之前外泄情报的总和和它相比，全都小巫见大巫。危雨谨不禁额头大汗淋漓，就在这时，桌上的电话响了，是张发奎打来的，张发奎问他这边情形怎么样。他回说还好。张发奎对这样的回答显然很不满意地又追问了一遍。

出了极其不佳的状况，但是已经解决了。否则……

我这面也不容乐观。

奸细查出来没有？

没有。

要赶快查出定时炸弹，否则……

我听说你那里有查奸细的手段。

是的，这个办法我想陈处长已向你汇报了。

他汇报了。

危雨谨说，我这面抓获这个多年潜伏于我军高层的奸细，有很大的运气在里面。当然，完全说运气也不准确，我的伍参谋在这里起了决定性的作用，要不是他用心缜密细致，仅靠运气是不成的。

张发奎打断了他的话说，这个人你们司令部先给予奖励，然后我战区司令部再给奖励，最后还要报到蒋总裁那里，相信他也会给奖励。

应该的，应该的。

但是，我告诉你，问题并没有彻底解决，我们内部还有奸细。

是吗？危雨谨听张发奎这样说，头又大了。怎么处处有奸细，敌人如此厉害？

张发奎说，赶快对前来接洽的敌奸仔细彻查。

是的，前来接情报人的春来同乡手里还握着一份顷刻间埋葬掉整个桂林的情报，这份情报是一份毒气弹计划。也就是说，当敌人先前一号二号计划成泡影，其进攻遭遇我军坚决抵抗之后，这第三份计划就是对我英勇抵抗的城防军民，以及其他重要防御阵地进行毒气弹投放。这份情报就是阚维雍获取的敌军于灵川郊外藏有毒气弹情报的佐证，危雨谨又吓了一跳。

情报处长被危雨谨叫进了屋，他说，敌人的毒气弹计划是毁灭性的，这点，丝毫不亚于春来的潜伏。

我现在正忙活这事。

有头绪了没有。

哪来的头绪，知道敌人要使用如此毒辣的手段，算是第一个头绪。最要命的是敌人的毒气弹藏匿地点，在什么时候、什么地方投放也令人头痛。

危雨谨说，我们的潜伏人员连一点头绪也没有？

没有，不过他们正在想办法。

这是重中之重。除此而外，必须立即摸清敌军的毒气弹藏匿点，即时予以捣毁。

我知道，说着情报处长起身离去，被危雨谨叫住了，他说，你把敌奸细的被抓的消息散布了没有。

散布出去了。

怎么散布的？

说两个奸细被我们抓起来了，正在审讯当中。危雨谨略加思考后说，好，这样最好，这样敌人在吃不准他们派来或长时卧底于我方的奸细败露之后，他们绝不会就此罢休，还会有所行动。他们如有行动，我们以逸待劳，将其抓获。

情报处长暗笑了一声，心想，以逸待劳，恐怕没这么简单吧。

三十二

阚维雍眼睛熬得通红，这些日子以来，他调动了几乎所有手段，试图尽快查出敌毒气弹位置。

他出身寒门，勤奋好学，从军以后，除了在军校的正常学习外，还利用业余时间跟电讯科的人学习。他刻苦认真，态度真诚，不过两年，已具备破译敌特密码的技能。这些日子以来，虽然每天军务繁忙，却没忘了研究日军军官个人资料，尤其研究横山勇个性及其作战手段。他知道，和敌人打仗，首先应当知己知彼，方能百战百胜，只有搞懂了敌军将领的个性、经历、背景，才能掌握其可能出现的情况。一国之人，分整体个性和个体个性。个体个性之外，桂林保卫战能想出什么样的全新战法让日军眼花缭乱，乃至害怕。只有一种可能，这就是精神，什么精神呢，这种精神由什么生发出来？它们是桂林城郊那一座座雄峰或是明媚的漓江？是的，它们是我们城市的守护神。然而，还有最深切的爱，对国家民族深切的爱，对脚下每一寸土地深切的爱！爱生发激情，生发力量，生发智慧，生发热能！怎样才能生发热能？身先士卒、勇猛作战！想到这里，阚维雍长长地嘘了一口气，仿佛多日的郁闷获得散发。继而他又沉静下来，再度对横山勇进行深度研究，因此掌握了横山勇许多鲜为人知的事情，他再次把李连长请到跟前，他觉得上次在七星山上的谈话，自己有些观点应当有所更正，他问李连长，在敌重兵压境的情况下，仗该怎么打。

怎么打？

对！

李连长豪气冲天地一拍胸脯，说，冲乱他阵脚。

阚维雍心里一动，问，你以为还是三国时期的战争吗？我们面对的是铜墙铁壁一般的强大敌人。他们的长枪短炮根本不是我军可以比拟的。

你以为他们的阵势完全是用钢铁包起来的？我敢肯定，他们的阵势肯定有软肋，我们得想法找到其软肋，然后给予痛击，撕裂他们的身体，让他们流血，让他们知道疼痛。

阚维雍眼睛一亮说，你有具体措施吗？

李连长说，我带着小股人马出击，对敌军发起突然攻击，发现其软肋。

阚师长说你这想法不错，等敌人开始进攻以后，仗打到最激烈时，不仅我方会被敌发现软肋，而敌人的软肋此时也会暴露出来，到那时，你带领一个连的兵力往敌人最薄弱的地方突击，打乱他们的阵形，从中间开花，如果能发现敌人的重武器之地，那是最好，你看这样行不行？

当然行！

这时，伯副总长也在想着同一问题，在强大的敌军面前，怎么运用有效地形，再施伏兵之计。

芦笛崖地区的伏击已然奏效，极大地鼓舞了士气。当敌人对城市发起猛攻时，我军奋起抵抗，敌阵形一定出现软肋，此时，对其软肋发起攻击，敌人一定不会善罢甘休，一定会分兵对我追击，甚至会派重兵对我追剿，我就此设下伏击圈，等到敌人踏入我伏击圈，前锋部队立马掉头与伏兵一齐施以猛攻。只是这个伏击圈设在哪里，令伯和他的参谋长们费尽了心机，最后他们设计于桂南地区一个叫四塘的地方，这里山峰林立、水草遍野，中间全是齐腰深的烂泥田，田中小道蜘蛛网一般，将敌人引入这片田野湿地，敌重型机械，比如装甲车、坦克之类因此失去用武之地，其士兵又深陷淤泥中时，我军埋伏于峰林间的部队此时一齐对敌人开火，用最快速度，必令敌大乱……

三十三

敌于十一月一日凌晨开始对桂林发起进攻。千万发炮弹在城市上空发出震耳欲聋的爆炸声。我城中军民尽管有了充分思想准备，当敌军铺天盖地的炮火降临到头顶时，还是免不了惊恐慌乱。敌军炮弹炸弹掀翻了城中工事，掀翻了瓦房，许多军民倒在血泊当中。目睹一具具躺倒的战友及亲人的尸体，军民们的眼里顿时燃烧起熊熊怒火。敌人炮弹依旧飞鸟似的凌空飞来，他们扔下这些炸弹就像扔一下一堆堆牛粪。我各个防御山头的草木在燃烧，神经在燃烧，进而连石头都让炸弹烧红了。城中好些地方，因缺乏有效的掩体作掩护，许多军民在敌人的第一波进攻中遭受巨大伤亡。据初步统计，我军民死伤上千人。炮击过后，敌人开始对七星山诸阵地发起进攻。骆驼峰上为阚维雍第三九一团三营二连坚守阵地，阵地上露脸的人很少，其余的人隐蔽进山洞里。战前阚维雍和张团长对敌人的进攻方式不知进行过多少次研究预判，迎接敌人最有效的进攻就是首先把自己隐藏好，但是阵地上得有人值班眺望，敌人绝不是猪，而且此役绝不会一天两天可以结束。要作好长期作战思想准备，首先得保存好实力，怎么保护好实力，就是借助地形地貌优势，不致在敌人强烈炮火进攻时遭受过多伤亡。

这一点我方考虑到了，敌军和我方想的一样，他们知道一旦进攻开始，我军会把自己隐藏起来，因此，他们知道无法在第一波次攻击当中把我军完全消灭。

横山勇的傲气在安插于我军的定时炸弹相继被我军破获之后大减，迫使他不得不做出新的进攻部署，他告知将领们说，这将是一场硬仗。

一个叫谷太郎的主攻将领有些过傲地说，将军你雄才大略，怎么会长敌人的威风，依我看，小小桂林城，不够我们做早饭菜的。

你这想法也是我最初的想法，可现在我令你改变。

我不会改变。

你这种想法会对我军造成不可估量的伤亡。

横山勇如此一说，主攻将领不好回嘴了。

横山勇说，你们就没想想，我早前怎么说的，现在又怎么说？我告诉你们，情况确实发生了严峻变化。横山勇这样说，还是有人不清楚情况来源，他们只是望着他那张铁一般冷峻的脸，不知他为何这样说。当然，他这样说一定有其道理，下级对上级永远只有坚决执行命令的份，因而他们也不好再说什么。

横山勇因为潜伏人员的被抓，他得重新考虑进攻方略，炮火轮番轰炸为首选，将原来掌握的桂林城防阵地大部分摧毁后再施步兵进攻。他很清楚，进攻桂林和进攻其他城市有着本质上的区别，因为这是伯长官、李司令的老巢，这两人是日军进入中国以来所遭遇到的最为强硬的对手，这样的对手以及如此复杂多变的地形地貌，他不得不考虑作出与以往不同的战法。有关这点，冈村宁次将军也是这样说的，他说，攻打桂林一定要多动些头脑，伯可不是好对付的。

横山勇说，我知道。

冈村宁次反问，你真知道？

我当然知道。

冈村宁次摇了摇头。

横山勇知道冈村宁次还有话想说，就是日军隐藏多年的情报人员的意外被抓，这个情报人员的被抓对日军来说，无疑是重大损失，因为他的被抓，进攻桂林城一定会付出很大代价，如果不是他被抓，那么，攻取桂林城就如囊中之物。现在，他们还不知道春来已经死亡，冈村宁次及横山勇和日军情报部立即实施营救方案，只要有一丝可能性，就得营救。一方面他们不能白白死掉这样的一个智勇之士，他们不惜付出一切手段与代价，但须首先通过潜伏于城中的人员把春来的具体关押地点搞清楚。可是他们派出多股人马都没成功，原因很简单，因为原潜入城中的多名干将与长时潜伏者的被抓，城中的电台已经没有了，因此外面的人员进不了城，城中的特工也很难出城。为营救春来，他们推迟了进攻桂林的时间，他们想尽各种办法弄清其关押地点，以便采取营救措施。这就是陈处长放风说春来没有死亡的真相，我军等着敌人为此乱阵，也是为敌人进行新的潜伏行动可能漏出破绽而紧张地工作。

果然，敌人接二连三地对城里派出奸细，因为我方先有了预防措施，因而，明知敌奸细入城，而不捕捉，反而让其将所获情报发回，结果，假情报反而害了他们的行动。

恼羞成怒的敌军万炮齐发，大部分落在阚维雍所负责的防区地段，七星岩乃重灾区，一个小时之内敌人投放的炸药据估量大约不下数千发，草木烧燃了，树木炸飞了，山体烤红了，我坚守在一线上的士兵虽有防护措施，仍然死伤不少，敌人在第一波炮火狂轰滥炸之后的几分钟后开始地面进攻。

李连长在掩蔽所里观察到敌人有序地端着枪朝山脚摸来。敌人动作迅速，但是来敌并不多，这仍是一次试探性进攻，他们知道我军防御工事坚固，构筑复杂，山体掩蔽对我有利，不能让过多兵力暴露在我炮火之下，目的在于发现我军火力点。

敌人的试探性进攻并没有达到预期目的，我军按照事前的作战构想，以点射为主要手段御敌，须在有效射程范围内才开枪，必须精准，一枪一个，绝不浪费子弹，敌人的狙击手在远处朝这里瞄准，所以，打死一两个敌人之后，我士兵立即换位，以避免遭受敌人的狙击射杀。我军人少，武器不如敌人精良，以这种方法对抗入侵之敌，收效良好，敌人几次小型冲锋，每次结果是，其尸体要么留在半山腰，要么留在山脚下。此次进攻中，有一个敌人异常凶悍灵巧，他一次次巧妙地避开我军的射杀，很快地摸到我军守护阵地，这里只有一个士兵守护，这个士兵对如此大规模的作战感到胆怯陌生。虽然陌生，但是他已经射杀了冲上半山腰的两个日军，每一个日军刚刚露头就被他准确射击倒下。他为此大感兴奋，却也忘了战前规定的打一两枪换一个靶位的作战思想。就在他狂欢所获胜利时，狡猾的敌人已经出现在眼前，因距离太近，我士兵已来不及开枪，便改用刺刀防御，敌人以冷静快速的手法举枪朝我士兵当胸刺来，我士兵或许正打得手热，以至灵巧如猴，一个转身，闪避开去。敌人一刀不中，二刀劈来，我士兵再次避开，敌人此招或许用力太猛，刺刀落空，重心失衡，一个踉跄扑倒，可他动作灵敏，就在扑倒的瞬间，他用枪抵住一棵被炸歪的树干。我士兵回身一刀捅去，这一刀正巧捅在敌人大腿之上，敌士兵哇地惨叫一声，举枪向我士兵刺来，该镜头出现在敌远方狙击手的瞄准镜里，他左右移动准心，试图把我士兵一枪了结，谁知两个扭动的身体让他无法瞄准，他想，你这个人怎么连一个中国士兵也解决不了，还留着他干什么，快把他给我解决了。

我军处在高位掩体的一个士兵看到这个情形，心里比远处的日军狙击手更焦急，他忘了自己时刻处在险地，他要帮助下边的士兵把敌人给了结了。他从掩体里爬出身子，正想朝下方的敌人开枪，敌远处的狙击枪声响起，我士兵顿时躺倒在血泊中。遥遥相望的李连长见状不由痛恨地骂了一句，他妈的小日本。就在敌狙击手把我士兵击倒的瞬间，我军士兵一刀刺中敌人心脏，敌士兵也刺中我士兵胸膛，顿时，血洒山崖。

李连长眼睛湿漉漉地看着发生的一切，却无能为力。他想，要不是重任在肩，他早就上前与之拼了。

三十四

另一面几乎遭遇相同一幕，不同的是，这里防御坚固，山体陡峭，四面悬崖峭壁，只有一条小道可以攀登，守住这条小道，就守住了这座山头的碉堡群。敌人自然知道这点，他们先用飞机绕着山体远远地四面观察，然后制定夺取计划。此山倚险可据，守住这里就守住一大片地区，却也因险而将自己置于死地。运送米粮、饮水以及炮弹上山皆成问题，如果被包围，坚持不了几天一切均会告急。

敌人分明看出这点，其采用的不是直接进攻，而是将其团团围住。当然，在最初时刻，他们还是发动了几次进攻，他们避开我军火力点从三个方向向我军阵地袭击，他们试图以攀登形式到达我军守护位置。敌人密集的炮火朝我军防御点不惜血本地展开射击，我守军无法抬头，他们便从另外两个死角用飞索挂住悬崖间的树木往上攀登，试图接近我军防守位置。这是我军早就想到了的。于是我士兵冒死朝敌人开火。然而，敌人炮火威力巨大，迫使我军难以有效射击，敌趁此从两面山体往上攀登。这些敌人，就像一枚枚垂挂在山体间的红薯，他们动作缓慢，不时地停下来拆解缠绕在身上的荆棘，桂林所有山峰上全都长满这种荆棘，如果手里没有利刃，很难前进。

敌士兵解下腰间配剑，奋力砍伐那些荆棘时，手臂被划得伤痕累累。这些情况却是我防御部队事先没有想到的。敌进攻部队发现这法子难以登山，只得重新思考对策。他们改用降落方式把人投放到山顶，又遭遇同样问题。因为从山顶到达我军守护的山洞依然要经过一片荆棘区域，几个不要命的日军士兵往下爬到距离我军守护点不远的地方停住。他们在等待远处的人用狙击枪和步枪瞄准守护在洞口的我军士兵，只要有人敢露头就将遭殃。往下攀爬的士兵虽有远处枪炮支援，仍然无法接近洞口。

在山体的另一面，敌人从望远镜里发现，山腰间有一凹处，自山脚贯穿到山顶，我军无论从哪个方面都无法发觉并顾及到该处。敌人从山脚开始，就像一串串穿连的蚂蚱，他们借助绳索往上攀爬。这时候一切都很宁静，仿佛一切都停转了。这样的宁静仿佛是刚才的连天炮火把所有人的耳朵全震麻木了。

我军只留一个哨兵掩蔽在窗口观察敌人动静，其他人靠在洞壁的墙体上休息，大家要好好地喝口水，好好地躺一下，刚才的战斗惊心动魄，战士们还没有缓过神来，他们得好好地养养神。谁知这样的宁静竟是欺骗，敌人已经一步步地逼近掩体窗口，假如再让其靠近些，敌腰间的手雷就会一枚枚地扔进洞里。对此，我军将士浑然不觉。他们太累了，在窗口放哨的士兵虽然睁大着双眼，视觉却很模糊，上眼皮与下眼皮老打架，他竭力地使眼皮分开，但还是恍惚了一瞬间，这时敌军已经在洞口露出头颅，发现掩体里的我军士兵全睡着了，他本来打算往里扔手雷，见此状况，便改了主意，走在头里的士兵朝身后的人打手势，意思是，他们全睡着了，是不是可以不扔手雷？

身后的用表情问，为什么？

扔手雷我们也会被弹片击伤。

身后的不管这些，他感觉必须按既定作战方案解决战斗，他解下系在腰间的手雷，其他几个也把手雷抓在手心，手指伸向弹环。事态千钧一发，或许我军有救，当敌人的手指伸向弹环的瞬间，处在极度困盹当中但还有半眼睛没有闭上的吴班长猛然发现敌情，他一个虎步冲到窗口，伸出刺刀向敌士兵捅了出去，敌士兵和他们拉响的手雷在半山腰上炸响。那串像蚂蚱一样悬挂在山崖上的敌士兵们因为绳索被炸断，一齐从高空往下堕落。这一场惊险至极的胜仗让吴班长大感紧张与意外。他在总结会上说，敌人是无孔不入的，说话时，他朝刚才放哨的士兵极为不满地看了一眼，在他想来，你这人太大意了，敌人已出现在你眼皮底下，你分明是站着的，难道没发现？他很想狠狠地剋他一顿，转而又想，他人站在那儿，恐怕已经睡着了。事实正是如此，这个放哨的士兵确实在那一刻睡着了，虽然仅仅两秒钟，但这两秒钟足以改变战局命运。

他红着脸说，我确实睡着了，班长你惩罚我吧。

吴班长心软了，他改变了批评主意，既然这样，再批评也晚了。再说，我们的士兵太累了，连站着都睡着了，还能对他怎样？他说，我们所有的人要时刻警惕敌人从任何方向我阵地摸来，神鬼莫测地对我阵地发起进攻，如果不是刚才我醒得及时，我们这个班已不复存在，我们这个阵地已不存在，因为我们阵地的丢失，敌人将会从这打开缺口深入我战略重地。他和张连长通了话，张连长把刚才的情况报告给团长，团长转述给了阚师长。

阚师长在地图前沉吟着，外表的沉静掩盖不了内心汹涌澎湃，他担心地面部队所遭遇的进攻不像有险可阻这么简单。果然，敌人在其强大火力掩护之下率众朝我地面防御部队扑来。而我军防御部队在敌人连续性强力进攻下，损伤极大，将士们按照部署，班长死了，副班长接替负责指挥，排长死了，副排长接替指挥。

第一道防线前面出现大量敌人，我剩下不多的士兵们这时已经杀红了眼，各自抓了几颗手榴弹朝扑上来的敌人猛扔，有的来不及拉响手榴弹，有的拉响了却扔不出去，在坑道里炸响，与敌人同归于尽。

阵地上的炮火停歇了一小会儿，牛副排长身上已经多处挂彩，一看阵地，只剩下不到十人，副班长也严重负伤，头臂流血不止，眼睛全被血流蒙住。

十来个战士齐刷刷的目光全盯在副排长身上。副排长说，我们的补充人员很快就会上来，如果他们一时上来不了，我们也得坚持，敌人刚才的这一波冲锋，其伤亡不下我军。他回头一看，坑道里死了几个日军，坑道外无数日军士兵躺倒。有两个估计没有断气，全身是血，他们一半是我士兵的赏赐，一半是敌人自身弹片的赏赐，两个日军士兵扭动了一下身子，抬头朝我军望来，一个战士想给他一枪，被副排长给摁下了，说，别开枪。

让他开枪打我们？

你没看见他一只手断了，一条腿也断了，他已无法动弹了，你再开枪岂不浪费子弹。

想开枪的士兵又瞄准了另一个日军士兵。这个日军士兵的情形几乎跟那个一样，全身是血，这个日军士兵虽然没被打断手脚，却被震断了心脉，连抬一下眼睛的力气也没有了。

副排长见此情形知道他伤了内脏，不开枪他也没法再活命，何必再浪费子弹。

想开枪的士兵想了想也对，敌人已经动弹不了，还开枪干什么，让他自生自灭去吧。

另一个士兵想爬出掩体去把日军士兵抓回，也被副排长摁了下去，说，不要命啦？敌人的狙击手在什么地方你知道吗，只要你一抬头，脑袋必然开花。

由他们自生自灭也不失为我们做了一件好事，虽然说我们不杀俘虏，但他们还不是我们的俘虏。这一切被我远处一位居高临下的连长看得十分真切，焦急情绪跃然脸上，如果坑道中的士兵爬出去抓人，必死无疑。他从镜筒里发现远处有两个藏在矮树林中的敌人正朝坑道瞄准。敌人的枪法之准他很清楚。

坑道里的牛副排长把士兵们聚集到一起，检查了一下武器装备。

副班长这时睁开眼睛说，我稍许清点了一下，枪弹够用，足可再支撑一天。只是兵员……

牛副排长朝他打了个手势，意思是我们现在不要谈这个，我们需要尽快吃点东西。于是大家连忙把食品拿出来，他们每人身上都带有饼干之类食物，有人还带了苹果。但是摸了摸，没有水，水壶炸坏了，水漏光了。

大家嘴唇干裂，喉管燃火，你望望我，我望望你，心想没水怎么下咽这些食物。

牛副排长使劲摸索着身体下面，他触及一个浑圆的物件，他感到土层下面埋有水壶，他弯下腰身把水壶从松软的泥土里挖了出来，没有损坏，它装着满满一壶水。

大家为此欢呼雀跃，说有救啦。

三十五

这时是下午五点刚过。

十一月的桂林天黑得较早，雾蒙蒙的山野，峰林似魅，敌人已经打消了晚上进攻之念。

我军自然知道这一点，敌人不敢晚上再发动进攻。趁此，我军在休息的时候总结一下，危雨谨站在指挥部地图前，听着来自各方面的战况报告，他心上的石头总算在这天的薄暮中落下。还好，还好。他自言自语地说。

身旁的参谋长陈济桓也许被敌人的炮弹炸聋了，耳朵仍然嗡嗡炸响，他说，危司令你说什么？

危雨谨说，陈参谋长，依今天的情形看，敌人进攻虽然猛烈，但是我军的损失总算在控制范围之内，甚至大出战前所料，几个抗击阵地死亡不到两千人，而且这些人几乎全死在平地构筑的工事里。

陈济桓没有危雨谨这么轻松，危雨谨见参谋长没有出声，转而看阚维雍。

阚维雍表情沉稳严肃，五内如焚，凭表面，危雨谨看不出他想些什么。

阚维雍很清楚，这一天，在敌人强大的进攻中，表面上看，我军伤亡不算太重，其实不然，这只不过是敌人的试探性进攻，因为敌奸细被抓，我军及时改变阵势，大量的炮弹落在空地上，只有极少落在士兵头上，下一天呢，根据他对日军一贯式的进攻研究，接下来的进攻会更加猛烈，他们会在连天的炮火轰炸中，步兵也将同时出发，敌炮火一停，敌步兵马上就会出现在我军的眼皮底下，这就需要我将士们在敌人发动猛烈炮火攻击的同时，仍然站在战斗位置上，这是非常危险的。我们的将士会因此遭遇惨痛伤亡。如果此时躲避炮弹，敌炮火一停，敌地面部队已把我前沿阵地抢走，我将如何迎敌。

他把担心提出来时，危雨谨皱着眉头长时间没有说话，在他看来，阚维雍这个人就喜欢危言耸听，敌人的身体难道是铁打的？他们在开炮时就朝我阵地发起冲锋，这可能吗？

危雨谨发出这样的疑问，就好像他从来没有和日军干过仗似的。

可阚维雍的话已引起陈济桓参谋长的紧张，吕旃蒙的心也不由一震，敌人极可能采取这种进攻方式，这样就会打我措手不及。而且这样的进攻方式此前他曾听人说过，当时他还不太相信，可依现在的状况看，敌人很可能会使用这种方式进攻。

当然，阚维雍又补充说，我估计敌人还会像上次进攻时使用的战法，先朝我各阵地，包括对我城里来一次威力极强的炮火轰炸，这一次的轰炸可能与上一次的轰炸有所不同，那就是敌人可能对城里的轰炸同样猛烈，他们还可能在轰炸的同时抢攻东江，因为这里河面不宽，必须告诉我们的防御部队百倍提高警惕。

阚维雍的话得到将领们的一致认同，都说敌人很可能会使用这种打法。

果然，第二天早上六点一刻，天未放亮，我城池及各防御阵地突然感到天地间一声巨震，敌人万炮齐发。这一次敌人的进攻目标扩大了范围，他们察觉到我军的重点防御阵地损失很小，上一天的进攻完全没有达到预期目的。今天必需对原来的进攻点进行修正调整，予以强火力攻击。

一发炮弹正巧落在离危雨谨不足二十米的地方。正如前几天晚上梦中出现的情景。那时，他刚起床上外边解手，裤子刚刚褪下，敌军炮弹的骤然降落，吓得他连裤子都没系好，警卫员护着他往防空洞里跑。

危雨谨漆黑着脸看了一眼警卫员，意思是你是干什么吃的，我差点被敌人炸死？！危雨谨责骂声未及出口，敌军另一发炮弹落在洞口，溅起的气浪直逼后心，飞溅的石碴，险些扎进危雨谨屁股，危雨谨大惊失色往洞里奔逃，第三发、四发、五发炮弹复至，相继而来的炮弹就像长眼睛似的，一直追踪着危雨谨的屁股爆炸，巨大的威力与绵密的石碴也会要人性命，危雨谨耳畔传来噗嗵一声，身后的警卫员倒下了，明知警卫倒下，他却一个箭步往洞府里钻去，刚巧这时第七枚炸弹在洞口爆炸，石碴子在危雨谨身后胡乱飞射，危雨谨纵然逃跑飞快，还是有两枚石子趁势追击，一枚击中其小腿，另一枚击中手腕，顿时鲜血直流。他的参谋和一名警卫奔了过来，并很快地叫来了医师。

危雨谨痛得咬牙咧齿，大骂我丢他妈的小日本强盗。还有你们这些警卫，你们的责任呢，全被狗吃了？

警卫大气不出，红着脸伺立一旁，不知如何是好。

就在这时，阚维雍的指挥所里，电话铃声响起，这是伯打来的。

伯问战场情况，阚维雍说，日军今天的进攻又开始了，而且非常猛烈，照此情形发展，我军损伤将会很大。

伯说，有关这点，我们要作好充分思想准备。

阚师长说，是！

伯挂断电话。

阚维雍静静地站在地图前想，照这种打法，我军只有挨打的份，敌人接下来的进攻会更加猛烈，他们是不会节省炮弹的，他们需要的是进攻速度，任何一场战争，进攻速度是取胜的必要条件之一，如果进攻速度缓慢，即使最后取得战斗胜利，那也是一场消耗战。如何避免这样的消耗战，我军似乎无法可想。然而破敌之策在哪里？

敌军在朝城防各要点展开了大约一个小时的炮轰，地面部队即时出现在我战壕前面，发起一波波强有力冲锋，遭到我英勇的将士们的竭力抵抗，敌军像蜂群一般地拥来，不久便像潮水一般退去，此次进攻，敌军自以为比上一天所获更少，死伤者反而更多。

横山勇眺望着满地尸首，皱紧的眉头仿佛一堆破抹布，他想，这是我英勇无畏的日军吗？

此时，伯给危雨谨打电话问情况。

危雨谨捂着流血的屁股简短地向伯汇报了战况。

伯问，照此情形发展，我军是否能顶住？

不管敌人发射多少炮弹，也不管他进攻多厉害，请伯长官放心，我保证顶住。

伯沉思了一下又问，你觉得敌人下一次进攻会在何时？

这我哪里知道？我们能做的，就是抓紧加固工事和休息，否则，没力气和敌人拼。

伯又问，具体手段呢？

死拼到底就是手段。

有关一些更加灵活点的战法你和阚维雍将军等有商量没有？

商量过的，依我的意思，当然这也是张司令的意思，那就是坚守到底，半步也不退让。

伯哦了一声把电话放下。他知道危雨谨的态度了。他更知道自己无法支配他。这时，阚维雍来电说，敌军此次进攻我军损失最大的是铁路两旁的防御阵线，望便长官想法支援一下。伯说，他正在考虑应对之策。

三十六

横山勇把各级指挥员集中到一起，他脸色阴沉，十分气愤地问，谁能解决我军进攻受阻问题。

敌山本师团长说，唯一的办法就是进攻，不停地进攻，加强火力不惜代价地进攻，我们的步兵跟随着炮火一同前进，在炮火停熄的瞬间，我进攻部队就出现在敌军面前。因为这一天多来的进攻受阻，山本早已怒火烧胸，他有些耐不住了。

横山勇被冈村宁次骂，他被横山勇骂，他便指着他的部属骂。敌师团长的话虽然带有气愤，他却因此准备了三套方案，在三个方向同时发起猛烈轰炸之后，步兵必须在炮火停歇的瞬间出现在我军阵前，将我阵地一举拿下。

横山勇听了这话不由睛光闪闪。这点，处在梦中的危雨谨并不知道。他以为日军还像昨天一样，平均使用火力，满世界乱扔炸弹。他没想到，今天敌军的炮弹会在最为重要的地点砸下。

横山勇说，把地皮给我掀翻，把山体给我炸秃，一定得给他们点颜色瞧瞧。

一时间，密密麻麻的炮弹在空中穿梭，就像麻雀在空中飞行一样，织成一张密不透风的火网。

身在七星山上的张连长，对敌军的进攻意图，已经有所发觉，因为这些炮弹的落点非常准确，透过弹幕缝隙，他看见远处的草丛和小路上出现密密麻麻的敌群身影，这些身影一串串地，速度很快地跟着炮火落点方向移动。这些炮火落点由近及远，炮击点每向前延伸一分，敌地面进攻部队就跟着前进一分。

阚维雍不由吓出一声冷汗，这不正是自己所深虑的打法吗，既大胆又毒辣，其炮火一停，大量的敌军地面部队就会即时占领我军前沿阵地。他在呼叫机里喊叫李连长，李连长没有听见，敌人炮火声浪比海啸声浪还喧嚣，别说听人说话，就连自己的说话声也无法听见。但是他相信自己发现了敌人的意图，那么张、李连长等也一定会发现敌人的意图。

是的，不仅张、李连长发现了这种万分不利于我军的情况，地面守御部队高团长等也从望远镜里发现了情况。高团长的心和阚维雍的心以及张连长的心一样，感觉万分不妥，一定得把这种不寻常的情况告诉我军指战员，大家一起想法破解这道难道，否则，即将出现的问题不可想象，因为敌军的炮火停止轰炸之时，就是敌地面部队占领我前沿阵地之时。他不知道这种战法是谁想出来的，如此战法只有疯子才会干的。因为敌人的炮火虽然射击精度高，但是仍然有不少炸弹落在跟随着前进的敌冲锋阵营。敌人未和我军交手，已被自己的炮弹炸得人仰马翻。横山勇从望远镜里发现这种情况，气得直骂娘，说这种战法真他妈的混蛋，他要追查究竟是谁命令这样干的。

站在他身旁的师团长瞪大着眼睛问，这可是你亲自点头才下达的进攻指令。

这样的指令是我下达的？

师团长说，就是你！

横山勇正想否定，就在这时，已经有敌军扑进我前沿战壕。我前沿战壕因为躲避敌军炮火，尚来不及抬头，就被日军攻占了阵地，我军将士从厚厚的尘土里拔出身子仓促应战。一场白刃战在难以施展拳脚的战壕中展开。被炸蒙了头的我军将士，有的还没完全睁开眼睛，端着枪乱捅一气，敌人没捅着，反倒捅翻了自己战友。我高团长见此状况气得直骂娘，说，这人是谁，他到底是在打敌人，还是在打自己人。

这位蒙了头的士兵哪里听见这些，他一味地举枪乱捅之间，凑巧捅倒一个敌军士兵，那个士兵正和我军另一个士兵缠斗，没想到来自身后的刺刀刺穿了心脏，顿时倒下。直到这时，我蒙头的士兵才睁开眼睛，见三个日军士兵同时向他扑来，也不知这个蒙头转向的士兵靠运气或者勇气的帮忙，竟然一连躲过三把敌军刺刀，在此瞬间，敌军士兵刺刀扎进了自家人胸膛，我军士兵打足精神和另一个扑上前来的敌士兵决战，不巧被来自身后的敌士兵捅倒。

阵地上敌军人多，我军人少，但是两军兵员已经交织在一起，既有被敌人捅死的，也有被自家人捅死的。总之伤亡剧增，就在我军支撑不住时，我后援力量开始往上增援。一时间，阵地上喊杀声惊天动地。

横山勇有些坐不住了，他想，按照此等打法，我突入敌军阵营的人会有去无回，要解此围，得赶快想个法子，要么立马派出增援部队，要么立即回撤。看来回撤已经不可能了。只有一途，立马派大部队前往增援。

战壕中搏斗异常惨烈时，阚维雍目睹此惊心动魄场面，心里伤痛至极，一面指挥打击入侵之敌，在敌我缠斗无果时，他突然心生一计，不过实施此计需要胆量，那就是在敌人的炮火停止瞬间，我军立即开炮，瞄准出现在我军阵前的敌人猛烈轰炸，这样，有可能致使自我损伤，但唯有此法才能保证前沿阵地不致丢失。也许这种战法别人无法想出，但是阚维雍想到了，其实张连长也想到了，虽然想到这是解决问题的唯一之法，却无法传递出去，不用说传给危雨谨，就连自己的部队也无法传递出去。阚维雍让传令兵向炮兵营飞传他对战场局势观察及新的战法。

敌军炮火仿佛知道阚维雍的传令兵前往炮营似的，传令兵脚到哪里，炮弹就落在哪里，就像早上的炮火追击着危雨谨的屁股爆炸一般，只是传令兵的命大，以及飞奔步伐的娴熟，他好像知道敌人的炮火落点，他总是早一步避开。

我炮营隐秘地藏身在一个四面环山的洼地里，从阚维雍师长发出指令那一刻，正常时间到达这里，至少也得小半个钟头，可是传令兵却只用了十五分钟时间。炮营长接到阚师长下达的新的作战命令深感为难，因为他的所在位置不能看清楚敌军运动情况，要命的是他的炮火没有日军炮火的精确度高，既要炸掉敌人的进攻部队，又不能炸着我阵地士兵，这可难坏了他。他急得就像小孩刷陀螺一样没准信地盲目自转。时间已经刻不容缓，炮营长估计敌人增援部队马上到达我军阵地。这时一个炮兵突然提出，可以派人上到高处打旗语指挥炮兵发炮。

这个士兵的想法，炮兵营长不是没有想到，只是有些天真，一者你能看见敌人，敌人也能看见你，让敌人看见了你，岂不暴露我炮兵位置。再说，敌人的狙击手是吃素的？你指挥炮兵打上几发炮弹，敌人的炮弹已发过来了。

炮兵营长正为难时，敌军突然撤退了，敌军撤退的消息我炮兵营长很快获悉。

阚维雍师长纳闷敌人为何在没有任何征兆情形下突然撤退，他的思维马上转出新的战法，那就是当敌军再以此方式进攻时，隐藏在掩蔽体里的我军将士得吃准敌军炮火停下的瞬间，突然率部出击。敌人以为我军将士仍像上一次情形，傻呆呆地等着他们蚁群一样地扑上前来，我军将士则等着束手就擒，孰不知反被我军算计，这是最好的战法，比向敌军冲到我军阵前开炮来得更好，代价亦将更低。敌人进攻虽然勇猛，我军将士也不是吃素的，要命的是，我军进可攻退可守，敌军则只有进攻或被吃掉的份。因为这里山势奇绝，敌装甲车和坦克均难以发挥作用。

敌军下一轮进攻已开始，数不清的炮弹落在我军阵地上，引发剧烈震颤。我军因为上次的遭遇，已领教其厉害，已经有了新的应对之策。在敌炮火停歇的瞬间，我方制高点上的哨兵以打旗语方式，发出敌军进攻信号，我方将士接收到该信号，立即拍掉身上的尘土，从隐蔽处钻出，进入紧急战斗状态。

果如所料，敌炮火一停，敌军蜂拥扑来。

也许我将士太过勇猛顽强，也许敌人活该倒霉，他们做梦也没想到，就在他们停止炮击瞬间，我军将士端着枪朝出现在敌人眼前展开搏杀。其两翼突出部队，更是打得敌军晕头转向。

这一场搏杀直杀到天昏地暗，日月无光。

大量扑上前来的敌人，在我军以逸待劳高昂的士气之下，纷纷被撂倒，直到敌人后续部队增援上来为止，我军以一个团的前沿兵力，杀退敌人三个团的轮番进攻，敌军获取的是抛尸弃首。此战告捷，全城军民无不欢欣鼓舞。

危雨谨似乎换了个人，他眯笑着看着阚维雍说，阚师长，真有你的。

阚维雍说，这是将士们奋不顾身，用鲜血换来的战果。

三十七

这时，我父亲又意外地获得了一个至关重要的信息，他冒着生命危险立即把它报告给了伯副总长。其实我父亲没这么神通广大，他当然会想到敌人在战场上如果处于不利地位，或者因为桂林的易守难攻，耽误了大本营拿下桂林的时限，横山勇就会采用投放毒气弹方式加快占领手段。

我父亲和日军高官很多人都认识，还曾和横山勇照过面，横山勇向部属问起过我父亲的来历，横山勇的属下自然不敢把我父亲的真实身份告诉横山勇，只是轻描淡写地说他是一个做生意的，横山勇不免怀疑，怀疑是干该行的每一个人的本能与神经质，想溜过这样人的眼睛可不容易。我父亲何等人也，他多年在世界各地跟许多军阀做军火交易，还从来没有失过手，他料定这次也不会，虽然有风险，但他相信他不会被任何一方抓住其把柄置他于死地。

这天晚上我父亲在灵川家里举行一个小型舞会。我父亲有好几个家，湖南有、湖北有、桂林有、灵川也有。人说狡兔三窟，我父亲也许太有钱，他的家还不止三窟。

这天晚上赴宴的人不少，几乎全是头面人物，连日军大佐都来了，这些人中有一个和我父亲干军火交易的日军军需官。

当然，干此交易的日军需官并不直接参与交易，而是借第三人之手加以操控利用，一旦出事有利脱身，获利时可以名正言顺收入囊中。这个军需官，是个通神人物，他上和冈村宁次关系不错，下和中国伪军甚至一些团级人物也有牵连，他似乎和别的日军将士有所不同，他对中国民众似乎没犯下太多血债，每次进攻，他一般并不参与，或者不直接参与，他要么做做后勤保障工作，要么被委派前往前线观察，总之，他不想多杀人，因而，总能够找着不直接参战的理由。这并不是说这个军需官对中国百姓有悲悯情怀，而是他没时间去想干这些。

然而，凡涉猎军火交易者，其消息肯定比一般人神通，就算特高课长手中掌握的信息只怕也没有他多。因此，这些天，他无意中获得了一个讯息，这在他来说也算一个有些残忍的情报，他了解到横山勇受冈村宁次之命运来一批毒气弹，这些毒气弹就是凤鸣上次发现的那批，随后便不知去向，我侦察人员多次出动，始终追寻不到踪迹。日军需官却知道它们藏匿在什么地方。这天晚上日军需官因为和我父亲刚刚完成的一笔交易大赚了一笔，这笔交易，足以让他上欧美旅行若干年，要是愿意，甚至可以凭着这笔交易上欧美定居，他甘冒生命危险干此交易，就是想着有一天从这场战争中解脱出来，回到日本把家人带上，上欧美定居。他是一个崇拜欧美的人，他对于亚洲无多大兴趣，但对于欧洲就不同了，简直可称崇拜，他多次在公众面前谈论这个观点，有一次几乎被充满爱国情调的特高课长抓进监狱，要不是因为他在高层有过硬关系，早就成特高课长的阶下囚了。

我父亲从他嘴里获得这个情报属于无意识状态，乍听到这条讯息时的我父亲只是扭动了一下脖子，仿佛他的脖子特别酸胀，睡落枕似的。宴会散尽，我父亲回想起这道话题时，这才头脑发蒙。我父亲知道，这等卑劣恶毒之事，不是一个真正的军人所为，它是毫无人道的行径，是反人类罪行的赤裸表现。他自然不能让日军如此卑鄙的行径得逞，他想，他应当立即把这份情报报告给国军。就像上次一样，他立即从洗澡池里爬出，把情报送了出去。

伯大惊失色的同时，立即把情报处长叫进指挥所，让其立即搞清敌军秘藏毒气弹的具体位置。

正巧此时，敌特高课长不知怎么知道了这份情报是从内部泄露出去的，泄露这样的情报死啦死啦的有，它将极大地危害到大日本皇军的利益。特高课长立即行动起来，运用一切可能的手段，包括每一位高官这两天的行动范围，具体去向，都和什么人有过接触。敌特高课长很快查到泄秘的是日军军官某天晚上被邀进了我父亲的小型宴会上的事。我父亲立即被抓了起来，起初特高课长并不知道情报是从和我父亲搞军火交易的人透露出去的，只是经受不住特高课长的恐吓，我父亲吓坏了，他虽然见过无数阵仗，甚至亲眼看到过一次死掉数千人的场面，可他没看见，更没经历过如此要命的对自身进行摧残的审问。

日审讯官问我父亲干了什么？

我父亲说，我干了什么？

你问我，还是我问你？

是呀，你们问我还是我问你们呢，你们是知道的，我做的是正当生意，我进口贵国的日用商品、药品，进口欧美的粮食和日用商品，我还进口贵国的布匹等商品，难道有罪？

我们问你这些了吗？

那你们想问什么？

还是你自己说出来好些，如果你自己说了，我们就不为难你。

你们已经为难我了。我父亲仿佛抓住救命稻草似的望着捆绑他的绳索说。

特高课长把捆绑我父亲的绳索解开。

我父亲伸了伸麻木的身手说，我渴了。

特高课长给我父亲上茶。

我父亲慢条斯理地喝完了茶，想找凳子坐下。

特高课长微微笑道，有你坐的，不过不是现在，特高课长指着摆放在审讯室里一远一近两张凳子，一张是电椅，还有一张是沙发；电椅可以让我父亲遭受酷刑尖叫至死；沙发则松软舒适，我父亲要是坐上去，就得把一切毫无保留地吐出来，并让我无辜百姓和我军将士遭受日军毒气毒害致死。

父亲非常艰难地犹豫着，他知道两种结果意味着什么。他虽然不是很爱他的国家，但也不想帮助灭绝人性的日军用最卑鄙的手段残害我军民。

特高课长说，说说吧，你都干了些什么？

我父亲知道很难扛过去了，就说，一定要我说？

当然。

其实我只是请了一些日军军官上我家喝酒。

说吧，都请了哪些人。

我父亲说了几个军官的名字，没有说和他交易军火的军官。

显然，对于这份家宴，特高课长完全掌握了都有哪些人参加。

他说你不老实，那好吧，你就坐到那张凳子上去吧。

父亲惊恐万状地看了一眼电椅说，我不想坐。

特高课长说，这可由不得你，我给了你机会的，你不领情，我只好如此了。

说着，特高课长朝审讯人挥了挥手，我父亲就坐上了电椅，我父亲立即尖叫起来。谁知我父亲越尖叫，电流量越大。我父亲感觉万千把刀锋直朝心脏插来，他知道自己已经扛不住了，连忙求饶说，别，别啦，我说，我说。

特高课长让住手。

三十八

我父亲有气无力地吐出一切经过。几乎在我父亲说这出这番秘密的同时，那面便开始了转移毒气弹的动作。在他们转移的同时，飞机已前往这面山谷试图投放炸弹，将敌毒气弹炸毁。

那时，阚维雍已命张连长和李连长两个机动连组成的敢死队同时到达该地区。阚维雍明知道危雨谨不可能同意，于是，他便来了个先斩后奏。不过，为慎重起见，他还是把自己的想法和做法事前报告了伯副总长。伯副总长听后很高兴说，这件事情你不用担心，没有人因此能杀你。

阚维雍说，违抗顶头上司的罪名实在不轻。阚维雍这样说是在打预防针。

我算不算你的上司？伯问。

算，当然算！阚维雍高兴说，伯的定心丸他吃下去了，而且十分爽神。

放心吧，老弟，只要我们认真打小日本，不怕别人给我安个什么罪名。伯补充说。

张连长以及李连长各带领一个连，朝敌人存放毒气弹的大瑶山方向扑去。与此同时，蒋总截派出的飞机已先行到达该地区上空，寻找投弹目标。一个略懂航空常识的士兵手执旗子在一座小上朝空中打着旗语，示意投弹地点。这是张发奎的发明，张发奎知道，敌军进攻桂林，我飞机少不了会将大量物资往军前运送，这就需要得到地面上有丰富航空知识的人的配合引导。

没想到，这次敌人早就有准备，以至我军飞机飞临上空时，日军地面高射炮朝我飞机猛烈开火，密集炮火在空中织成一张密不透风的火网，令我飞机根本靠近不了山谷，只能在远处盘旋而无法完成将敌毒气弹炸掉，还为此耗去了不少时间，渐渐地我飞机油料减少，见大势已去，只得往回飞去。凑巧这时，张、李带领的人已接近敌军存放毒气弹谷口。

敌人有近两个加强营护卫这批毒气弹，而我军只有两个连兵力，护卫毒气的敌军非等闲之辈，他们个个都是从千百次战斗中挑选出来的精锐。

敌人开着车从山谷里出来，张、李连长兵分两路，呈钳形前进，发现敌情后，连忙将队形散开，但是来不及了，因为这里是一片开阔地，峰林在远处，难为所用，只得就地截击敌人。

敌人不是吃素的，他们依托有利地形，一队成锥形往前推进，正面迎击我军，左、右两队迂回到张、李连长侧后。

显然，张连长意识到这一点，他立即将部队分成三组，一组往左，一组往右，一组在中央迎击敌人。敌军打得异常凶猛，密集的子弹嗖嗖地从头顶上飞过，我士兵抬不起头来。从子弹的密度上判断，敌人至少有四五百条枪在不停地朝自己和李连长阵地射击，敌人的意图就是让你抬不起头，让毒气弹得以悄悄溜走。

张连长在低洼地带让电报员赶快联系李连长赶快告知他那面的敌情，警惕敌人溜走。

李连长回话，没有发现敌毒气弹踪迹。

张连长问怎么办？

李连长说，怎么办，敌强我弱，而且地势对我不利，他们是想用这用方法，让毒气弹逃脱。

张连长说，我也是这样想的，问题是，我们怎么样才能从敌人如此密集的枪弹中突出去一部分人，追踪敌人的毒气弹运往什么方向。

李连长二话不说，向不远处的士兵打了个手势，各自寻找能够匍匐隐身的地方往左右两个方向爬去，那里有可以隐身的山崖，到了那里就可以发现敌人的动向了。就在李连长带领士兵过去时，张连长也以同样方式带领人往右面摸去，那面也有一个可隐身的山崖绝壁。张连长说，李连长，你带人到了那里尽量站高一些，以便发现敌人的去向。

好的。李连长说。

正面敌人的子弹依旧疯狂地朝张连长方向疯狂射击，敌人射的越猛，张连长知道其毒气弹的撤离还没有完成，它定然还在我军的可视范围。问题是，张连长和李连长他们是否能够如愿以偿观测到敌人阴谋动向。

大约又过了几分钟，敌人疯狂的炮火开始减弱，瞬间就更少了，张连长把头从隐伏在山崖后面稍许抬起，发现敌人且打且退，他暗叫一声不好，敌人的毒气弹已经撤离，他朝隐伏的士兵挥了一下进攻的命令，士兵们早憋坏了，立即飞身而起，追踪着敌人的屁股狂烈扫射，渐行渐远的敌人调转枪口，反攻回来，由于我军火力太猛，敌人的反击被击退，扔下一地死伤。另一面的李连长这时发现了张连长，他打了个手势，意思是敌毒气弹往东面去了。

张连长、李连长立即合兵一处往东面猛追。

突然间张连长打了个停止的手势，意思是，敌人已经走远，我等如此冒失追击，恐中敌伏兵之计。

果如张连长所虑，敌军人马在退入峰林之后，就有利地形进行埋伏，他们想，我军想炸掉毒气弹一定想疯了，定然会不顾一切地往前扑，因此扎好口袋阵企图将我军一口吃掉。

敌军的一个大队长老谋深算，他料定我军如果不往里扑，到了阵前一定会有一段时间迟疑思考，于此瞬间，就有时间重新组织对我军退路进行封堵，假如张、李二连长遭其算计，即使不全军覆没，亦将惨败。好在张、李连长还未进入敌人的伏击圈就已止住了脚步，而且我军也不像敌人想象的那样在原地等待不动，而是一经发现不能追上敌人的毒气弹，抽身就往回撤退。但还是和一部分跟随在后面出现的敌军遭遇上了。这部分在后断路的敌军原本没有想到会和张、李二连在此遭遇，双方于仓促之间开火，毕竟我军人多，而且人人奋勇杀敌，战斗持续不到十五分钟，敌军已被我包了饺子，此战我军获敌精良武器不少。敌伏兵听到在我军撤退的方向出现枪声知道一定有战事发生，他们仗着人多，迅速地从侧面包抄过来，还有一部分则从正面攻击前进。从侧后包抄过来的敌人先期到达，他们试图把我军围在核心，张连长雄心陡起，他向来最喜欢这种战法，见此阵势，就知道敌人的诡计，于是，张连长将队伍演化成一字长龙，瞬间向敌人的右前方卷去，我军如一阵狂风把正在运动中的敌人压在一条狭窄的山地里。这时，李连长那面用袭扰战术把敌阵线分割开来，敌人纵然人多，但不习惯张、李二连的这种群狼嘶咬的战法，一时间乱了阵脚。张连长这面手榴弹、机枪一齐扫射，狭窄地面上的日军见我军势头猛烈异常，也更来劲，一时间，阵地上喊杀声震天，敌进我退，我进敌退，双方均有死伤，谁也不甘下风，抖擞精神，仿佛不杀出个胜负绝不罢休。

张连长一看不行，这样下去，不说我军是孤军深入，就算不是孤军深入，时间久了对我军不利，于是他立即改变战法，改正面防守进攻为迂回向右面方向，不管这个方向的敌人有多少，我左面队伍和正面迎击队伍合兵一处，打敌方一个措手不及，此招果然应验，两面夹攻，该方向的敌军已顶不住，也不想恋战，他们且战且退，最后一一地退往山谷中去了。

张、李二连长直到这时才微微露出一点笑脸，说，总算没有白出来这一回，没抓到大老虎，打只兔子下饭也行。

张连长说，敌人今天并不想和我军决战，他们的主要任务是尽快把毒气弹转走，否则我们危矣。

见李连长一时没有回答，张连长又大跺其脚又说，我真笨，怎么就没想到敌人以分身之术对付我们?

李连长的头受伤了，他的人在与敌军混战中，有一半人负伤，还死伤不少。

张连长走到李连长身边，轻轻拍了一下刚包扎完毕的李连长肩膀问，疼痛好些了?

李连长说，我们损失太大了。

张连长说，可恨没能完成任务。

李连长说，敌军多出我军数倍，完不成任务，情有可原。

接下来我们该怎么办?

尽快回撤。

张连长迟疑。

李连长说，难道你还想去追，你知道敌人逃往哪个方向了?再说，即使我们知道他们把毒气弹运到何处，我们干过得过他们吗?

三十九

回到防守阵地后，阚维雍刚刚从三九二团过来，他一直十分担心，自从把张、李二连长派出去后，他整个的心都悬起来了，他担心任务完成不了，更担心危雨谨因此追究责任，如果这样的话，之后再有什么行动，可就难了，这该如何是好。

张连长向阚维雍作了战斗情况汇报。

阚师长说，这点我也想到了，情况复杂，不怪你们没有完成任务，即便如此，我们还是有收获的。

还有收获?李连长问。

阚维雍十分心疼地问李连长，伤势重吗?

不重，不重。

别逞能。

我没有！说着，李连长虎地站起，说，是不是有新的任务，我保证完成！

阚师长说，怎么没任务了？

什么任务？师长快说。李连长眼神闪闪发光。

阚维雍说，养好伤是你目前最大的任务。

李连长一屁股坐在凳子上，说，师长你不够哥们。

阚维雍微微笑了一下说，你刚才说什么来着？

李连长赌气说，我们没有完成任务，没有收获。

阚维雍惊讶地问，我们怎么就没收获了，一者，我们摸清了敌人毒气弹大致运动方向，二者，我们以如此少的兵力出击，能够安然无恙回来，难道这不算胜利，它至少为我们今后的出击找出了一些办法。

一直紧绷着脸的张连长终于笑了，自己不仅没有受到批评，反而获得表扬，如此好事谁不高兴。他大声嚷着拿酒来，老子今天要和师长及兄弟们干一杯。

来来来，阚师长说，干，我陪大家干。

一连三杯，杯杯满樽，一饮而尽，随后，阚师长望着李连长兴奋的脸问，这一仗，有何感想？

揍小日本狗日的。

张连长说，我倒有些想法。

快说说。阚师长说。

张连长望着李连长兴奋的脸说，李连长你说吧。

李连长忙挥手说，你说，你说。

张连长也不客气说，此次出击对于我们来说，有利的是地形地貌，到处都有石峰石壁可做掩体，这样既可以随时出击，遇上形势对我不利，仓促撤退时，亦有山体障碍做依托阻敌。第二，敌人并不像想象的那样坚不可摧，但也绝对不容易对付，他们反应能力可谓神速，战场应变能力匪夷所思，这是今后我们需特别注意的。

应变能力强，李连长插话说，这也是我敢死队连的特长，可敌人好几次把我们的优势抵消掉了，我一路回撤，一路想，下次再出击时，该采用何种手段加以应对。

阚维雍说，你们估计敌人把毒气弹运往什么地方？

张连长说，从地理方位上看是往东边去了。那是罗活师长部，我们可以和他们取得联系，紧密注意该方向运动的敌人。

四十

我父亲在敌人的严酷威慑下，被迫道出所掌握的我军在城内的一些他所知道的部署情况。

按说，我父亲是不可能得知我军布防情况的，因为军中朋友关系，他不仅知道大量不该知道的讯息，同时还知道我军高级指挥人员有几个窝点，经常在哪里开会，一般出行路线有哪些。这些情报对于日军来说，简直抵得上一个师的兵力，特高课不禁大喜过望，立即报告给横山勇。这就是我不能原谅我父亲的原因之一。特高课长审问我父亲时说，你说你和我们的人做生意？

是的。

你知道你都卖了些什么样的武器给我军？

当然是最好的武器，有美国货、荷兰货和德国货。

狗屎。

什么狗屎？

你觉得你骗得了我们的军官，骗得了我？

我为什么要骗你的军官，买卖军火那是自由自愿，你愿买我愿卖，谁骗得了谁？

全都是假货。

绝不可能。

要我拉你到现场去看看怎么的？

去就去。我父亲自认为他没有骗日军，而且像这样的事情他谁都骗不了。

自然，这是特高课长的骗术，最终我父亲也没能亲自前往验证销售给日军军火的真假。日军却因此一定要处死我父亲，我父亲为了保命又供出了一个可以活命的机密，我父亲说，只要让我活命，除此而外，我还可提供一条更为重要的信息。

什么信息？特高课长的心顿时狂跳起来。

但是你们得让我活命。

只要你的信息够分量。

当然。

你自己说了不算，你提供的这个信息须经过我们评估和验证才能算数。

你们用什么做保证。

只有你提供的情报可以保证。

我父亲迟疑着，他可不是一般的人，他见过与经历的人与事比眼前的特高课长见识的人还多。也就是说，他的神通是没法估量的，只是被囚于此，以致空有一身本领却无半点发挥的空间与余地。他知道，他如果求日军把他的妻子——我母亲带到监狱里来，他们只要见上一面，他相信自己绝不会死，不管他是否提供在他看来最为重要的信息。但是他不想这样做，他怕我母亲的出现，会给她带来横祸，我母亲太漂亮了，尤其那双灵光闪烁会说话的眼睛，会摄敌人的魂的。可悲的是，此时的我的父亲还不知道我母亲被日军大佐奸污了，这件事情如果让他知道，他恐怕再不希望能够出去了，他会因此万念俱灰，活着还有什么用，我母亲是他的生命，是他的一切，他说他所做的这一切全都是为了我母亲将来的日子过得更好。然而，他没有想到，仅仅有钱是不够的，我母亲需要他更多的关怀，本质上说，希望他能够经常陪在她身边，有他经常陪伴，哪怕日子清苦一些也没什么。我父亲很固执，他认为，金钱就是一切，只要有了足够的金钱我母亲未来的日子才可能过得更滋润。

他现在有些后悔了，首先他不该冒如此大风险在强敌入侵之时回到桂林，而是应当千方百计地把我母亲接到没有战火的地方去，就算我母亲不愿离开中国，但香港还是可以去的。他想，为什么当时我不狠下心来把她弄到香港去？我母亲一定要留在桂林的态度他看得出来并非坚定不移。就算我母亲连香港也不肯去，把她弄到云南去如何，云南的战事相对于桂林好上许多。然而这一切都因他态度不坚决遗下祸根。他又想，就算我母亲一定要留在桂林，自己怎么可以如此不小心，还自恃自己有多么神通广大，怎么样，最后还是被敌人抓住把柄，凶残的日军不像中国人贿赂几个钱就可以打发的。日军用钱打发不了，那么用什么打发他们呢？我父亲转而又想，天无绝人之路，别灰心，任何事都有破解之法，只是用何种方式破解而已，或者说，打发的内容不同而已。对了，他们需要情报，只有情报能救自己的命，只是自己手里的情报绝不能轻易出手，得让其做出确切保证才能给出。

特高课长见我父亲沉吟不语，他担心我父亲变卦，就威逼我父亲快说，赶快交待，否则马上处死。

你们没有向我做出必要保证，这个情报我绝不能给，就算你们马上把我枪毙，我也不会给。

说吧。特高课长刚才是在试探我父亲的态度，看看他是否真有买下一条命的情报，他料定我父亲有，否则，我父亲不会如此底气十足。我父亲试探说，比如我为你们搞到一车德国 TE 炸弹。

你想用这个来换你的命？做梦去吧！

如果我用桂林城一个高官贪污受贿的事呢？

是什么级别的高官，特高课长感兴趣了，是指挥一个师，或者一个城的官？

如果是一个师呢？

特高课长没有立即回答，这样的话在过去他是不屑回答的，如果一定要他回答，要么立即执行枪决，要么进行更为严厉的审讯。可今天他没有，不是他一改往日的脾性，也不是他的脾气突然有所转变，确实，他的心因攻打桂林不顺变得不同寻常，不仅时间紧迫，许多场战事下来，通通不如以往顺利，所以他觉得我父亲的话有值得他沉思的价值。他想，如果一个师长的贪污受贿事实暴露出来，足以让这个师立马完蛋。他扫了一眼我父亲，他见我父亲的眼睛在快速转动，他知道有戏了，这个所谓高官，恐怕还不是一个师长……

这时，我父亲感觉自己死不了啦，一想到死不了，他就有些拿腔调说，你得保证我的身家性命。

不要啰嗦，有话快说。

我父亲说，他是危雨谨。

危雨谨？听到危雨谨的名字，特高课长不由全身震动，他想，难道危雨谨也搞军火生意，而且和眼前这家伙是一伙的？太有意思了。

特高课长的情绪被提起来后，我父亲说，还不快给我松绑。

好，特高课长把我父亲的绑松了。

我父亲得寸进尺地说，我渴。

给水他喝。

我父亲喝水就像喝蜜似的，一口喝下好大一碗，然后嚷着再来一碗。

特高课长让再给我父亲上一碗，像这样的事，特高课长一向很大方的，只要有利的情报被他拿到，别说只这点要求，就算是再大的要求他都给予满足。我父亲喝完了水，望着烟雾缭绕的审讯室，就得寸进尺说，你们谁有烟，我想抽烟，事实是特高课长正在抽烟。

特高课长又把烟给了我父亲，而且还亲自帮我父亲点燃。

我父亲把烟深深吸入嘴里，然后缓慢地往外吐着烟雾，那烟雾划出一道道美丽的弧圈，仿佛云彩一般在空中飘移，我父亲惬意极了，这才长长地嘘了口气。我父亲伸手再要一支烟，再美美地吸上几口。突然间，审讯桌嘭的一声响亮，桌子上所有的刑具一齐跳起。我父亲一惊，就像要拉他下阎罗殿似的说，特高课长，你别生气，我说，我说。

于是，我父亲把他了解到的危雨谨如何利用军火商倒卖军火中饱私囊的事说了。这件事情，我父亲说得有声有色，我父亲原来很爱唱戏，小时候就是个戏迷，之后一直不改初衷，无论他到哪个国家，或者从世界上任何地方回来，我母亲首先听到的就是我父亲的清唱声。我父亲的嗓音很好，清音悦耳，尤其中音区的音质堪比世界一流歌唱家。

我母亲也是个戏谜，她也会唱许多歌曲，但她最爱的还是桂林曲艺，这是因为她的祖母是曲艺家，她的祖母在当年的桂林，曾红极一时，我母亲唱桂曲时，比时下的专业艺人唱得还好。

父母亲在一起时，会你来上一段，我来上一段，并互相鼓掌。

……

之所以说我父亲的嘴会说，能把死的说成活的，是因为嗓音之外的因素，他说到了危雨谨贪污军饷的事，同时还联想说，危雨谨没有亲自参与军火交易，表面上看是这样，事实上军需官的一切行为，均受其指派。

我父亲说的这两项，别说一项，就算是半项，足以要危雨谨的命。

特高课长当然知道，这是按日军的法律来说的，但中国军队的法度就不定如此了，中国讲究的并非一定是法律，他们讲的更多的是背景，看谁的背景深，谁的关系铁，谁背景更深，关系更铁，那么此人哪怕罪名再深重，所犯的错再大，都有可能逃脱法网。但是这不关他的事，他知道，如果这事要是传了出去，尤其在战火异常激烈的当下，把此事巧妙地在中国军中散布，将士们的情绪将会受多大影响，说不定会不战自乱。如果此事传到蒋总裁、张发奎、伯等耳里，又是怎样的一番情景？反过来说，如果把该情报散布到危雨谨掌管的军队中去，那将怎样。突然间，特高课长猛然一惊，他想，把这种消息传到危雨谨军中，促使其确信无疑，却不是易事，他们会认为这是日军加害栽赃抗日将领的阴谋，搞不好会适得其反，散布这种消息得有实物作证。自己上哪去找此实证？因此，他得好好地和横山勇，甚至和冈村宁次谋划，再采取行动。然而，我父亲所期待的释放却成了泡影，他并没有因此获得自由。我父亲为此大为震惊与伤感。不由大骂特高课长言而无信。早知道这样，我宁死也不把情报给你们。我父亲气生够了，一屁股坐倒在地上，像软胎一样，再也站不起来。

四十一

这时，危雨谨来电让阚师长赶快过去。

说说吧，下一步有何打算？

危雨谨话语轻松，阚维雍一颗悬着的心终于有所松弛，他一直担心危雨谨会对自己不利，见他这样，就知道没事了。

危雨谨仍然满脸堆笑，不仅没有批评阚师长，仿佛以往的多有得罪欲借此报偿似的。

你派张、李二连追寻敌人的毒气弹的事我知道了，刚才张发奎司令、伯长官都来了电话，他们对我军能够配合飞虎队飞机共同出击敌人这很好，说明我军在坚定打防御战的同时能够运用最小的兵力出击强大的敌人。虽然这次出击，没有达到把敌人的毒气弹销毁之目的，但是另一个目的却达到了，敌人会更加小心他们的罪恶勾当。我们这面呢，则要不断地派出小分队出去寻找这批毒气弹。有关这点，刚才我和伯长官通了电话，城外作战部队也会在这方面下大力气。不过，危雨谨说到这里顿了一下。阚维雍心里不由一紧，他料到又可能要发生什么了。

危雨谨笑道，我的意思是这次就算了，你不经过我就……派兵出去，既然长官都没有意见，我先不处理……随即危雨谨又说，下次要派突击部队，必须经由我作决定，否则……

否则什么？阚维雍问。

危雨谨不说下文，不说就等于说了，意思是再出现类似情况，必须问罪。

阚维雍说，必须再派部队突出城去，找到毒气弹藏匿点，否则我军打得再英勇顽强，到时，敌人因进攻受阻恼羞成怒，就会往我阵地上投放毒气弹，那时不知会出多大的事，不说我军没有必要的防护器材和手段，即使我们有这方面的器材和手段，又如何知道敌人几时投放，是白天投，还是晚上投，今天投还是明天投？再说，即使我军及时搞到防护服，我想也只是极少量，再说百姓呢，百姓的身家性命如何保护？他们为保卫桂林不惜流血牺牲，就不管他们了吗？这件事情要说有多严重就有多严重。

危雨谨沉吟说，此事确实重要，不过容我再想想，你先守好自身的职责吧。

阚维雍回到作战室，他立即给伯长官去电，告知危雨谨把他找去都说了些什么。

伯长官笑了，他说你往城外派敢死队时我已打电话跟危司令说了我的想法，他虽然具体负责城防，却也不能违背我的意见，我们大家都在为抗日出力，战争不能拘泥于形式，形式是人制定的，规定也是人定的，我们要根据不断变化的形势不断改变作战方法。

阚维雍说，敌人的毒气弹不知运往哪去了，这可是天大的事，我们得想法赶快寻找并予以消灭。

伯说，我这面正在想法搞到相关情报，我们要想尽各种办法弄清毒气弹的具体去向。

我向你报告的正是此事，刚才我去见危司令时，他说，追踪毒气弹的事，首先应当由情报部门负责，而不是由我们这些守城的人负责。什么时候了，还分你我？阚维雍很生气。

伯说，还是原来的意思，你赶快让敢死队出去侦察。假如不先灭掉毒气弹，我军会大祸临头的。你可以派两三支队伍同时出击，以打乱敌人的部署，一旦敌人的进攻部署被打乱，我们就可能发现其弱点，由此加以利用。因此一来，很快找到毒气弹也是有可能的。

张、李连长很快被召进阚师长作战室。阚师长简要地对张、李连长说了想法，并要求立即准备，还说，自己还组织了另外两支敢死队同时出击，务必找到敌毒气弹存放位置予以销毁。

四十二

敌人又开始进攻了，这次敌人的飞机大炮除了对城外的防御体系狂轰猛炸，更重要的是对城里进行轰炸，我军指挥位置及辎重点损失很大。如果说敌军前几次轰炸仍然存有乱扔的意思，这次的轰炸目标更精准，这是因为我父亲所提供的信息缘故，几个军火库也中了炸弹，弹药库的爆炸声震耳欲聋。与此同时，远处的粮库也着火了，被烧焦的粮食味在空中盘旋，发出阵阵刺鼻味，管理粮库的老头被炸弹的巨大气浪冲出去老远。但他很快就爬起来扑向他的仓库，他一面跑，一面哭，一头撞在一堵东倒西歪的墙上，额头高高隆起。他感觉自己的眼睛模糊一片，看不见东西了，他大声哭诉，说我的粮食，我的粮食上哪了？仓库老头摸了一下额头又往前扑去，趴在地上，搂着从仓库溢出的粮食，哭得喘不上气来。

许多人从掩蔽体里跑了出来，他们拿来了各式工具猛烈地扑向熊熊大火，试图将燃烧的粮食火势扑灭。据估算，敌炮火已毁掉我十万斤粮食。但是敌炮火似乎并没有停歇的意思。一发发炮弹相继投下，城中无数地段遭轰炸，到处都是火焰和弹坑。正在这时，敌人的飞机飞临城池上空，一共十五架，仿佛检阅成果似的，我高射炮群愤怒地向其瞄准射击，竟有三架飞机中弹，中弹的敌机发出嗖嗖叫声，随后，敌机翼拖出一道长长的黑烟，机头往下堕入漓江。

屏风山前战壕里气氛紧张，不远处敌人的鼻子眼睛清楚显现，他们排成锥形队伍缓慢前进，前面由装甲车和坦克开道。这是敌人的惯用进攻手法，这样会有效地保护地面进攻士兵。

我军士兵恨得咬牙切齿，但不急于开枪。梁排长眼睛里全是怒火，按照他的火爆个性早亮开枪膛了，但是目标必须再近些，这样就可瞄准打，一枪一个，既节省子弹，又能有效阻击敌人，反之，如果枪开得不准，敌人就会肆无忌惮地往前扑进。残酷的事实是，敌军装甲车和坦克不吃这一套，它们仗着我军缺少炮击手段不断往前压来，敌人士兵尾随其后。好在我军虽没有炮击敌装甲车的炮火支援，但是，战前我军已在敌前进的路上挖下若干坑道，坑道上一个个覆盖着草屑，敌装甲车和坦克碾压过来，我蹲在坑道里的士兵拉响炸药包，把敌装甲车等炸个人仰马翻。然而，敌步兵大多，就像蚂蚁群一样，而且速度很快，他们分成三个梯次攻击前进，一个梯次在最前面匍匐向前，一个在后面开枪，中间的梯次则仿佛乱了阵形，左右乱蹿，本来缺乏人手的梁排长守护的战壕，瞬间已经被蚂蚁群般的敌人团团围住，有一刻，士兵们对这种进攻形式感到好奇，甚至眼都花了，直到梁排长一声喊打，士兵们才猛烈开枪，可是晚了，敌人上来了，连开枪和拼刺刀都来不及了，有的地方两个敌人压住我一个，有的地方三个敌人压住我一个。我一个士兵咬住敌人一只耳朵，敌人哇哇大叫，那耳朵被我士兵鲜血淋淋地咬了下来。日军士兵大叫着松开了手，我士兵乘势一腿飞往另一个压住自己战友的敌人下胯，日军士兵被踢中下胯，哇地一声松劲后退，不料被身后我士兵的枪杆抵住后心死于非命。而我另外一个士兵则被一个日军士兵死死掐住脖子，我士兵奋力挣扎反击，不久也没了气息。梁排长这面打得更为惨烈，他被日军士兵连戳三枪，大腿一枪，手臂一枪，还有一枪戳中下腹。也不知梁排长哪来的神勇，面对三个敌军士兵的围攻，还是拉响了手榴弹，与敌同归于尽。梁排长的阵地失守了。下一处战壕也失守了。放眼望去，到处都是日军士兵，只有七星山上我军将士仍然和日军英勇奋战。

在东江一线，已经被敌撕破了好几道口子，日军乘着小型汽艇飞越东江，扑入城中，江岸上还有几座没有倒下的碉堡，我军将士凭险阻挡敌军前进步子。从碉堡里射出的子弹含着怒火，敌士兵一排排地死在江中，敌指挥官大为震怒地挥着指挥刀说，死啦死啦的有，给我喷燃烧弹。敌人的燃烧弹如同毒蛇的舌信卷入碉堡，不一会儿，江岸上死寂一片。

敌军乘坐更多小汽艇往江岸扑来，接近颓塌的碉堡时，突然间我一个士兵从碉堡中挺身而出，机枪子弹一梭梭地射向敌人，顿时，敌几艘汽艇全部缩回对岸，只留下江中一具具尸体。那位站在江岸上的敌指挥官一咬牙令迫击炮朝我几个碉堡发射，一直打了二十分钟，炮火停歇，碉堡夷为平地。

大批日军乘势渡江，就像洪水破堤一般。不知从何处冒出大队人马扑向日军，我官兵骁勇异常，就像驱赶牛羊一般把渡过江面的敌士兵赶下江中。而攻入城中的大多数敌军也被赶回到江边，一些跑得慢的，被追赶进江里淹死。

四十三

城池周边各处防御点枪声逐渐稀少，但七星山上的枪炮声仍然异常激烈，从一个个山体和碉堡里发出强劲的抵抗火焰，日军用尽各种办法，飞机大炮轮番轰炸，七座山头几乎炸平了，眼见没有一个人了，可是从山脚下通过的日军，却一次次地被拦腰折断。

敌师团长在指挥所里像头困兽似的转来转去。

这都几天了？他问他的属下，属下是一个从不言败的大佐，他说，五天了。

五天了？

其实师团长知道五天了，他这样问是因为没有信心，五天了，还攻不下几座山头？

回答说，是的。

七星山一定要拿下，否则就算我们占领桂林城，也不算完胜，至少身后会留下隐患。

联队长面有难色。

我命令今天晚上必须将其拿下。

大佐问，怎么拿？

是我在命令你！师团长火了，他说，刚才横山勇司令官了解情况时十分生气，你不知道？

我知道。

知道还不赶快行动？

一定要今晚拿下，我请求支援。

你要什么样的支援？

今晚的支援与以往的支援不同。

你是想要更多的飞机大炮进行轰炸。

这套战法已经失效了。

既知失效了还作这样的请求？

我指的不是这个。

那你指什么？

师团长脑子猛然一惊问，你是指。师团长指向指挥部后面的山洞。那里藏着我军使尽浑身解数都无法予以销毁的毒气弹，这些毒气弹被我敢死队追踪，敌辗转运到这里。起初，横山勇并不打算用它杀我军民，在他看来，在强大无比的日军面前根本没有什么攻克不了的城防，因而他一直主张进攻时要快，要准，以气势压倒一切。

事实上，在进攻桂林的几天里，他一向所使的招数在这里全都不灵了，他弄不懂，我守军凭借什么抵抗他最为优秀勇猛的军队的进攻，难道我军突然间获得了鲜为人知的外援支持？

显然，这是不可能的。

是困兽犹斗？对，困兽犹斗。

在别的战场上，他只在进攻湖南衡阳、常德时遭遇过，可前两次的遭遇和此次不一样，前两次是和国军正规军遭遇，国军手里的武器装备和这些守卫桂林城的装备及训练上不可同日而语。这里既兵员不足，落后的火炮也严重缺乏，更别说其他先进武器了。而且从多日以来的进攻受阻上看，国军的枪声越来越少，可杀伤力似乎并未减弱。

难道这些抵抗者手里有神器，或者得神力相助不成？横山勇不相信这个，他只想信他的战法战力，他只相信他会很快拿下桂林城，并将很快地把驻守于各阵地的国军迅速消灭。然而，希望一再落空，城中防御几乎消失怠尽，可枪声仍然持续不断，好像仍有增强之势，七星崖战斗仍然紧张激烈，日军的一次次冲锋，每次收效的都是惨败而归，为此丢尽了脸，丢尽了士气，很多往前冲锋的士兵均出现望而生畏之态，这是不能容忍的。但是投放毒气弹又不是他这种要强的人的个性，他要赢得战争的胜利，他想真刀真枪地赢取，而不是用此下三滥手段。

就在他举棋不定时，冈村宁次来电追问说，桂林什么时候拿下？

至少还要两天。

还要两天？冈村宁次大怒问，你先前是怎样向我保证的？

我保证三天拿下桂林。

现在几天了？

五天了。

我要军法从事。冈村宁次大怒。他对这个一向自以为是的横山勇十分不满，他想，就是这个狂妄自大的家伙把战争时限延误了，他如果不是这般狂妄自大，桂林城早该突破了，他拖延了占领整个广西的后腿，必须严加申斥，同时借此施压，至少给他点颜色看看，让他不要在自己面前不可一世的样子，这是作为上司的他绝难容忍的。

除此之外，还有一层意思，他受到的压力一点也不比横山勇少，日军在南太平洋上屡吃败仗，美军自拿下太平洋上若干岛国后，菲律宾也将很快失去，美军快打到家门口了，为解决资源短缺与配送问题，大本营要求他必须于本月底打通越南出海通道，以改善日军物资运输及兵员配送。他相信这点横山勇是知道的。再说，拿下桂林后，还有柳州、南宁等地亦需时间，师团长告诉他说，横山勇对拒不投降的桂林防御阵地拒投毒气弹，他还想凭实力蛮干下去。冈村宁次想，你横山勇混蛋，你不知道这得花多少时间及人力、物力，你就没算算，我军在进攻桂林的几天里消耗掉多少资源，损失了多少兵员，我军死伤已经逾万，仅指挥官已死亡近百人。这是在进入中国以来的若干次攻击战中从来不曾发生过的，仅此一点，难道我们不可以改变战法？还要一味强攻，你想拿我将士的性命白白送死，成就你横山勇的个人英雄美名？

冈村宁次想到这里，给横山勇下死命令说，我再限你两天必须拿下整个桂林，否则，你自行了断。

横山勇也一向对冈村宁次有意见，他想，你不就是凭借你的官职比我大吗，这是以势压人，我要是在这么美好的山水神境里投放毒气弹，世界今后会对我如何评价，说我是屠夫，甚至连屠夫都不如？横山勇虽这样想，却绝非手软之人，从内心上说，他不想投放毒气弹。

对顽强抵抗拒不投降的这些拿着汉阳造的土著武装，从最初的看不起，觉得他们根本不够作早饭菜，到现在，他深感自己托大了。因此，他更不想投放毒气弹，他要凭实力说话，用手中的硬兵器说话，打得桂林守军一个不剩，以此向世界宣布他所取得的辉煌胜利，这才是他想要的。然而，上峰的逼迫，以及眼睁睁地看着英勇的日军将士在自己眼皮底下一个个魂归西天他又于心不忍，于是他下令，给我做好投放毒气弹的准备。

四十四

这时，凤鸣仍在城里做救护工作，大量的伤病员被抬进窄小的病房。再说，病房里的安全情况也很不乐观，随时都可能遭遇轰炸，凤鸣心里像刀绞一般难受。她抬头望着不远处的七星山，原来植物繁茂的七星峰，早已光秃秃一片，看不见一株草木，每天能看到的只是炮火连天，只是山上的枪声从来没有停止过。她知道山上的弹药食物早消耗得差不多了。

这天，她跑到危雨谨指挥部门前，说要见危司令。

卫兵不准她进，卫兵虽然认识她，但这是非常时期，而且她一个女人要见危司令也是不准许的。她和卫兵吵了起来，她说，我丈夫张一在七星山上坚持了几天几夜，现在恐怕早没了食物和子弹了，我请求带领妇女班前往运送物资。

卫兵说，这话你对我说没用。

她嘟红着脸说，我知道跟你说没用，所以才要见危司令。

卫兵死活不让进，她便硬往里闯，动静越来越大，吵嚷声也越来越高，惊动了铁佛寺里研究军情的将军们，这时候的危雨谨脸色十分难看，表面上镇定的他，心里早已乱了方寸，他神情颓丧，眼圈发乌，说话有气无力，他和以阚维雍为头的一些师团级将领几乎吵了一个早上，阚维雍坚持不放弃桂林城，他说，最初我们就是这样向世人宣布的，现在遇上了难处就打退堂鼓，让敌人如此轻而易举地攻陷我城池，毁我家园？

危雨谨恼怒异常地扫了阚维雍一眼，心想，唱高调谁不会，告诉你，我从小就是戏迷，从小我就会唱戏，爱唱戏，而且还会编戏。现在敌人已经打进家里来了，不撤走就是死路一条，我可不愿当俘虏，要当你当。当然，心如是想，话却不能这样说，他说，我们要保证自己的生命不被夺走才能言勇，一味死守，能解决问题吗？

阚维雍更生气了，说，当初敌人尚未进攻时我就说过，我们不能一味死守，要灵活机动出击敌人，你说就是要一味死守，现在该一味死守的时刻到了，又言放弃？

危雨谨抬眼扫了一眼作战室，气氛相当冷峻紧张，大家脸色都不好看，而且都不知道说什么。一些将官，比如参谋长陈济桓和吕旃蒙全都有气，他们都对危雨谨的逃亡提议不满，可他们又都是极忠实的下属，他们不敢对危雨谨的撤退提出异议，所以都不说话。危雨谨便默认其同意自己的主张，他立即下令说，撤，马上撤，再不撤就来不及了，敌人已经突破东江、漓江多处防线，城池即将被攻占。

说到这里时，一个卫兵跑来报告，一队渡江敌人距离这里不足两百米了。

危雨谨手一挥说，我和一七〇师及其他部属先撤。

阚师长顿感一阵气血冲脑说，我绝不撤！

危雨谨冷笑道，不撤就留下掩护我撤退。说着扔给阚维雍一个冷屁股率众仓皇而去。

阚维雍感觉山倒了，树倒了，世界倒了，倒流的漓江发出阵阵撕裂肺腑的恶噩声。

危雨谨出卖了他，出卖了他的将士，同时也出卖了自己的灵魂。

他颤抖不已的手不自觉地摸向枪柄的当儿，犹如海浪翻滚的大脑仿佛经历了一个世纪。

这段自出生以来最为惨痛的心路历程，由生到死，由死到生急风暴雨般不断地持续。

敌军的喊杀声，一张张将士们脸上的绝望、焦急与期待，以及狼烟肆虐，伤痕累累的城廓流血的眼睛，让他感到灵魂的呻吟与刺痛。

不！不能这样，只要还有一口气在，就能多杀一些敌人的念头频繁显现。突然间，他放弃了自杀念头，旋即急电伯，如实报告了桂林城的紧急情况。

伯一听大惊，问怎么回事，桂林城守不住了？你们是干什么吃的？

阚维雍说，我谨代表我一三一师余部全体将士向您报告并保证，只要有一人在，城就在！

直到这时伯才听清楚阚维雍的话，说，危雨谨呢，让他听电话。

危司令带领有关人马及一七〇师撤走了。

娘希匹的，伯骂了一句粗话，说我早就知道这个人言过其实，张发奎怎么能让这样的人当城防司令。突然间，他觉得此刻不是说这种话的时候，他说阚师长，我任命你为现今的桂林城抗战总指挥，你要立即肩负起守城责任。

是！阚维雍说，我会立即组织起有生力量继续战斗。

伯说，你不会孤军奋战的，我请求飞虎队马上派飞机过去支援你！

是！阚维雍转身让卫兵传达其命令，让剩余的一个团和两个民团师余部及后勤机关负责人集中。

最先到来的是他的军需官。阚维雍问，我们还有多少武器，包括枪支弹药等物资？

军需官报告了数目，阚维雍感到满意。他一向治军严格，一向与士兵同甘共苦，所以他所交代的事情，没人敢懈怠，也没有人想到要懈怠，他说一秒钟要完成的事，别人绝不会拖延零点一秒，因而，他的命令一旦下达，几分钟之内，所有军政要员全部集中。

此时的阚维雍表面十分平静，心里却依然为危雨谨的离去而愤慨，他望着到场的人说，全靠大家了，我们誓死与桂林城共存亡。

团营长们心潮起伏，群情激奋说，听阚师长的，我们誓死与城池共存亡！

这时，一位姓许的团长带领着一支近千人的地方武装来到阚维雍帐前，因为不是主战部队，驻防的也不是前沿阵地，因此他的团伤亡小些。

许团长生在桂林，长在桂林，对桂林城一草一木，一山一水相当熟识。他的部下也都是桂林人，大多生在灵川、临桂、兴安、全州、龙胜等县，他们平时在城里干一些杂活，因为意气相投，大家常常聚在一处，谈论英雄豪杰，谈论天下战乱，各自都有一腔报国情怀，他们称他许由大哥，他义不容辞地担起大哥之责。他说，日本鬼子进攻桂林是迟早的事，国家现状如何大家知道，国势很弱，且互不团结，我们兄弟一定要做好保卫家园的思想准备。就在伯长官从重庆回到广西后，号召全民抗战的那一天起，许由就竖起了抗日大旗，响应号召的就有一千五百人，许团长领着他们到伯长官处领取枪支弹药，每人一条枪，没领到枪的就发几枚手榴弹，或者大刀片子，许团长号召大家，一旦和日军开战，我们可以从敌人的手里把武器枪支夺过来……

来了生力军，阚维雍大为高兴，他激动地握住许团长的手，连说几个好字。

许团长很高兴说，阚将军，我们早就知道你了，我们愿意跟着你打鬼子。

好！阚维雍兴奋地说，现在东江沿岸形势很是吃紧，幸喜有我933团的将士们拼死抵抗，否则大批日军早已渡过江来。现在，我命令你带领你的团迅速前往，协助死守东大门。

许团长说了声是，立即带人往东江沿岸奔去。一面奔走，一面大声招呼人马。

四十五

许团长带领人钻进江防掩体里，这里还有几个残缺碉堡伫立在江岸上。敌军大部队乘着汽艇往这面冲来，有的已经上岸，许团长命大家快卧倒，瞄准敌汽艇开火。敌人没料到突然间冒出这许多生力军来，他以为我军江防力量全部丧失，突然间见自己的人纷纷落马，站远处督战的师团长从望远镜里发现该情形后不免大吃一惊，急问部属，这是怎么回事？

他这样问不是没有道理，他知道我军主力已经撤离桂林，留下不多的残兵败将自保都来不及，怎么会出现生力军？他还知道，日军很大一部分人马前往追击危雨谨去了。观察目今形势，难道危雨谨的撤退只是一个谎言，是一个诱敌深入之计。然而，正当他惊疑不已时便自个笑了，原来全是些土老冒。他从望远镜发现地方武装参差不齐的阵容以及非常糟糕的武器，他放心了，他下令部队毫不迟疑、不惜代价坚决进攻，抢占阵地，迅速拿下桂林城。

接下来的事更让他吃惊，这些看来根本就不懂打仗的人，却极大地杀伤着他的渡江部队，火势之猛烈，丝毫不亚于国军。

师团长怒火冲天，命令炮群猛轰我江岸。

这时，阚维雍又组织起一个散兵团，他们有的是受伤留下的，有的不愿跟随危雨谨撤退，他们主动留下来和他一起守城，还有一部分是从各地往这面赶来的自发性地方武装，这样又多出两千人马。阚维雍大喜过望之际，突然间听到敌军阵地上几声猛烈爆炸，立即有人回报说，是飞虎队的飞机，飞虎队的飞机炸掉了敌人的指挥所，刚才还在对岸耀武扬威的敌指挥官撤退了。

阚维雍向伯副总长报喜说，飞虎队趁敌人疏于防范之际，打他个措手不及，敌指挥所被端掉了。

伯大声称赞说，谁说我们的桂林城垮了！我谨向你和你和守城将士致敬，我和飞虎队会派更多的力量给予空中支援，你们会很快收到必要的食物和必要的枪弹药物。

谢了。阚维雍激动得泪水盈眶。

阚维雍把这些新加入的生力军重新部署，一部分投放在江岸，一部分清剿攻进城里的日军，还有一部分灵活机动使用。

阚维雍问身边的卫士说，周营长呢？

周营长在部署城防。

马上把他叫来。

周营长跑步到来，阚维雍说，警卫营还有多少机动人员可调配？

周营长说，大约还有两个连。

赶快抽出一半人马，组成两个敢死队，换成百姓服装，寻找敌人攻入城中的部队，与之决战，否则城里会因为这些定时炸弹，造成不可估量的损失，你立即想法把这些炸弹拆除掉。

你的安全……周营长说。

你只管干你该干的事，我的安全我自己想办法。

这不行。

怎么就不行了，不是还有人在保护我吗？你快去。

周营长迟疑了一下，转身带人匆匆而去。

周营长的人可不一般，个个骁勇善战。就在其带人离开时，一直跟随在危雨谨左右的伍参谋出现在门前。

阚维雍惊愕极了，说，伍参谋，你们怎么回来了？

阚师长，这样说不准确。

怎么说才准确？

应当说，我怎么又回来了。

你怎么回来的？

我根本就没和他们一起撤离，他们撤走，我留下后跑遍了大半个城，发现我们虽然人不多，但是，大多各就各位，连商人小孩都准备好了家伙，大家咬牙切齿一起参战。

阚维雍眉露喜悦之色说，这么说来，我们的城应当是一座攻不破的城。

伍参谋说，我现在归你指挥。

你有人吗？阚维雍这样问是因为他发现伍参谋身后站着十来个彪形大汉，他们不像军人，倒像武士。

伍参谋指指身后说，他们曾经是军人。

现在呢？

重新归队。

好！阚维雍拳头一挥说，你如再组织到一些人就更好，不过小而精干是特别行动队的特点，你带领着这支队伍给我伺机破敌。

伍参谋说了声是，站到一旁候命。

阚维雍眼前还有一个团的兵力，趁敌未发起新的攻击前，一齐聚集到阚维雍跟前，像远征一般，默默地举起拳头，誓死效命，杀敌报国。这份气壮山河的宣誓，撼人心魄。

阚维雍带头鼓掌。

这时，凤鸣终于见到了她想见到的，她丈夫的结拜兄弟阚维雍，她向阚维雍请求带领妇救班上七星山去送食品和药物。

阚维雍见是凤鸣，噙着满眶泪水说，不知道张连长……下面的话他说不下去了，张连长是兄弟，凤鸣就是他弟媳，他刚刚接到讯息说张连长牺牲了，他不能把这份不幸的消息告诉她。但是她却嗅觉到什么了。她眼里涌出一片湿润说，阚将军，正因为危险才应当去，你就让我上去好吗？

四十六

七星峰上的枪声越来越弱了，她想，我的爱人肯定不在了，就算他不在了，我也要上七星山，山上肯定还有其他将士在抵抗。

横山勇决定立即投放毒气弹后，因为某种原因又延迟了两个钟头，为何延迟，无人得知。但是，正因为这两个钟头，凤鸣率领几个妇女巧妙地摸上七星峰。

她认识丈夫在哪座峰。因此到达七星峰下时，山下虽然有敌军活动，但是弥漫的大雾帮了她们的忙。她径直往丈夫所在的山头摸去。

这是一个没有枪炮声响的间隙，山上已经没有任何生息，她一路寻找，一路心惊，到处都是阵亡的士兵尸体，这些尸体，有的是敌军的，有的是自己人的，她的眼睛模糊了好一阵子，仍然找不到丈夫的指挥位置。眼泪不由哗地一声流出，心里问，夫君，你在哪里，告诉我好吗，就算你不在了，我当为你报仇，你放心，我带领几个姐妹前来就是为你报仇的。

她轻轻地呼唤丈夫的名字，正当她以为山上已经没有人时，一个人从残缺的碉堡窗口露出头来。鼻子和脸孔无法辨认，只见一双眼睛在转动，她不由惊叫起来，张一。

夫君，是你吗？

她几乎跪倒在地，身后的姐妹立即把她扶起，她急跑几步，躬身想进碉堡。碉堡已经炸得不成模样，横七竖八躺倒的全是尸体，连下脚的地方都找不到。她站在窗外搂着丈夫的头问，真的是你吗？我的夫君。凤鸣哇地哭出声来。

许多时日以来的担忧、思恋在哭声中暴发。这种暴发不是平常的那种亮开嗓音的哭，而是一种压抑的哭，声音不大，却钻人肺腑。

张连长没有出声，而是眼睁睁地看着凤鸣的身肩在硝烟中起伏，仿佛不认识她似的。她这才猛然醒了过来，连忙将肩上的水壶解下递给他，他二话没说咕噜噜地一口气把一整壶水喝光，随后笑了。

见他笑了，凤鸣忙问，他们呢？

她的丈夫摇头。

她又问，你的士兵呢？在凤鸣看来，丈夫一个连的兵力，不会只剩下眼下这几具尸体吧。

丈夫还是摇头。

直到这时她才知道，丈夫的耳朵被炸聋了。于是她向他打手势，问，就你一个人了？

事实上这种问话纯属多余，如果不是只剩下丈夫一人，他们岂会不在他身旁？

张连长比划着手势问凤鸣，你这时候上这来干什么，还带来这些姐妹，你们不怕敌人？

她忙回答，我以为你那个了。

张连长连连摇头，意思是，小鬼子我还没杀够，我不会那个的。但是我的战友们都不在了，而你们也不该上这来的。这里有我一个就够敌人喝一壶的了。

我不管，反正我要和你在一起，生在一起，死在一起，这话我早说过的。凤鸣的大声话语，打开了张连长的听力。

你傻呀？张连长说。

我就是傻。

这时，山下又有动静了。张连长立即把枪瞄准山下。在他想来，敌人新的一波冲锋马上就要开始了，他这会不叫妻子和她的姐妹下去了，他想这就是命，他原本就曾想过，要是妻子在这多好呀，他和她可以生生死死地在一起啦。现在，这个愿望就要实现了，那么我在前往天国的路上，不仅有我的兄弟陪伴，重要的是有妻子陪在我身边，现在我再不用去想更多的了，我要狠狠地揍鬼子。他端枪瞄准的时候，妻子手里也端起枪并排和他站在一起，瞪圆着大眼睛望着山下。

四十七

这一次不像往常，异常情况出现以后，敌人并没有立即出现，这次只有动静，不见其人。这是敌军的诱敌之计。横山勇想，如果一定要使用毒气弹的话，得把藏匿于洞府深处的我军将士全部调到明处。他知道我军所剩兵力已不多，但是想拿下这几座山头却非易事，地形地貌太复杂了，山与山之间，尤如地下长城一般有暗道相通，只要我军躲藏在进洞里，一时间，休想拿下整个阵地。

横山勇内心十分矛盾，他不知道山上究竟还有多少我军将士在抵抗，他敬服我军将士，他觉得这些人是英雄，英雄就应有英雄的死法，就是端着刀枪和自己干到底，直到气息全无，如此情形战场上他见过不少，每一次战斗结束，他望着一具具没了声息的勇士们，不由得脱下军帽向他们敬礼。这是作为一个日本武士应有的精神。想到这里，他一时又想起一定还要再打一仗，并用劝降的方式向几个山头喊话，只要放下枪械投降，我军绝不为难你们，你们只有放下枪一条路。否则，就不要像地老鼠一样钻进地洞，有种的就站出来我们来个鱼死网破，看看谁取得最后胜利。

我军将士岂能听你这套，他们既不出声，也不现身，他们需要的只是冷静观察戒备，看你横山勇其奈我何。

老实说，我军将士这时候还没想到敌人会使用毒气弹，他们想到的只是敌人的诱敌计，就连张连长也没想到敌军这时候会使用惨无人道的卑鄙下流手段。回过头说，假使张连长和其他将士都想到了，那又怎样，他们不能怎样，他们一无防毒面具，二无袭敌毒气武器，有的只是一腔正气与民族大义。

横山勇见他的喊话我军没有任何回应，心中怒气陡升。

其实这是他早就料到了的，他只是想给我军将士最后一次机会而已。随即，他命令发起最后一次冲锋，这次冲锋来得极为猛烈，张连长眼睛里全是笑容，他想我就喜欢这种战斗，看我不把你们一个个打死？他望了妻子一眼，又望了陪在妻子身旁的姐妹们一眼，她们毫无惧色地望着张连长，意思是，跟你站在一起，我们不会怕什么的。到了这时，她们只感到并肩战斗的快乐，一切都已抛掷脑后，大家脑子里装着的全是杀敌。

张连长枪法精准，一枚枚子弹打在敌人头上，就如砍瓜切菜一般。

凤鸣和她的姐妹每人也击中一个，这股敌人很快就退下去了。

随即出现了死一样的沉寂，大约几分钟后，敌军又弄出攻山的动静来，就在这时，离张连长不远的一处碉堡里，突然现身几名士兵，他们从李连长处转来，李连长发现张连长这面战事吃紧，他那面稍好些，就派了一个班过来，这个班刚刚到达阵地，只见空中划过一道红光，这道耀眼的红光随即转为紫红色，张连长和李连长派来的士兵在起初的瞬间还感觉好奇，不知道敌人在干什么，紧接着就有人喊叫说，毒气弹，敌人投放毒气弹啦。

快，大家赶快找东西捂住鼻子嘴巴。

张连长扭头问凤鸣，怎么防护？凤鸣一时木然。张连长十分焦急地让姐妹们赶快捂住口鼻。

凤鸣猛然想起祖父经常说的，假如遭遇毒气，而且毒气来自空中，最好的防护手段就是立即喝尿和用尿水湿润毛巾捂住嘴巴解毒。她说大家赶快屙尿捂住嘴巴。说着自己蹲下身子拔出腰间毛巾粘湿了捂住嘴巴。其他几个依样画胡芦，有的还喝了自己的尿。适才的天晕地转有所缓解。

这时张连长猛然想到其他阵地上的我军士兵不定知道这道方子，报话机已坏掉，唯一能够传递信息的只有人。

张连长的目光移向妻子，凤鸣心领神会丈夫眼中含意，连忙说，我去行吗?

丈夫示意她赶快行动。凤鸣朝其中一个姐妹挥了挥手，两姐妹很快地摸到其他防御阵地。

一切都晚了，凤鸣发现明处和暗处的将士们全部中毒倒地，刚才的一阵急走，使得她气血翻涌，突然间天晕地转，头昏脑胀，意识告诉她，她回不到丈夫身边去了，又要和丈夫分开了，她想，怎么会这样呀，我可不想这样，想着，不禁流下泪来。

就在这时，她发现守护在此处的郝排长并没有倒下。郝排长问她，你哭什么?

她连忙擦去眼泪说，我没哭，是风吹的。

郝排长说，打仗是要死人的，你这样害怕，上山来干什么?

她告诉郝排长，她丈夫那面，情况非常危急。郝排长点头，意思是他知道。

凤鸣说，我是找他才上山来的，但是现在我回不去了。

是的，想见面难了。话末，郝排长感到一阵更为恶心的旋晕，其实他能活到现在，是因为他也使用了凤鸣等所使用的法子。

凤鸣问，你的士兵呢?

郝排长指着地上的人说，他们屙不出尿，因为两天没喝到水了，所以……

凤鸣想，不能放弃最后一线希望，她走上前去探了探他们的鼻息，有的全无,有的重度昏迷。她觉得重度昏迷的战士只要及时救援也许……她也不管身旁的男人，蹲下身子屙了小半泡尿淋在毛巾上去救人。人没救醒，自己却感到一阵紧似一阵的头晕与恶心，这是因为敌军担心我军将士没有全死，又投放第二波毒气弹。凤鸣中毒更深了，她心里的最后一念，丈夫一定在想自己，我得找他去。可她找不上他了，丈夫已先她而去。七星山上，一直坚持战斗的八百名壮士一个个地全英勇牺牲了。

山，死一样沉寂，水亦为之默哀。

四十八

随后，敌人在城中也投下了毒气弹，这是包括阚维雍在内谁也不敢想的。

此前，伍参谋奉命带领着十几个勇士在飞速跑动，他发现两个形迹可疑的人往江边奔去，形迹可疑者是敌人攻入城中的杀手，他们化了装，正伺机寻找暗杀我军将领。他们知道阚维雍往江边去了。那里正在加固工事，这些工事是民团许团长等重新构筑的。阚师长这时还不知道敌人已经在七星山上投放毒气弹，他只知道那里出了大事故。因为那里已经没了动静，难道敌人已经全部攻占了我阵地？

不可能！然而，这时敌人既没有再发射炮弹，也听不见枪响。

瞬间，阚维雍仿佛凝固了。城中的一切全都凝固了。一分钟、两分钟、三分钟过去了，阚维雍仍然愣着没有动弹。一个警卫先醒了过来，也许因为年轻，也许有着一种天生的抵抗力，他的第一反应就是摇晃醒了其他警卫，他们几个似乎也具有过人的抵抗力，几个全醒来了，虽然感觉全身乏力，神思昏昏，神形飘荡，但他们要救阚师长。冥冥之中，风鸣似乎从阴界把解毒的秘方以托梦方式告诉他们，最初醒来的警卫，用手探试到阚师长还有微弱呼吸，不禁大为振奋，心想还有救，他用尿液迅速淋湿了毛巾，捂住阚师长口鼻，其他人用此方法救醒了副师长等，正当大家惊诧欢呼时，医护人员出现了，他们带来了极其有限防毒药物，对中毒将士实施紧急抢救。

中毒不深的副师长悄悄走到阚维雍身前，他不敢惊动他。

医护人员告诉说，阚师长渡过了危险期，正在缓慢苏醒，请暂时别打扰他。

副师长看着极度疲劳的阚师长的满面倦容，不觉落下泪来。他知道此时的他肩上的担子有多重，生死攸关，全城、全军、全体生命，怎么办？他问自己，又像是问阚维雍。这句提问自己的话拂醒了阚维雍，阚维雍有些不好意思地起身说，对不起。

副师长也不好意思地说，我打扰将军了。

阚维雍抹了一把眼睛醒过来了，他知道发生了什么事情，他望了一眼中毒未醒，正在抢救中的将士。渐渐地许多人都救醒来了，这是战前工作起的效应，敌人投放毒气弹后，我军民利用尿液和事前准备的药物等手段防毒，才止住了全体死亡后果。

阚师长神情坚定地说，现在的情形非常严重，我分析，敌人在七星山使用了最为卑鄙的投毒手段，在城中也投了毒气弹，毒死我大量将士和军民，这件事情既卑鄙，又毒辣残忍，我们要立即反击，现在必须立即做三件事，第一，对我中毒将士继续施实抢救；第二、乘敌军尚未攻占我城池，立即重新布署城防；第三、马上拟两份，不，三份、甚至四份报告，第一份发给蒋总裁，第二份发中央社，第三份发伯副总长和张司令，一定要抢在时间前面，把敌人最卑鄙的手段电告全世界，让全世界的人们知道日军的卑鄙毒辣手段，让全世界人民进行谴责，声讨其卑鄙无耻行径。同时，还要做好敌人再次投毒的准备。

副师长立正说了声，是，将军。

这时，阚师长突然间像风吹枯草似倒在地上，他的警卫大声喊叫说，医师，医师在哪里？

警卫哭了起来，飞奔而来的医师检查发现，阚维雍全身发软，余毒未除。另外，他太累了，心力已经用到极致，自从开战以来，他总共睡眠时间还不足二十个小时，从前线回到指挥部，又从指挥部赶往前线，还得受危雨谨的气。因此，他的心无时无刻不在流血，他的血几乎流尽了，但是强烈的民族责任感和抗敌决心竭力支撑着他没有倒下，可现在他的九三一团全部阵亡，只剩下九三二和九三三团余部在抵抗敌军的进攻。

几分钟后，阚师长又挣扎着站了起来，交待警卫，你赶快去高团长身边保护好他。

警卫流着泪说，阚师长，我是你的警卫，我不能离开你。

快去。阚维雍有气无力说。

警卫很固执地说，我不去。

你不去就是违抗命令。

就算枪毙我，我也不会离开你。

这个警卫跟随阚维已经五年，他的忠勇和固执阚维雍是知道的，他知道自己说不动他，就求他，那你能不能派其他人去，高团长那面太重要了，你想法叫他马上前来，我和他有重要事情商量。

警卫又大声喊叫，人呢，全上哪儿去了？

他们全上前线去了。除了不远处的医师护士和躺在病床上不能动弹的以外，全部拿起武器，他们各有职责，他们的心在沸腾燃烧。

赶回一个警卫，他刚执行任务回来。

阚维雍见他回来了，脸上露出宽慰的笑容，说，任务下达了吗？

下达了。

现在你还得跑一趟，本来我应当亲自去的，你看我这身体真的很不争气。

我去，我去，阚师长有何任务尽管吩咐。

你把高团长叫来，还有民团长等几个一一叫来。卫士啪地行了个标准军礼转身飞速而去。

四十九

又一个医师很快赶来，阚维雍把手伸给医师，他是从来不看医师的，现在他感觉自己必须看一看医师。医师把怀揣多年不舍得用的一粒人参让他含着，说，师长你太劳累了，一定要好好躺一会。

师长笑道，你看我能躺下吗？

不躺下那怎么办，你会垮掉的。

我不会垮掉的。

怎么不会，太累了就会垮掉的。

你有什么办法帮我吗？

我唯一能帮你的就是你好好含住人参休息一会，哪怕一个钟头也好。我求你了，我替全城所有的人求你行吗？说着医师流下泪来。

好，我听你的。说着阚师长对警卫说，等参会的人到齐你叫醒我。

警卫说好。

阚维雍微微闭上眼睛，顷刻就睡着了。

几个团、营长到齐，见阚师长斜靠在凳子上，他们异常焦急，问阚师长怎么了？

警卫告诉大家，说话小声些，阚师长刚刚眯上眼睛，不要打扰他。

指挥员们直点头。他们谁都直挺挺地站着，好像是阚师长的卫士。半个钟头了，阚师长一会儿感觉睡得很安谧，一会儿又像涨潮，他胀红着脸大声喊叫说，张连长，张连长，你不要走。

就在这时，他发现前面火光冲天，一枚重磅炸弹落在眼前，迸发出巨烈爆炸声，他猛地惊醒问，敌人是不是又进攻了？

警卫说，不是，师长你做噩梦了。

阚师长责问警卫，你为什么不叫醒我？

高团长说，不是他不叫，是我不让。

你们来多久了？

刚到。

好，阚师长说，现在的情形非常严峻，敌人已经没有了最起码的道德底线，现在，生死存亡关头到了，我把你们叫来，是告诉你们，必须做好敌人再投毒气弹的最坏打算。

部属们立正说是！刚才，他们也遭受了毒气弹的伤害，部队没有多少防毒手段，他们便一个个地把尿憋紧，因为这法子确实能起些作用。

阚师长问，死伤情况怎样？

部属们把遭遇毒气弹伤亡情况作了汇报。

阚师长十分痛心地沉默半晌说，这笔账，迟早要和敌人清算，现在我要求你们，立即进入各自的战斗位置。

接着阚维雍又问副师长说，敌军灭绝人性的材料发出去了没有？

发出去了！

阚维雍看着那些因中毒死亡的一具具士兵尸体时，连忙脱下军帽，部属们也一齐脱帽敬礼。

五十

这时，在战场的另一面，横山勇获悉危雨谨弃城后，正在逃命途中，他满脸横肉地笑了，说他到底怕了。

师团长说这都是在将军的英明指挥下获取的胜利。

他们逃亡的方向清楚了吗？

往南方向。

往阳朔还是永福？

横山勇立即走到作战图前，桂林到阳朔，其间虽有崇山峻岭，但是平原居多，这样的地势利于坦克、装甲车进攻。说到这里他想了一下说，不对，他们使的应当是明修栈道、暗渡陈仓之计，表面上是大部队往阳朔撤，实际上已逃往永福。永福地势险要，一旦进入两江李司令家方向再往南行，那里万山重叠，再想逮住他们，就如大海捞针，必须立即加以拦截。

横山勇下令，部队分头追赶，一部乘装甲车等突击向前，不用怕他们打埋伏。如同丧家之犬的危雨谨目前已经没有了大炮之类武器对我构成威胁，所以可以大胆追击。

师团长问，要不要活的？

死的活的都要。

师团长和横山勇说话时，前方发回情报说，危雨谨确实使用了暗渡陈仓之计，他们真正的逃亡路线是永福方向。横山勇立即电令前峰部队加紧追击，必须于两个小时之内将其包围歼灭。

危雨谨仓皇逃亡途中，获知前有堵截，后有追兵，不禁慌了，就像当年刘备挥师进攻江东孙权时中了火烧连营之计一样，不禁流下泪来，说天亡我也。

参谋长陈济桓号称独腿将军，他本来不支持撤离桂林，他的意思和阚维雍一样，坚守到底，坚守到一兵一卒也绝不放弃。但他是危雨谨的参谋长，桂林遭遇败仗他有直接责任，他深感愧疚地认为是他没有部署好城防，以至造成如今局面。

危雨谨也是这样说的，桂林城的失利首先是你参谋长的责任，你当初为何这样部署城防，造成如今败局，这事日后我会找你算账，你要负一切之责。

我负一切之责？本来愧疚的陈济桓一听这话仿佛被人当头一棒瞬间醒了，他想这是我一个人的责任吗？继而又想，什么都是你说了算，我部署城防及江防你听进去了吗，我的部署你表面点头，背后又修改掉了。你说我的布阵，正好中敌圈套，必须修正。我问你，我的布阵为何就落敌圈套了。你说，反正不能这样布阵，而只能按你的想法去做。我对此有异议，你斥责我违抗上峰命令。谁扛得了违抗上峰命令之责？现在仗打输了，你不思补救，却一意孤行要撤离。阚维雍死谏你不听，硬逼迫我们和你一起撤离，不想在此被敌军包围了，或许这就是命吧。

危雨谨望着陈济桓既坚毅且难看的脸想，你是参谋长，由此撤离也是听你的，你马上给我想出突围办法，否则军法从事。

陈济桓当然知道危雨谨心里想些什么，他不想再多说二话，就算说了也等于白说，反而因此拖延了突围时间，他简短地和一七〇师师长商议了一下就做了决定，他和吕旃蒙断后，让危雨谨带着队伍先走。

往哪里走？危雨谨问。

往龙江方向，转而下融安、融水县。

我们现在所处位置？

猴山坳。

猴山坳？危雨谨一听很感心惊。

陈参谋长问，危司令，这地名有问题吗，你是不是想说我们走错道了？

我不是这个意思。

那你的意思是？

危雨谨没有回答，但他的心替他作了回答，他想，他要死在这里了。《三国演义》中刘备西征，军师庞统率部西征途经一个叫落凤坡的地方，那里地势险要，猴山坳地势同样险要，落凤坡前有堵截，他的前面也有堵截，还有追兵；落凤坡死了庞统，猴山坳死的恐怕不是陈济桓，也不是吕旃蒙，而是我危雨谨，所谓猴山坳即是为我收尸之地，想着不禁凄然而泣。

陈济桓不知危雨谨为何感伤便问，司令，你是不是还想着城里的将士？

陈济桓这样问是因为逃亡的路上，危雨谨几乎每时每刻在念叨着阚维雍他们不知怎么样了。

危雨谨说，我是在想他们，因而……

别想了，你先走，古话说，留得青山在，不怕没柴烧，保住你，就保住了这个军，有这个军在，不愁没有打跑日本人的时候，你放心走，我和吕师长在后断路。

陈济桓话音未落，敌军已从三个方向包抄过来。

危雨谨说了句，我命休矣。

陈济桓大喝一声说，快护送危司令走。说着，他振臂一挥，小鬼子，老子今天请你吃吃我手中的枪子。

顿时，整个猴山坳上硝烟弥漫，枪声大作。敌军炮弹一枚接一枚地落下，炸得土皮纷飞，石屑雪花般乱舞。陈济桓号称独腿将军，绝非浪得虚名，他匍匐在地，朝敌军点射，真个神枪手，一枪一个，弹无虚发。敌人猛攻山头，密集的子弹让伏在低洼里的我军抬不起头来，敌军一面攻击，一面匍匐着前进。他们早就看见山顶上危雨谨的身影。

把这个人给我捉住。宫川清三师团长下令说，不要开炮，要捉活的。他要修改横山勇的命令，不能让危雨谨如此爽快地死去，他想看看这个贪污军饷，抗战口号喊得比任何人都响亮的人究竟何许人。老实说，他很瞧不起这种人，他佩服的是阚维雍那样的英雄，不过，正因为他看不起危雨谨，因而才要将其活捉，他要让他在自己面前跪地求饶，让他哭着哀求留他一条活路，如果他向自己跪下求饶，一定非常有趣。而且他相信危雨谨肯定会那样做，一个出卖自身灵魂，贪污战争款项的人，当身家性命受到威胁时，那是什么事情都干得出来的。他还会放出谎言说，他的妻儿被自己捉到了，看看危雨谨究竟怎样一副表情。

当然，这是日军的一面想法，危雨谨可不是这样的人，他求生欲望强烈无可非议，他让阚维雍留下保卫桂林城，亦有理由，自古说法叫丢车保帅，他是帅，阚维雍是车，阚维雍留下守城理所当然。他带领有生力量，避敌锋芒，是为了保存力量以便继续抗敌。

但是敌人万万没有想到，陈济桓使用金蝉脱壳之计让危雨谨得以逃脱。

敌重兵刚围住山顶时，危雨谨还站在山上，可是此刻站在山顶上的人却非危雨谨，而是经过精心化装的危雨谨的替身，此招在城中屡屡显示效果，此番使出同样招数再次骗过老谋深算的敌人的眼睛。因为敌特工很清晰地接近过危雨谨，知道危雨谨模样。当初他们曾向危雨谨的副官送上千金，以此为晋见乘机谋杀，岂知危雨谨是个多疑的人，谁想见他，特别是由他的副官之类引荐时，他首先想到的是对自己会造成什么危害，因此，使得他一次次免遭敌特暗杀。

现在，还能躲过此劫吗？

能躲过，他有替身。

真正的危雨谨早随贴身卫士沿着一条很少人走动的小路下山去了。

猴山坳上陈济桓居中指挥，他知道，这一仗关乎危雨谨的生死存亡，只有拖住敌人，阻止延缓敌军攻上山顶，就算胜利。

陈济桓个性沉着冷静，应变能力很强，保卫桂林城作出了无尽的努力，拖着残腿每天在一线跑上跑下。按他的思路，桂林保卫战不应当垮得这样快，他的许多想法基本与阚维雍一致，就是不能死守，即便需要固守某一山头或前沿阵地，也要看准时机派出部分强悍有力的兵力出城与敌周旋。是的，日军确实强大，但是，面对强大的敌军，只能用巧，一切都在巧上，巧取、巧夺、巧胜，灵巧地钻进敌营将敌部署打乱。可是所有这些，危雨谨就是不同意，还说他和阚维雍是一伙的，他当即就傻了，他想你这话什么意思，我和阚师长是一伙的，阚维雍是坏人吗，他是你的对立面？你作为守城司令难道要把我们这些属下分成若干股势力，作为你的部下我们谁也没有任何其他想法，你却生拉硬拽把我们从你的统一阵营中推出去？这是陈济桓最受不了的。再说在炮弹的使用上他和危雨谨也存在极大分歧，在他想来，我军必须运用有限的炮弹集中火力狠狠地打击要害之敌，危雨谨却要求不断地对敌开炮。

我们有这么多的炮弹吗？

伯指挥会送来的。

事实上，伯指挥是想送来，然而他心有余而力不足。有限的库存炮弹很快打完了，危急时刻却无弹可用。作为一名军人，他知道这些理由不足以让他背叛危雨谨，他只有坚决服从的份，危雨谨要他怎样，他就得怎样。他和阚维雍有所不同，阚维雍执掌着一个师，而他没有。

五十一

关键时刻到了，山头被敌军完全包围了，狭窄的猴山坳上，失去了让他与敌周旋的余地。陈济桓把警卫叫到身边说，你去吕师长那，告诉他，等会敌军攻上坳来，我们这面猛烈反击，他那面趁机撤退。警卫把指令送达吕旃蒙时，吕旃蒙怪眼圆瞪问，他陈济桓把自己当成什么了，他是我的救命神仙？让危司令走他留下拒敌，现在又让我走，他一个残腿将军要留下为我吕旃蒙挡子弹？你告诉参谋长，他这一套在我这不管用，他要是想走，待会敌人合围上来，我为他杀开一条血路，他走。如果他不走，我们就一起在这为敌人吹奏丧歌，也为我们自己吹奏丧歌。

敌人把陈济桓不足两千人的队伍围在山上，却不急于攻击，他们的如意算盘颇有些像《三国演义》里的失街亭之战，司马懿把马谡困在小山上，小山上没有水喝，自己在山下摆开酒席大吃大喝。陈济桓和他的将士们奔走了大半夜，这时早已人困马乏，最要命的是没有水喝。敌师团长让士兵们将身上的水壶水往外倾倒。我军将士看了，更加口干舌燥。

陈济桓口干得说不出话来，心脏嘭嘭乱跳，仿佛着火。其他士兵更是如此。士兵们纷纷叫嚷说，参谋长，我们就这样受辱等死吗，你让我等杀下山去，和敌人来个鱼死网破。

陈济桓没有出声，他不是不知道敌人此招毒辣，他是在等待时机，等待有时候比积极进攻更为有效。等待，可以仔细观察敌营动静，可以判断敌营何时呈现出弱点。

渐渐地，他看出敌人骄横过度，而且发现敌人正处于懈怠之中。

出击的时机将很快到来，但还须再等等，要让敌人觉得他们真正地把我军玩够了，他们完全吃饱喝足了，一切的紧张戒备情绪完全松弛下来，才是最好的出击时机。这样的时机到来了，他将早已布置好的八百人攻击队伍，以迅雷不及掩耳之势朝岭下扑去，顿时，敌营阵脚大乱，这些端着我父亲所销售的最先进的美式武器的我军将士，杀得日军一时间竟无还手之力。这种打法颇有些相似古代踹营勇士一般，直到把敌人的前锋营打痛，他们才真正醒来。敌立即把数倍于我军的突围勇士重重围在核心。此时陈济桓的又一支奇兵突然间向敌人侧翼发起猛烈冲击，敌人阵势又复大乱。此番情况被距此不远的伯的外围部队知道了，他们派出一股力量朝敌人后腰猛揍一顿，终因敌军势力太强，不得已往后退却。

退却的部队请求增添力量再与之决战。

伯首肯说，不能动用太多部队，只能派突击队接应。据可靠情报说，敌两万五千人追击我军，我两个受伤不小的师一个在南，一个在西，远水难解近渴。假使不慎，有被敌吃掉的危险。

伯又思考片刻，即命冯副军长指派一个以营为单位的强兵从敌后进行偷袭，成功则可救出陈参谋长。不能成功，则应迅速撤退，以保证我军实力不至遭遇太大损失。

是！

伯派出的营救部队行动迅速，接近敌军外围时，没想到被敌哨兵发现，敌人意识到我救援部队到了，立时分兵朝我救兵扑来。我救兵为特战队员，他们面对数倍于己的敌人展开了游击战，牵着敌人在复杂的地面上兜圈子。敌人在阵地战上可谓强手，可是用这种法子开战，却有些使不上力。敌人被我英勇的士兵左一枪、右一枪打得晕头转向，死伤不少。我特战队乘机接近猴山坳。

陈参谋长见援军到了，此时不突围更待何时？他一声号令，猴山坳上所有的将士一齐往山下的日军队伍冲去。敌军阵势被我撕开一道口子，混战中，陈参谋长看见我援军赵连长了，赵连长也看见他了。

但是，被撕裂的口子很快被敌弥合。陈济桓被敌军困在核心，与接应部队分割开来。陈济桓身旁两百名勇士奋勇杀开一条血路，护其退回山上。等待黑夜到来，再伺机突围。

五十二

横山勇站在老人头山后的无名峰上往城中眺望，目光里露出凶狠之意，他已经杀红了眼，这都是毒气弹给弄的，虽然一炮彻底解决了七星山战斗，另一炮已将桂林城炸得几乎生息全无，但他仍感心烦，深觉胜之不武，这不是自己想要的，而是受逼于冈村宁次限定的最后夺城期限。

举目望去，眼底到处都是熊熊火焰与滚滚的呛鼻浓烟，自己的部队像蜂蚁一样抢过江去，眼见即将靠岸，也不知从哪里冒出来的国军将士将他的渡江人马拦腰截断。

究竟怎么回事？横山勇不相信自己的眼睛，心想，敌军难道百毒不侵，我毒气弹难道毒他们不死？在江中与河滩上，国军兵员远远少于我军，可我方士兵捅掉敌方一个，敌士兵也捅掉我方一个。一时间，江中、滩头一片血海，喊杀声震天。

横山勇惊大着双眼问身旁的师团长，这是我军在进攻吗？

师团长说是的，是我军在进攻。

横山勇很不满意说，我从没见我军如此懦弱过。

那是敌军太勇猛了。

横山勇说，这支饥寒交迫，被我毒气弹攻击过的队伍，哪可能如此神勇！我怀疑，他们是否刚刚到达的某股生力军部队，仅从战法上看，似乎也说明一些问题，因为正规军不会使用这种无章可寻的打法。

师团长说，这也正是我所疑惑的，这些阻挡我军前进的人究竟是些什么人，是否蒋总裁的生力军到了？

不对，横山勇否定说。他们不是蒋派出的生力军，蒋没有兵力派给这里，或许他根本就不想派，如果说他想派，恐怕早就派了。

那么这些和我军作战的是人吗？

横山勇很不高兴说，不是人难道是神，这世上根本没有神一说，我告诉你，说有神那是瞎胡咧，根本没有的事。我告诉你们，这些人一定是土著武装，只有土著武装才会把仗打得如此没有章法，而又使我攻城人马受此重创。

众将领无言以对，只好呆呆地望着横山勇发怒的脸。

横山勇皱紧眉头想了片刻，号令停止进攻！

江中、城中顿时一片沉寂。

许团长兴奋地跑向前沿掩体观战的阚维雍跟前，报告阚师长。

阚维雍微笑着打了个致意手势，许团长抑制不住兴奋问，我们的仗打得怎么样？

阚维雍说，打得好。话音未着地，又皱紧了眉头，他知道这样的打法，虽挫敌一时，但终究不是长久之计，敌人肯定不会让情况如此下去，他们会在想好应对策之后卷土重来。他们已被彻底逼急了，这群穷凶极恶的疯狗会不惜一切代价地要把眼前的这顿美餐吃下。而自己这面却不能让其如愿，怎样才能令其不能如愿，阚维雍已经有些急火攻心。但随即便冷静下来，他知道敌人一下子不可能马上组织进攻，他心急火燎地传令把所有守城的团、营级军官集中到一起。在军官们陆续赶来时，他已想好对敌之策，只是还想听听挥员们的意见，这是他向来的作风，他不愿独断专行，要集思广益，多听听各级指挥员的意见。果然，九三二团高团长说，刚才对付敌人的渡江战术不能再用了。

阚维雍说，高团长，说说你的想法。

高团长说，用火攻。

许团长有些不解地问，在城里还是在江上。

阚维雍说，在城里，也在江上，不过首先在江上。

让江水燃烧起来？许团长突然想到，我们在竹排上置放大量的汽油桶，接近敌汽艇时，将油桶点燃往前冲去，与敌同归于尽。

阚维雍和高团长等笑了起来，说，我们大家想到一起去了，只是……

只是什么？许团长是个急性子。

阚维雍说，就怕敌人不让我们接近。

许团长说，这你放心，我有办法应付，再说我们从上游出发，就算人接近不了敌军，可油桶能接近。

阚维雍说，这项任务交给你如何？

许团长啪地立正说，总指挥放心！

阚维雍接着又向其他指战员作了布置，为阻止敌军渡江，大家多想想法支持许团长。

全体指战员说，请放心，保证完成任务！

五十三

接下的小半天，丝毫未见敌军动静，晚上很快到来了。

微弱的月光中，阚师长站在指挥所里，如同雕塑，一声不吭地站了很久，他知道最危急的时刻到来了。战局形势已经颓废，罗活师长乌龙关战败，几乎全师覆没；修仁关和乌龙关一样，被打得七零八落，溃不成军；陈济桓、吕旃蒙猴山坳战死；两个外围师也被敌军追着屁股打，陈牧农军长被枪毙了……

阚维雍忧心忡忡地转到指挥桌前，给远方的妻子写信，怎么也无法静下心来，手中的笔竟然两次掉落，他躬身捡笔时，一头撞在指挥桌上，撞得他眼睛金星四射。他想我很老了吗，可我刚四十多呀，怎么如此不济，难道我真的老了？一想到老字，阚师长的心不由被岁月的缰绳狠狠地拽了一下，桌上的墨水瓶跟着掉到地上，溅了他一裤腿，他不由长叹一声，一种不祥的感觉袭上心头。

阚师长很注重仪表军容，很小就很爱干净，读过的书从来没有撕毁掉页之类的事发生，也从没搞脏过书籍。他的衣裤从来就很整洁，从军以后，这方面的毛病半点也未改过，而且要求部队也这样。他说，一个不懂整洁卫生的人，怎么可能把事情办好，一个连卫生都不知道的人，和一般的动物有何区别？人和动物的区别在于，人除了有思想，有不同于一般动物的情感之外，就是爱干净，当然，这点鸟儿好像也做得不错。

他经常下连队班排等基层单位，甚至深入宿舍检查，谁要是生活马虎，那是一定要遭受批评的。

因而，当这种不祥的感觉升起时，他连自己都不相信地把墨水瓶捡起，把笔洗净。

他和妻子每月都有通信，多年来一贯如此。不管工作再忙，他都会在夜深人静的晚上给妻子写信。

吾妻，他总是这样称呼她，又有多日没有给你写信了，你还好吗？你有腰痛的毛病，现已入冬，时序渐渐步入苦寒之境，我不在你身边，帮不上你任何忙，反而让你担负照顾全家人的生计与家务，我们的儿子年纪还小，也很淘气，我虽然单独给他写了封信，但是还得你每日悉心教诲，让他走正道，长大以后，成为对国家社会有用的人。再说父母亲身体也一向不太好，尤其是父亲，眼睛不好，爱流眼泪，他又爱看书，爱看书是好事，但是也要注意保养，我不在家，这点也得你操心。我在前线指挥打仗，打的都是硬仗，我们的部队勇敢坚强，我们立下誓言誓死保卫桂林。还是那句话，照顾好一个家不容易，你自己也要照顾好你自己，如果我这世还不了你的情，就等来世再行报答。匆匆搁笔。

接着阚维雍又给父亲写了封信，让父亲注意防寒和注意身体，不要太多操心自己，自己已经交给国家，就得一切服从国家利益。还是那句话，自己一切都好，仗打得好，身体也好。另外，母亲的身体也要多加注意，不要太多劳累，日子清贫一点没什么。自己每月会按时寄费用回家，请放心。

不知什么时候卫兵站在了身后，其实卫兵早就站在了身后，只是脚步很轻，他怕打扰了师长。但他又怕师长着凉，他感觉自己就像师长的亲生儿子一样，甚至比儿子还亲。然而，他不能在他面前多说什么，他只能默默地干份内的事情，作为一个卫兵是不允许多嘴的，可他多想说说师长呀，他想说，师长你太劳累了，再不能这样下去了，你会支撑不住的，就算你是钢铁，也经不起这样劳累的。他看着师长刚过四十就白了头发，师长和自己的父亲一般年龄，父亲一天到晚干农活，农活很累人，可是父亲也不像师长这样白了一半头发。凭这点，就知道师长有多难。现在的形势更加严峻了，别人都走了，就留下他一个人在此苦守孤城。撤走的人真狠心，他们为什么要走，而把师长留下，想到这里，他的泪来了。他继而又想，师长的心思他是知道的，尽管他从来不对自己说这些，但是他懂得师长的心，看他皱眉或吃不下饭，他就知道了一切。也许卫兵想出了神，脚步不免触碰到了地上的石子，石子发出轻微的响声。阚维雍猛地回头发现是卫兵小伍，小伍手里拿着一件军服。他心里一热问，为何还不睡？

我看见指挥所里亮着灯就知道你又起床了，你怎么不休息呀。说着小伍把大衣给师长披上。师长的家书已经写好，他把信交给小伍说，小伍，明天，不，他看了一下手表说，现在已经凌晨三点过，待会儿，你想法帮我把信寄出去。

是！小伍立正，很快地把信收了起来。见师长根本不打算睡觉就说，师长你太累了，一定得休息一下，明天还不知道要发生什么。

正因为这样，我得考虑很多事情，不能休息。

小伍知道再说什么都没用，这是师长的作风，他是个工作不要命的人，就在一旁侍立着，等待师长的吩咐。

五十四

阚师长一会儿盯着作战地图思考半天，一会儿俯下身子在沙盘上推演着可能出现的任何情况。突然间想到，如果敌人仍然以往常一样的进攻方式攻打我城池，我们又该如何布阵？问题是，江防工事几乎被彻底摧毁，兵员也严重削减，敌人一定以为我军再没有战斗力了。岂不知，这只是一种假象，我军依然有能力诱敌深入，敌大军攻入城内，早已埋伏在城内的我幸存将士会突然间从各处涌现，将敌分割成若干小块与其进行博杀。这种战法他和团营长们商议过多次，每次都被否定，因为这样做得有比敌人强大得多的力量才能奏效。假如敌众我寡，这种阵法很可能适得其反，而舍此手段又该如何与敌对垒周旋，或者说用何种战术应对敌人。这是他任城防负责人以来一直纠缠于心的问题。到目前为止，他一直没能跳出这种思维怪圈。危雨谨任城防司令时，自己总有怨气，虽然自己能顾全大局，能够一切听从指挥，但他总觉得危司令指挥失当，无论战略战术都有问题。现在轮到自己了，自己是否表现得比他强，不要说客观条件，说自己兵员比别人少，自己比别人实力弱，关键问题看怎么布局应对。再像以前那种派敢死队扑出城去骚扰敌人，打乱敌人的进攻步骤已不可能，己方兵员骤减，显然已经失去一切条件。剩下的手段就是再派出小部兵力沿江抗敌和于城中设伏，舍此之外，是否还有其他途径可做选择？是否还有可调动的力量，或者还有什么战争潜力没有得到有效挖掘发挥？或者说向外围部队求援，或向蒋总裁求援？可自己已经多次向他求援了，他说其他军队离此很远，贵州虽有屯军，那里的防守任务十分艰巨，湖南方面军刚刚打过硬仗，因此，只能派飞机给予支援。飞机来了，往往起不了大作用，敌军的高射炮和敌飞机拦截远远地超出其支援能力。目今只剩下一途了，跟敌人来个你死我活、鱼死网破的决战，直到一兵一卒。就在这时，电话铃响起，是三九二团高团长来电，他告诉他，他的防区出现了异常情况。

三九二团团长向来沉着冷静，他的三个团长中唯有三九二团长是那种遭遇任何事情都不急不躁的人，即使火烧眉毛了，他也只是用手拂一下，永远一副天塌不下来的模样。然而这个电话的口气却令他发毛，他几乎是语无伦次说，师……师长，不得了啦。

什么事，高峰。

城外来人报告说，敌人恐怕又要使用毒气弹了。

这是谁的报告？阚维雍话音刚落，天空中突然闪现一道紫蓝光幕，敌人果真又要投毒气了。敌人这次投毒于黎明之际，我军民已经醒来了，发现紫蓝光升起，我军民连忙尿湿毛巾捂住口鼻，有防毒器具的，立即起用防毒器具，这都是因为前车之鉴所做的预备，还有的来不及防护的，立即把脸埋进土坑里，潮湿的土坑也有些过滤毒气的作用。

其实敌人的这次投放毒气弹，我军已接到情报，它是一支刚成立不久的共产党游击小组联络员稍早前送来的情报。

五十五

那时，阚维雍正忙着，没听清报告内容便急问，什么联络员？

共产党小组联络员。

有没有这种可能，这是混进城中的敌特人员制造紧张空气。阚维雍十分警觉。

不，不是，他是我老乡，我这老乡说，他发现日军在他们村旁的一个山洞里存放着一批可疑武器。

详细说，怎么可疑法。

敌人防护极严。

敌人什么时候防护不严了？

阚维雍对高团长的话感到生气，他本来不是这样的人，说话也从来不这样。

高团长说，我把他带过来好吗？

阚维雍思索片刻说，好吧。

于是，高团长立即把一个叫魏东的他的老乡送到阚师长面前。

阚师长问他，你是……

魏东告诉阚师长，我是市郊区人，我有重要情况报告。

什么情况你说。

敌军在我们村旁的山洞里藏着毒气弹。

你怎么知道敌军藏的一定是毒气弹而不是别的？

因为看护极严，而且我差点死在该洞口。

你是说你前往侦察被发现？

是的，因为我和日军较熟因此冒险前往。

你和日军比较熟？阚维雍吃惊不小。

魏东说，日军进村后多次出入我家。

你是保长，或者是？

不是，不是。魏东忙分辩。

那你是？

我是共产党联络小组的人。

你是共产党？

是的！魏东回答很干脆，阚维雍颇为严肃的表情和说话语气丝毫没让他感到害怕。他说，只是我一直弄不明白，日军对别人家不像对我家这般客气。他们不仅没动我家一丝一毫，反给予一些好处，比如糖果，我家小孩较多，日军便不时地拿些糖果给我家小孩吃，小孩怕吃，日军士兵便逗小孩玩。小孩被吓哭。日军士兵哈哈大笑。日军还送我家日本罐头肉。罐头肉香喷喷的。日军士兵看到我家烧辣椒下饭，他们也想尝尝，被辣得咦呀怪叫，脸皱成烂布一样。因为日军的优待，引发别人对我家感到稀奇，有人认为我家做了汉奸，或者给了日军别的什么好处。其实我们什么也没有干。

阚维雍渐渐舒展开眉头，他多少知道怎么回事了。

魏东接着又说，后来我终于想明白日军为何这样做了。

你想明白什么了？阚维雍问。

魏东说，敌军是想在村里造成一种假象，他们不是坏人，只要我们不反抗，并愿意给他们提供帮助，他们就可以和我们和平相处，他们不仅不会要我们的命，也不会糟蹋我们的女人。魏东接着说，我们家，不，我们临桂邻近几个村在日军攻打全州前夕，就组建了一个联络小组，收集传递情报。说起来有些好笑，日军侵占我村后，惊动了村里的一个老大爷，老大爷耳背，嘴巴却很巧，别人说东他说西，别人说南，他说北。他耳朵虽背，人却精神，是那种天上晓得一半，地上全知的人。日军进村时上过他家，发现家里只有老大爷一个人就问，你家怎么啦。

老大爷说你问我打粑粑？打粑粑现在不打，现在还没到过年。翻译把原话翻译给日军。日军说，这老头是不是疯子？日军翻译当然不能将原话翻译给老大爷，就对他说，欢迎日本大皇军来帮助你们吗？

老大爷侧着耳朵问，你说你是他？

翻译哭笑不得。但也不把这样的话翻译给日军听，而是让他带路。日军了解到有一条小路可通一个叫永宁的地方，那里依山旁水，环境幽雅，自古出过不少秀才状元类人才，领头的日军大佐对中国地理名胜很感兴趣。

老大爷说，你们是想去永宁吗？

翻译很感惊奇，心想，老家伙突然间不耳背了？便问他，你老能不能给我们带路。

能，当然能。不过得那个。

什么那个？

就是，就是……老大爷朝翻译伸了伸指头。

翻译知道他意思就说，少不了你的。

少不了也得现在给。

翻译很生气地看着老大爷，回头又看了一眼日军大佐，并把其意告诉大佐。大佐点头说，他想要钱这就对了，你把钱给他。

根本没有想到，就是这个耳背的老大爷，把日军领向西面伯副总长精心布置的伏击圈。日军一路走，一路兴高采烈地想象着即将到达的是怎样一个地方时，骤然间枪声暴响，敌军一名中队长首先中弹倒地，继之出现的是大批日军纷纷倒地。那时，联队长第一个想到的就是把带路的老大爷抓起来碎尸万段。可是一看，哪还有他的影子。日军这才明白，带路老人，其实一点也不耳背……

魏东说的这则有些滑稽的故事，一时间缓解了紧张气氛，引得大家发笑。

魏东话锋一转说，有件事情你们恐怕还想不到吧？

什么事情？阚维雍忙问。

假装耳背的老大爷是联络小组副组长。

大家又为之一震说，想不到，太有意思了。

魏东说，伯在四塘方向设伏的这一场打得很漂亮，直杀得日军丢盔卸甲，毙敌数百，缴获大批武器弹药。

这我知道，只是没想到中间还有这么一段插曲。阚维雍微微笑了。

魏东说，日军把一批秘密武器藏进我们村旁的一个山洞，这个山洞不算大，却很神奇，别的山洞潮湿得很，它很干燥，冬暖夏凉，只是有些阴森。走进洞里，会被一阵阵不知来自何处的冷风吹得背皮发麻。日军对山洞戒备森严，不准任何人靠近，由此引发村人猜疑，都说洞里一定藏有什么害人的绝密武器。借着日军时常进出我家关系，这天，我装傻卖痴地伺机靠近洞口，突然间，无数枪口同时出现，我险遭枪杀。这件事情让我联想到两天前日军在桂林投放毒气弹的事，我猜想，山洞里藏的肯定不是一般武器，极有可能是毒气弹。共产联络组也是这样分析判断的。魏东话音未落，伯副总长方面有消息传来，说敌军有一批毒气弹从魏东村往桂林方向运动，阚维雍深感震惊。

他一直担心的事又要发生了。他立马部署两件事，一、让特战队立即秘密出城，在联络员的带领下设法找到敌毒气弹，予立即毁灭。二、将情况报告蒋总裁，请求立即派飞机支援把毒气弹炸掉。

蒋收到情报时，天还没有亮，那时他正处于极度紧张时刻，一支敌军紧紧追逐着他的行踪，来到一堵高峡前面，前无去路，后有追兵，中间洪涛滚滚，日军把他团团围在核心，口口声声说要抓活的。

投降，投降，再不放下武器，立即予以击毙。

敌军无数枪支向他瞄准，一杆杆枪口冒出一股股黑烟，警卫挺身而出，试图挡住危险。敌枪声响起，一梭子弹冲他急速飞来，射入胸膛的瞬间，他感到一络热辣辣钻心疼痛，他暗叫一声完了时，不觉猛然惊醒，醒时发现全身上下被汗水浇透。他正想叫警卫，电话铃声急促响起，情报部门转述阚维雍电报内容，说是发现敌军又一批毒气弹正往桂林城下运送。刚刚出了一场冷汗的他不由又添一身冷汗。他立即电令有关部门，运用一切手段追踪堵截敌毒气弹。任务下达后，他走到水龙头前，拧开龙头，用冷水拍了拍脑子想了想，立即给阚维雍发报说，飞虎队飞机时刻候着，一经发现敌毒气弹，立即对其进行轰炸，并感谢阚维雍对保卫桂林城作出的巨大努力，他要为他摆庆功宴。

阚维雍也长长地嘘了口气。由伍参谋临时组建的特战队外出追踪查找敌毒气弹，没有任何信息反馈，他急得满头是汗。

五十六

此时的横山勇已经没了此前的耐性，他必须马上拿下桂林城。依目前的情况看，根本无法保证夺取时间，只有再次使用毒气弹，才能确保冈村宁给出的夺城时限。先前所投放的毒气弹，他已遭受来自各方面的巨大压力，尤其国际舆论弄得他非常被动，连国内的媒体也对此事持不同看法。他们说，以日军的强劲势头，用得着使用毒气弹吗，这是不是说明我们的实力根本没有表面上看起来那么强大？换句话说，就是桂林守军的抵抗使日军吃不消了？等等。横山勇几乎被各种媒体舆论给淹没了。现在他的压力更大了，情况反映，阚维雍守卫的桂林城根本不像想象的那样于短时间内随意攻下，桂林城防简直成了铜墙铁壁的代名词。上锋令他一天内必须夺取桂林城，只有使用毒气弹一途，他豁出去了，只要拿下桂林，减少士兵死亡，别的他可不想再管。

魏东所报没错，他们村的山洞里藏匿的确实是毒气弹。敌人不能等了，再等，不仅毒气弹的存放位置可能会泄密，而且极可能被伯的外围部队围歼销毁。

在阚维雍派出特战队寻找敌人毒气弹的过程中，伯的特战队也在竭力搜寻其行踪。

敌人不是吃素的，他们运用各种假象不断迷惑我军，令我特战队在东面空喜一场，于西面也空喜一场，反而误中敌军伏击，死伤不少精兵。

终于，我一支特战队把敌毒气弹运输队包围起来，其后发现，仍是幌子，我军抓住敌被困士兵审问，敌士兵说，他们运送的根本不是什么毒气弹，而是普通炸药。

真正的毒气弹上哪儿去了？

被审问者吱唔着不知说些什么。审讯官举着红铁铲威逼说，说是不说！

敌士兵说，我只知道我二大队从西北方向往桂林城方向运送一批武器，估计已到城下。

我审讯官问，你在几队？

我在一队。

审讯官将情况报告给阚维雍和伯，两人全都大吃一惊说，难道敌人的毒气弹已经运抵城下？

时间万分紧迫，我特战队发回情报说，他们侦察到敌人运送毒气弹的具体位置。伯的心立即活了，问，是否确定？

应当可以确定。

运送毒气弹的敌军大约有多少人？

大约两个大队兵力。

不对，伯想，敌人运送毒气弹是很秘密的事，怎么可能随意被人发现，而且大摇大摆？

阚维雍也是这样想的。

两人正等待进一步情报时，张发奎那面来了情报说，有一支人数不多的神秘部队不知运送些什么，已经距城防不远。

是了，刚才所说的第二运输队恐怕仍然是幌子，这支神秘队伍运输的才是真的毒气弹。就在这时，这批毒气弹已经投掷出膛，空中紫蓝色光幕闪了一下，阚维雍再次被毒倒了，他再也站不起来了。不仅他倒下了，他身旁的警卫也全倒下了。迷糊中，他听到敌人越来越近的枪声和脚步声：

活捉阚维雍，活捉阚维雍。

阚维雍的指尖动弹了一下，接着又动弹了一下，他模糊的意识把他的手指向手枪柄，就在就敌人越来越逼近的瞬间，他的枪先响了，烧红的子弹仿佛一道划过夜空的光芒，人们看见，桂林城的上空，闪亮着一页诗稿，那是阚维雍用鲜血写下的：

千万头颅共一心，岂肯苟全惜此身，人死留名豹留皮，断头不做降将军。

滚滚黑烟中，一队人马步履匆匆地出现在城中，领头的是银须飘飘的盘王村老者赵天一。赵天一在关师长帐前谋破敌之计，曾数度重挫日军，因寡不敌众，溃逃途中，闻桂林城危在旦夕，关师长让盘王带上自己的一个被敌打得伤痕累累的营赶往桂林助战。途中，盘王又收罗到大约一个团的地方武装，接连挫败敌军数道封锁，连夜杀奔桂林而来。接近南城时，正逢敌人往城中投掷毒气弹。也属碰巧，盘王要是早到一步，难免遭遇毒气袭击。随后，盘王出现在阚维雍尸体跟前，紧紧地把早已冰凉的阚维雍拢入怀里，轻轻合上阚维雍死不幂目的眼睛，不觉老泪纵横。随盘王村前来的勇士赵猛和前来助战的赵营长，及地方武装的突然出现，打得敌人措手不及，这些刚刚入城的敌人一时摸不清具体情况只能纷纷后退。

赵猛勇猛异常，像匕首尖刀，冲入敌军阵营，杀得敌人喊爹叫娘。

城中幸存残部，他们中有高团长，有地方民团的人，大家早闻盘王大名，骤然相见，大有敬慕之意，直呼盘王，盘王。

盘王对众将士敬了个礼说，我们一起狠揍狗日的侵略强盗。高团长正想说什么，谁知盘王已转身向枪声最激烈处奔去，他知道赵猛等在那里。

这时，一次次从毒气中死里逃生的我炮营长突然眼睛一亮，发现被敌炮弹掀翻覆盖的土层下，露出两尊炮体，此前，我军为数不多的大炮早在敌军飞机大炮的轮番轰炸下尽数损毁，没想到这里还躺着两尊？

炮营长朝两尊火炮开了句玩笑，说，还睡大觉呢，快起来，日头都晒屁股啦，还不赶快起床杀敌。话末，立即动手把大炮从土层里刨出，稍作清理发现还能使用。随后，炮营长又从废墟里挖出上百枚炮弹，有了这些做家底，炮营长不禁大喜，恰逢高团才过来。高团长现在已升为城指挥。这是惯例，阚维雍事前也有交待，他说，要是他不在了，指挥权往下顺延给副师长，或参谋长，如果他们出了事故，就再往下顺延。现在城中只剩下高团长了，他理所当然地承担起指挥责任。

高团长为人像阚师长，沉着冷静，人品出众，指挥才能出众。一路走来，将士们不断高喊，高指挥，高指挥。

此刻是战争间隙，因为盘王的出现，以及我一些中毒将士的依次苏醒，骤然间对侵入城里的敌人发起两波毫无章法的突然反击，对骄横傲慢，自以为取得彻底胜利的敌人打得晕头转向，仓皇退回对岸，小部来不及退回的，龟缩一处，不敢动弹。

高指挥猛地见到炮营长手正在擦试两尊火炮，兴奋得几乎跳起来问，它们还能使用？

炮营长说，能！

高指挥说，太好啦，接着对两位炮手说，好钢一定要用在刀刃上。

炮手说，听高指挥的。

高指挥谦虚说，我是团长。

不，你现在已经是抗敌指挥，你叫打哪我们就打哪儿！

好样的，高指挥轻轻拍打着一位炮手的肩头说，日本强盗，等着吧，有你们好果子吃。高指挥之所以这样说，是想出出长久以来一直憋在心中的恶气，因为敌人知道我军没有炮火，所以敌指挥官经常靠前指挥，几乎不用望远镜就能看清敌军官的面影，显然这是对我军的欺负。敌军官靠前指挥，一者更为有效地发挥其亲眼目睹的指挥优势，一方面是告诉士兵，中国军队已经没有任何有效抵抗能力，你们可以大胆进攻。

高指挥和炮营长低头商量了好几个方案，几个方案都是针对敌指挥官的。

这叫斩首行动，一旦敌军首脑被敲掉，敌人就会有那么一段时间阵脚不稳，我军可乘此寻找有利战机，或主动出击，或加紧修复防御工事。

炮营长笑了，说，高指挥，你放心，有这两尊大炮，敌指挥官肯定被我斩落马下。

五十七

蒋来电称，晚些时候，飞虎队十架飞机飞抵桂林，为英勇的桂林抗日军民投送弹药、医药还有粮食，请做好接应准备，同时要防止敌军炮火对我飞机的攻击。

这时，伍参谋匆匆跑来，他抓住一个奸细。这是混入我军中的一个敌特工，他的中文不好，所以被我军士兵辨认出来。

伍参谋把敌奸细扔在高指挥脚下，此时，与敌人混战一场获胜而归的盘王凑巧赶到。

高指挥说他正巧有事和盘王商议。

盘王说，他也有事要和高指挥说。

高指挥指了指被扔在地上的奸细说，我们先问问他，混入我军想干什么？

敌奸细高仰着头说，本来想杀阚维雍的，没想到阚维雍死了，现在要杀的是你。

高指挥笑道，你杀掉了吗？

没有。

那你还想不想杀。

想杀。

给他松绑，再给他一把剑，让他来杀我。高指挥口气冷峻地说。

警卫员怕高指挥有闪失，竭力阻拦。

高指挥说，趁我兴致正浓，就让他来吧，如果他能把我打败，那么我这颗首级就是他的了。

敌奸细也不多话，抓起扔在脚下的利剑，闪电般冲高指挥刺来，他想，让你先吃我一剑再和你打口水仗。奸细并不知道高指挥在校时是校武术亚军，从军以后，从来不曾停止过练习，奸细只看高指挥斯斯文文，孰不知他一剑刺向其胸脯时，高指挥居然不避让，敌奸细出手之快把场内的人吓出一身冷汗，他们想，完了，高指挥完了。谁知，就在敌奸细的利剑抵达胸前时，高指挥手起刀落，敌奸细手臂被高指挥活生生砍下。敌奸细没有因此倒下，反而直挺挺地又站立起来，那意思是，我们还打不打?

高指挥用眼神问，你觉得呢?

敌奸细说，我败了。

观战官兵全体鼓掌。这场格斗，以高指挥不费吹灰之力取得胜利，极大地振奋了我军士气。这是激战间隙所发生的最为有趣的一幕。

盘王也为之欢呼，连说好，好!

随后，高指挥和盘王聚在一起，谋抗敌之计。这时，身后突然出现一人，他是一位不愿随危雨谨撤离的省参议，这位省参议颇具人气，从不多说话，危雨谨撤离前，他出城办事。危雨谨撤走，他不仅不走，反而带领着一队人马赶回来了。他指着身后一位彪形大汉说，他姓武，手下有一个营的地方武装兵力，全是些热血青年，他们前来助阵抗敌。

武营长啪地一声向高指挥行军礼!

高指挥连忙还礼说，武营长谢谢，谢谢你!

说什么呢，高指挥，抗日救国，乃我份内之事，岂敢承当谢字。

好好好!高指挥说，带领你的人马前往支援江防，那里的战事万分吃紧。

是!武营长啪地立正往江边赶去。

敌人在作短暂休息以后，组成新的队形对我城防力量展开新一轮大规模进攻。我军奋勇反击。东江和漓江上空，血红的子弹在空中穿梭，织成一张血红般的火网。江面上，许多的敌军汽艇，一下子涌入江中，他们企图一下子突破我军防线，孰不知重新聚集起来的我各方参战五千人马，也准备了更多的竹排还有木头编成的渡江工具在江中阻挡敌军前进。

敌军在左岸架起机关枪朝我江岸频密开火，罪恶的子弹在我防御部队的头上发出阵阵尖啸声。我军则凭借重新修复加固的工事顽强抵抗，敌人朝我军打出一发子弹，我军也朝敌人打出一发子弹。敌人打出一千发，我军也打出一千发。敌指挥官非常疑惧，心想，为何还这么能打，而且手里还有这许多子弹？情报员早就告诉他们，说我军已经非常缺子弹，看来又中弱兵之计了。

江中之战完全成了肉搏战，其打法更加令他心惊，我军竹排和木排一齐向正在渡江的敌军汽艇冲了上去，然后射穿油桶，顿时间江中火势漫燃，通红一片。这样的情形持续了大约两个小时，激战趋白热化，敌我双方死伤不计其数，江水被鲜血染红，北风劲吹，红潮涌动，腥味袭人。突然间，敌军突然收兵，激战双方刚喘过一口气，谁知一个小时不到，敌军更多的汽艇驶向江中，企图一举攻占我城池，敌人没料到我英勇的抗敌又从江里突然间冒出头来，炸弹在汽艇下爆炸，仿佛炸不沉，炸不尽的我一架架自上游驶来的竹排、木排，敌军正想朝其开火时，排上的人突然间全不见了。敌师团长正为此惊疑时，我军士兵突然出现在敌军后方阵地，每人几枚手榴弹同时扔向敌群，敌人哗啦倒下一大片，而抢渡过江的敌军已经和我军展开肉搏战，师团长想要开炮，却无法对自己人下手。

敌军指挥官居前观战，先是师团长走到前沿，不久，也不知是谁把情况报告给了横山勇，横山勇的身影随即出现，随后又来了好几位将官。

高指挥一看大喜，命炮兵准备发炮。

我炮营长长突然出现在炮兵身后，炮手见是营长，连忙放下摁键欲敬礼，炮营长制止说，不必这样，我只想亲自过过手瘾。

炮手立即退让到一旁，他知道营长发炮精准。

炮营长进入瞄准位置。

江面、滩头依旧打得难分难解，竟然分不清哪是敌兵，哪是我军士兵，因为每个人的脸上身上全都是血。熊熊燃烧的烈火不仅烧伤了敌军，我军也伤亡严重。敌指挥官面部表情既茫然、又愤怒，如此情形的重叠出现，意味着他们的无能，横山勇想，这些人太厉害了，自己的士兵则太无能了。他想，如果再这样下去，几分钟之内，就开炮，干脆把江中混战的人全部炸死。

继之而来的是更多的敌军蜂拥扑向江中，与我军展开人海战术。然而，这不是横山勇的作风，他一贯的作战风格是以强硬对软弱，以有准备对无准备，以善于利用地形地貌对打无准备的人。没想到在这里他遇上了强悍对强悍，遇上了不怕死对不怕死，同时还用上了人海战术。他想我就不信，城里还有人力物力与我横山勇对抗，我告诉你，到时你连怎么死的都不知道。

敌人的汽艇沉没一艘又出现一艘，无数的汽艇沉没，又有无数汽艇出现。江岸上，我防御力量被敌人强大的火力压得抬不起头来，但是只要敌人的枪弹停歇瞬间，我军士兵的枪弹就怒吼起来。横山勇都看得呆了。他想，这是我军的遭遇吗?

敌人到底有多少兵力守在江岸上？他问身旁的大佐。

大佐说，大约有两个营吧。

两个营。

你根据什么判断?

根据打仗的激烈程度，如果没有一两个营的兵力仗不可能打得如此顽强激烈。

你能断定吗?

是的。

那好，横山勇手一扬，师团长立即出现在眼前。他说，师团长，我命令你马上再投入一倍兵力，哪怕死再多的人，你也得给我在今天晚上突过江去，把桂林城给我踏平了。

是！师团长敬了个礼，立即调派五千兵力往江面扑来。

五十八

我军的江岸部队打得手都软了，枪筒全烧红了，幸亏弹药枪支较为充足，危雨谨撤离时，大量的枪支弹药无法带走，反倒帮了守城将士的忙。枪管烧红了再换一支。弹药没了，后边的人给递上。高指挥站在隐秘的指挥所里，把一切看眼里，激烈的战斗令他热血沸腾，令他身上的每一根毛细血管都在偾张。看得出来，我军将士在这场抵抗中所表现出的英勇顽强精神，既激怒了日军指挥官，也令他们胆寒。他粗略算了一下，在刚才的渡江战役中，敌中队长以上的人大约死了不下二十。同时，他还发现了横山勇的所在位置。

横山勇对混战在江流中的日军进攻不顺极为不满，他感觉自己的忍耐力到了极限，再不能这样下去。他令炮兵向江面开炮，他要一炮定乾坤，将混战于江中的敌我将士全部炸死。没想到指令刚发出，高指挥已命我炮营长抢先摁键，出膛的炮弹像长了眼睛一样凌空飞往对岸横山勇及师团长的指挥位置。炮弹落地的瞬间，两名指挥官顿时血肉横飞，师团长身子被剥去一层皮，横山勇也受了伤，但不是重伤，只是身子被炸弹的气浪炸得摇摇晃晃，好像飓风掀翻树木似的，他的警卫本能把他扑倒在身体下边，自己则血肉横飞。我炮营长又发出第二发炮弹，炮弹射向对岸相同地点时，敌卫士拥着横山勇已经撤离险地。这一切全看在高指挥眼里，他既为炸死敌指挥官高兴，又深感遗憾。他想，算你横山勇命大。

横山勇撤退到安全地带后尚未回过神来，他问刚才发生什么了事?

敌军的炮弹几乎把你炸死。

敌军还有炮弹，他们哪来的炮弹?

不知道。

师团长呢?

正在包扎。

有生命危险没有?

应该没有。

横山勇说，日后可不能居前指挥了，我们又中敌示弱计了。阚维雍死了，又出了个高指挥，这个高指挥的指挥能力好像不在阚维雍之下。要命的是，他竟能死灰复燃，而且还有炮弹，难道这些炮弹是专门为我指挥官准备的?

自此，敌指挥官再不敢妄自托大，明目张胆地出现在我军指挥首长眼里。他们要么把自己伪装一番，要么躲藏在不易发觉的地方指挥。

高指挥想，横山勇躲进了不易发觉的指挥所里，他们却不会放松四处侦察寻找自己的位置，如果让其知道自己所在位置，情形会非常危险。

有一刻高指挥因为高兴，不禁向前多走了几步，警卫为此吓得脸色大变，急忙把高指挥挡在身后。

高指挥大不高兴地又要向前，警卫几乎跪下了，求他不要这样，敌人正设法寻找你的身影，你倒好，把自己给暴露了。

高指挥这才原地不动。

敌增援部队源源不断往江岸拥来，像蚂蚁一样。高指挥知道这样下去，我江岸部队肯定抵敌不住，因为扑上来的敌人太多，而我军兵员在不断下降，高指挥让传令兵把金团长叫到身前说，金团长你快下去，派人手增派江岸守军。在江岸抵抗的许团长形势十分危急。金团长挥手让人马急驰上阵。

敌军扑过江来了。

我军守势呈现颓势。

又一批敌军拥过江来。

高指挥急了，金团长急了，许团长急了。所有亲眼目睹此情形的人全急了。

突然间，盘王带来的勇士，以及另一支地方武装在盘王的精密布置下，像春笋似的，一下子从地面下冒出。他们在刚才的战斗里被敌军炮火埋在土层下面，借此休息一下，调整一下有些紊乱的心绪和脉息，敌军重炮停歇后，他们再度振作，端着刺刀和抵近前来的敌人展开肉搏战。

敌人完全没有想到，包括正自得意的横山勇也没想到会出现这种情形。这一幕的出现，把几乎心跳停摆的高指挥的心激活。这时，伍参谋率领的一支人马赶了过来，增援的生力军虽然不多，但是人人当先，气势如虹。一时间，喊杀声震天动地，我士气大振，一下子把已经扑过江来的敌人的气焰压了下去。

横山勇再也忍不住了，他绝不能让这种情形继续发展，别说他的上峰冈村宁次不允许，他的属下师团长们也不允许，连他自己都对自己不肯原谅了。

就在这时，又一枚炮弹从天而降，在横山勇身边不足三英尺地方爆炸，但是没有伤及他。他傻眼了，心想，这发炮弹从哪里来的。难道敌人还隐藏了如此之多的有生力量。

只是横山勇想多了，这发炮弹并非我军发射，而是敌人发射的。一个日军炮兵也不知怎么就让出膛的炮弹掉到自家阵营中，差点命中横山勇。

五十九

横山勇眼睛冒火地发出最后也是最凶狠的攻击命令，要用飞机大炮把桂林炸平。

敌军千万发炮弹一齐朝我城池飞来，大有不炸平城池誓不罢休的气势。横山勇没有想到，我军民已经改变了原先的防守理念，原先的集体防卫改为分散性的个体防卫，当敌军炮火猛烈时，他们化整为零，尽量将自身藏好。当敌军停止轰炸的瞬间，我军将士立即各就各位。因此，敌人就算是用更多的炸弹轰炸，我军将士遭遇的并非根本性打击。

敌军狂烈轰炸炮声停歇后，敌军蜂拥般攻入城中，我隐藏于各个掩体里的将士从土堆里跃出身子，一个个蓬头垢面，难辨真容，他们一面用衣袖粗粗地抹一把脸，然后擦拭一把枪管候敌。

高指挥和盘王登上城头眺望着一波波相继渡水突入城中的日军。我英勇的血肉之躯铸造的民族英雄们，等待着敌人近些，更近些。五十米、三十米，日军推进速度极快，面影清晰显现在我士兵面前。

远方观察阵势的敌指挥官面露惊喜，在他们想来，经过接连轰炸，地皮都烤焦了，还能剩几个人？大批突破东江、漓江往城里拥入的敌军势如破竹，如入无人之境，根本没受到任何阻挡。一直顽强抵抗的南面也被敌突破了。

桂林城终于拿下了，横山勇感觉心里十分过瘾，在他想来，战争就该这般打，而不是使用什么毒气弹。中国有句古话说得得好，杀鸡焉用牛刀？根本不用牛刀，只需用水果刀就能让中国人屈服。

日军长驱直入地进入城中近百米还没遇到抵抗。这时，横山勇的心突然地提了起来，不会吧，他想，敌人难道连一点抵抗力都没有了？

或者说在我日军大炮强攻之下，敌人已经撤退？不会，以他对高指挥的了解，他绝不是这样的人，如果他是块软骨头，或者想做逃兵，那么早已随危雨谨弃城而逃，根本用不着打到现在才弃城。他现在使用的是何种战术把人隐藏得如此之深，既不被我军猛烈炮火轰炸丧命，还能如此镇静？他正想让快速前进中的日军止步，让他再仔细想想高指挥究竟藏了何等阴谋时，已经来不及了。

开火，我指挥员一声号令，包括妇女、医师、民众和我数千名勇士，从各个不同方位与角度发出的怒吼声如江河奔腾，在敌人距离自己不到十米时才从突然对敌发出反击，一时间，刀剑并出，枪炮轰鸣，手榴弹、机关枪、步枪等各种武器一齐向万名拥入城中的敌军发出激烈的怒吼反击。敌军尚未弄清这些枪炮来自何处，先倒下一大批，其他敌军急忙隐伏，据此和我军展开巷战厮杀。站在城楼掩体里的盘王村青年赵猛枪法奇准，城下的日军被他一枪一个，十枪十个。敌人仰身向我城头开枪，被赵猛和他的队友一一撂倒。城下，退回城中的金团长、赵营长、许团长、武营长等率众英勇击敌，伍参谋更是以一敌十斩杀敌人无数。

子弹嗖嗖地从高指挥身边擦过，有几枚子弹甚至擦到了高指挥的眉毛，眉毛燃烧出丝丝焦味。高指挥连眼睛也没眨一下，他气血翻涌地观察着战场态势，考虑这场战斗可能发生的任何结果。

昨天晚上，不，应当说跟随阚师长的很长一段时间以来，尤其桂林保卫战开战以来，他一直作这般思考，战争胜败的关键有时并不完全取决于人多人少，也不完全取决武器的先进与落后，有时一个偶然的机会，会产生出一种无法预测的结果。而这种结果他看到了，就是靠一种精神，靠人胸中的一股豪气去和敌人拼命。因而他很喜欢刚刚到来的盘王村的青壮们，他们不怕死，把战斗看成是快乐的事，有了这样的战士，士气就会提升。果然，他发现盘王村的壮年们每撂倒一个敌人就会大声喊叫，其他的人全都一样，他们个个斗志昂扬。因此，部队的战斗力骤然提升。

大出意外的是，战斗正激烈时，敌人并没有往城里增兵，反而有撤离的迹象。果然，接踵而至的是，敌军改进攻为全线退却，就像上次攻入城中突然退走的情形一样。高指挥没有因此感到高兴，他的心反而陡然紧张起来，他担心敌人可能要意想不到的阴谋。

敌军又要投掷毒气弹了，多方汇集过来的情报充分说明这点……高指挥立即命传令兵和贴身警卫前往各团、营、连、排，告诉他们敌人要投放毒气弹了。

丧心病狂的日军不会再给我英勇顽强军民有尊严地活下去，更不敢和我军缠斗下去，他们怕再拖延时间，出现意想不到的战争结局，因此使用毒气，以此卑劣方式快速解决战斗。

横山勇决心再次使用毒气弹，他得听上峰的，自己虽身为将军，其命运有时也不受自己控制，尽管自己掌控着十万军队。

横山勇铁青着脸，他的粗短的手指微微抬起让发毒气弹。突然间，天空中飞来了无数架飞机，机翼上标识着飞虎队字样，飞虎队深为桂林守军的顽强抗战的献身精神所鼓舞。

此前，他们多次前往桂林执行对日军物资、武器弹药的轰炸，每次前往虽有战绩，但是效果并不如陈纳德将军所愿，这次他听说日军冒天下大不韪一再向我守城军民投掷毒气弹，他肺都气炸了，他和蒋总裁商量至少同时出动二十架飞机增援，这是日军做梦也没有想到的，在飞虎队悄然飞抵桂林上空时敌机才慌忙起飞迎敌。但是晚了，飞虎队一方面向城里投下武器、粮食、药品，更重要的任务是，要把敌军毒气弹击毁在敌军的阵地上。然而，飞虎队来晚了几秒钟，当我炮弹射向敌人阵营时，敌人的毒气弹已经先行出膛，飞落城中。

那是一道紫蓝色光幕，这道取人性命的光幕，一次又一次地在我光灿美丽的城池与土地上肆虐，毒害我军民，毒害我土地，令我山河含冤。

毒雾散尽，人们看到，高指挥、省参议、盘王等钢铁一般地伫立在城头上，仿佛雕塑一般，从盘王村来的青壮年们也仿佛雕塑一般。这时，人们看到赵猛写在漓江上空的一首诗，这是一首仿佛阚维雍师长诗的协奏曲：

敌寇黑烟掩漓江，城头军魂染战旗。一寸山河一寸血，英雄大笑赴九泉。

城头军旗烈烈，残阳如血——

六十

大约也是在这时，一支日军队伍出现在城下，这支大约二十来人的队伍，风雨沧桑，步履匆匆。看样子，他们生怕自己到得晚了，以至一些日军士兵显出衣冠不整的模样。

谁都没想到这些突然现身的日军小股队伍是反战人士，他们枪膛里射出的一梭梭子弹击毙敌军无数。所有日军为之惊呆了。

这小队日军是战场上的逃亡者，稍早前的他们不知从哪里获知消息，说盘王村后的山神庙里有位日本军官在此当和尚，于是这些散失的游勇们找上山来，对曾经任过日军大佐的今井和尚叙述心愿，说他们也想上山当和尚。

今井和尚问，为什么？

他们说他们厌恶战争，再不想打仗，也不想回日本去，他们要像他一样安顿下来，或者待在山神庙里帮助扫扫地，或者种田种地了此余生。这些散落的日军士兵是在日军往七星山投放毒气弹之后才幡然醒悟离开队伍的。

他们发现，日军的做法和在家乡被招募时所说大相径庭。在中国战场上，他们发现，日军不仅和正规军打，连小孩妇女也不放过。日军开到哪里，哪里就焦土一片。杀戮成性、强奸成性、抢劫成性、嗜血成性，竟然投掷毒气弹，这样的军队简直是奇耻大辱，丧心病狂，他们的良心受到了极大的鞭挞与刺激。他们由此看到了自身的灵魂无所归依，他们感觉自己的心变成一只只吸血虫，他们再也干不下去了，以至在日军向我军投掷毒气弹的这天凌晨，十几个日军士兵开了小差，后来一路寻踪到此。

今井并不认识他们，但是，听口音知道他们是日本人，他们还很年轻，年长的二十，最小的刚十六，有一个还流鼻涕，流鼻涕的孩子和他是同乡，乡音未改。今井震惊了，他过去的联队没有这般小孩，招募部曾配送过给他，他推辞不要，他知道自己造孽颇深，不想在乳臭未干的孩子身上再添一层罪孽。为此师团长狠狠批评他，说他对天皇效忠不够，对大日本帝国的圣战持怀疑态度……本来，他已经潜心修行，想在此了却余生，谁知，他自盘王村失踪后，日军曾派出大量特工对其去向多番侦察，其中两次险些被发现，作为军人出身的他，知道怎样避开搜索。他在山神庙的山洞里盖了一间茅屋，他在茅屋里修行，青灯淡茶，过得倒也安宁，没想到出了这样的事情。

怎么办？他问自己。很快地他的心便硬了起来，他想，我还能怎么办，怎么办的是眼前的这些日军散兵，他们怎么办？

日军散兵见今井不搭理他们，小毛孩同乡竟然哇地一声哭开了，仿佛婴儿失去亲娘似的。他哭家乡，哭父母亲，哭自己再回不到他们身边了，从此再也见不着他们了。小孩的心碎了，眼睛不断模糊，突然间，小孩提腿往山崖下扑去……今井闪电般地伸手把小毛孩拽了回来，说，听口音就知道你们是谁了。

散兵们脸上露出无限惊喜说，你早就认出我们了？

是的。

你答应我们在山上当和尚了。

今井又沉默了。通过这些时日的修炼，他好像突然间看到了一种别样的天地，他感觉自己的杀戮之心渐趋平静，尤其夜深人静时，他感觉自己的心静如秋水，作恶的灵魂在宁静的湖泊中洗涤净化，他意识到战争的罪恶，战争给人类生灵带来的深重灾难。他想，难怪世间有高僧，高僧高在境界，人一旦进入忘我之境，人类的真正和平才可能出现。他知道自己修行时间短，但是，多少有些收获，他想照此修行下去，说不定能洗掉心灵的羞辱与罪恶。

盘王上山来了。但他不和他照面，他只是感觉他上山来了。他不怪他不和自己照面，他们有约在前，要等到他真正反醒侵略杀戮罪孽时，那时他会天天上山和他下棋。盘王下山后，他的心又转到他作恶多端的罪恶上，他想，就该认罪悔过，让心灵空无杂念，世界充满和平、友爱，没有欺凌，没有战火硝烟；对于心术不正者，应当遭受惩罚，尤其政治野心家以及战争罪犯遭受惩罚。他转而又想，就算有不得已的理由需要战争，而战争是要杀人的。但是，杀人的方式多种多样，尤其当强者对付弱者时所使用的手段与方式，同样决定性质，强者对弱者如果使用非人道手段，那么，这种行为就违背人类的基本道德，这种行为一旦出现，就应当制止并谴责。现在，散兵们告诉他，日军在桂林投放毒气弹的丑恶行径时，他的心立即被勒紧了，昔日的联队长今井几乎跳起来问，你们愿不愿意再回到战场上去？昔日的大佐的心被点燃了，他感觉自己的心拽着他再次回到战场上去。

为什么还要回到战场上去？小毛孩瞪大惊恐的眼睛问。

我问你们愿不愿意。

你还要我们去杀戮，或者说我们的杀戮还不够，我们还要再杀戮更多的无辜者？

不不不，昔日的联队长说，我虽入此山神庙时间不长，但是我已看到日军的丑恶灵魂。我带领你们再上战场，不是去杀戮那些弱势群体，他们没有错，他们抵抗侵略，那是保卫家园。再说，中国军队根本不是我军对手，根本没必要使用这种恶毒的手段毁灭他们，因此罪恶完全在我一方。现在，神灵正瞪大着双眼看着我们。所以，我带领你们去是为维护人类的良知与正义，我们要对那些刽子手进行最有力的惩罚。你们去还是不去?

去，我们去!

于是今井很快地收罗更多的散兵，组成一支特殊队伍，一路往桂林奔来。

一路之上，不断出现于耳畔的轰隆隆的震响声，那是侵略者的枪炮声，所过之处，俱是荒芜的村庄，到处横陈着发臭的尸体。越走今井越感觉他的修行念佛根本无法解决人类灵魂自我救赎，解决其根本问题还得靠枪炮，枪对枪，炮对炮，用自己对付自己人的方式或许会警告、警醒那些失去人性的人，给他们当头一棒。

今井带领着队伍一路狂扫，猝不及防的日军看傻了眼，他们仿佛泥塑似的，看着眼前发生的不可思议的事情。从今井们枪膛里射出的子弹颜色与中国军队射出的红色子弹不同，他们枪筒里射出的子弹带着一串串、一行行，犹如幽蓝一般的火焰，燃烧着发狂的侵略者的灵魂……

六十一

这时，人们眼里出现一个红衣女人，这个身着红衣的女人是我母亲，我母亲走路时身子摇摇晃晃，她身体笨重，走路不稳，她的体内孕育着我。我父亲被日军抓走后，我母亲几乎疯了，她每天每晚都不睡觉，谁的话也不听，任狂热的身心在城的废墟里奔跑，跑得我心都痛了，我毫无办法，她跑我也得跑，她跳，我也得跳，她发狂般的跃动，我有多么难受，她一点也不怜惜。她在寻找丈夫，寻找不到，她便自我折磨。自从知道她的丈夫被日军特高课长抓住不放，她就想去救他，没有他，她一天也难以活下去。她满脑子装着的全是她的丈夫，只有在停止狂奔时，她才有闲暇想到我，一想到我，她的心又疼痛起来。她恨死黑雄了，因为黑雄强奸了她。黑雄表面和善，口口声声称他是她丈夫的好朋友，心里却如此阴险狰狞。更令我母亲惊恐的是，黑雄竟然是两性人，他却以此为豪，在我母亲面前炫耀，我母亲为此气晕。醒来后，黑雄依旧站在我哆嗦不已的母亲跟前炫耀他的性别。他说，你害怕什么呢，你应当为自己能够遇上具有我这种特征的日本人感到骄傲自豪，我告诉你，不仅我是两性人，我军好些人都是两性人，包括我们的师团长也是两性人……不过，我还想告诉你一个秘密，你不用如此自责，惧怕对不起丈夫，其实你丈夫也不干净。

你乱说。我母亲歇斯底里地跃起，拳头挥向黑雄。

黑雄不费吹灰之力就制服了我母亲，说，我实话告你他也被我强奸过。哈哈哈……

我母亲狂叫着说，我杀了你！

黑雄又一阵狂笑说，我连恶狗或者绵羊们都敢强奸，岂怕你一个弱小女人？

我母亲疯了。

疯疯癫癫的我的母亲狂奔乱跳，她想让我离开她的肚子，让我从她的生命里消失。然而，我以常人所不具备的顽强依旧长在她的血肉里，我虽然难过至极，但是我不愿离开，我很想出生到外边的世界走走看看，好好活上一回，这是我的最大理想和愿望。但是许多和我一样待在母腹里等待出世的人，他们远没有我这般幸运，他们因为日军的刀剑和罪恶的子弹穿透其胸膛早早地离开了人世，而我却坚强地在母亲肚腹里活着。尽管母亲和我一再遭遇毒气袭击 ，因为在有效的防御器具帮助下最终挺过来了。

有一刻我母亲被炸残的坑凹绊倒，我母亲脊背朝上，肚腹朝下，她沉重的身躯有力地压迫着我幼小的身躯。肚腹下那块凹凸不平的石头，抵住我的头部，我感到一阵比一阵疼痛与难过。这点，母亲分明感觉到了，她好不容易从地上爬起来，第一件事就是捧着肚子，轻轻揉着，她一面揉，一面低头问腹中的我，小贝贝，你还好吗，都是母亲不好，母亲太想你父亲了，以至把你弄痛了，你恨母亲吗?

我怎么会恨母亲呢，我爱她还来不及呢，在她单纯的内心世界里，是那么善良无辜，无情的世间却让她吃尽苦头，所以，她才做出在一般人看来如此疯狂的举动。

你不下来我弄你下来，跳你下来！我母亲的话语说得铁一般生硬。人们便以为我母亲疯了，或者说我母亲是个冷血动物，难怪，这样的冷血动物才想着要死。

我母亲一会儿停，一会在废墟上顽强奔跑。

我母亲真的疯了。

就是这时，我看到了可怕的一幕，一个日军士兵端枪朝我母亲瞄准。我吓得大汗淋漓。

这样情形下，日军用不着再开枪打死一个我母亲这样的年轻女子。然而日军士兵疯了，他满眼都是躺倒在地上的他的血肉模糊的战友，他把这一切罪恶全归结于我无辜的母亲，因为有我母亲这样的女人，才生出如此之多的中国士兵，因为这些竭力反抗的中国士兵，才导致眼前不堪入目的惨状的出现。于是他扣动扳机，一枚血红的子弹破空而来。我母亲想逃，为自己，也为我。就在子弹刺穿我母亲肚腹的瞬间前，我从母腹中掉落到地上，随即，我向世界迸发出一声撕裂肺叶的呐喊：

我要控诉——

被鲜血浸染的漓江卷起阵阵冲天骇浪，迸发出惊天怒吼声：

我们也要控诉——